KB150865

온전한
나 를
만나는
기 쁨

온전한 나를 만나는 기쁨

펴낸날 1판 1쇄 2021년 7월 7일

지은이 원숙자
펴낸이 손현승

펴낸곳 유씨북스
출판등록 제2017-000045호(2014년 10월 15일)
공급처 ㈜유씨컴퍼니
주소 경기도 고양시 일산동구 중앙로1261번길 59, 9층 C-17호(장항동)
전화 070-8238-1410
팩스 070-4850-8610
이메일 ucbooks@naver.com
블로그 blog.naver.com/ucbooks

편집 김영희
디자인 윤찬 unichanee@nate.com
삽화 허예리 yerigraphy@naver.com

ISBN 979-11-970224-1-8 03810

'씨앗을 뿌리는 마음, 나무를 심는 마음'으로 세상에 필요한 책을 만듭니다.
유씨북스는 독자 여러분의 의견에 항상 귀 기울이고 있습니다.

온전한 나를 만나는 기쁨

원숙자 여행산문집

일혼의 노부부가 전하는
여행길에서 깨달은 것들

유씨북스

시작하며

내후년이면 결혼 50주년이다. 반세기의 세월을 두고 '어느새'라 해야 할지, 아니면 '참 긴 세월'이라 해야 할지 모르겠으나 생각에 따라서는 이렇게도 그렇게도 생각할 수도 있겠다. "어휴, 어떻게 한 지붕 아래서 한 사람하고 평생을 함께 살아?" 결혼 전에 직장 동료가 '농반진반'으로 이런 말을 했을 때 "그러게요." 하고 맞장구치며 웃어넘겼다. 그런데 결혼해 살다 보니 한 지붕 아래의 반세기는 그리 긴 것도 아니다. 삶의 애哀와 환歡, 부浮와 침沈은 번갈아 오기도 하고 때로는 거듭거듭 오기도 하고 그들을 넘기고 나면 한동안 평화가, 희喜와 낙樂이 머무르기도 한다. 그런 것들을 함께 겪어온 세월이기 때문이겠다.

아이들이 어렸을 때는 함께 여행을 떠났다. 스마트폰이나 내비게이션이 없던 시절이기에 지도책 하나만 달랑 들고서 국내 구석구석을 다녔다. 길을 잘못 들어 되돌아 나오기 일쑤고, 숙박소를 잘못 골라 헤매기 일쑤고, 느닷없는 비를 만나 당황하기 일쑤다. 아이들이 즐겨 보는 만화영화 시간을 길에서 만나게 되면 아이들의 성화로 차를 멈추고 텔레비전이 있는 곳을 찾아 들어가 기어코 그것을 보고서야 다시 길을 나서곤 했다.

우리 차 '르망'을 타고서다. 1986년에 '세계로, 미래로-월드카 르망'을 표방하면서 세상에 나온 이 차는 우리 가족을 태우고 비록 해외로 나가지는 못했지만 국내 여행을 꽤 많이 다녔다. 자그마치 20만 킬로미터를 훌쩍 뛰어넘는다. 카페리에 실려서 바다를 건너고, 없는 길을 뚫고 다니고, 산마루도 마다하지 않고 올랐다. 비가 억수로 퍼붓는 날이면 흠뻑 젖은 강아지처럼 부르르 털어내며 달렸고, 울퉁불퉁한 돌길이나 숲이 우거진 산길을 갈 때는 부딪혀 다치기도 했다. 르망이 노후하여 남편이 폐차시키려고 끌고 나갔을 때 하필이면 비가 퍼붓는 아침이었는데, 나도 모르는 사이에 내 눈가에도 비가 내렸다. 정이 들면 생명이 있는 거나 없는 거나 마찬가지다. 지도책도 르망처럼 나달나달 헌책이 되었다.

아이들이 자라 저들대로의 세계가 열리니 여행은 자연히

남편과 나 둘이서 떠나게 되었고, 거기에 더해 친구들과 그 배우자가 동반해서 떠나기도 했고 때로는 홀로 떠나보기도 했다. 이제는 우리 부부만 떠나는 일이 잦다. 결국 부부만 남는다는 얘기가 헛된 말은 아닌 것이다. 우리 곁을 떠나 각자의 가정을 꾸려 살고 있는 자식들에게 누가 될 수 없으니, 우리는 걸을 수 있을 때까지 열심히 걸어보자 한다. 걸으면 살고 누우면 죽는다는 말도 있잖은가.

삶 자체가 여행이다. 사람으로 태어남이 세상 속으로 떠나는 여행의 출발이요, 살아가면서 부딪히는 만남과 이별, 기쁨과 슬픔, 온갖 부대낌은 여행하면서 보고 느끼며 온갖 불편함에 숙달되는 그 과정과 다를 바 없다. '어떤 삶을 사느냐' 하는 것이 자신에게 달려 있듯 여행에서 '어떤 것을 보고 느끼는가' 하는 것 또한 자신에게 달려 있다.

살면서 자신의 삶을 깊숙이 들여다봐야 할 때가 있다. 대체로 삶에 영향을 끼치는 결정이 필요한 순간들이다. 하지만 그 긴박함이, 절실함이 나를 억지로 쥐어짜내기도 한다. 그때의 당혹감이란…. 이보다 더 당혹했던 때가 있다. 바로 낯선 사람들이 우글대는 낯선 거리에서 우연히 나를 만났을 때다. 일상에서 보지 못했던 나를 고스란히 마주하며 소스라쳤는데, 한편으로는 온전한 나를 만난 기쁨으로 눈물을 흘렸었다.

여행은 그렇게 느닷없이 내 안의 나를 보여준다. 어쩌면 우리가 일상에 찌들어 매몰될수록 더더욱 여행을 떠나고 싶어지는 이유가 아닐까.

좀 더 세월이 흘러 '길 위로' 나갈 수 없게 되더라도 나는 여행을 멈추지 않을 것이다. '생각 속으로' 떠나서 들녘의 꽃을 보고, 구름을 따라 하늘을 돌고, 새들과 나래를 펴고, 나와의 관계를 소중하게 여겼던 사람들과 친구들을 기억할 것이다. '책 속으로' 떠나서 시공간을 뛰어넘어 아직 읽지 못한 그곳을 거닐 것이다. 어렸을 때부터 좋아했던 쓰기와 읽기를 계속할 것이다. 기억마저 나를 떠나고 눈이 어둡고 귀도 어둡고 몸의 이곳저곳이 오래 쓴 기계처럼 작동을 못해 폐기할 수밖에 없어도 산 넘고 물 건너 삶의 그늘과 밝음을 견디어내고 예까지 온 나와 내 가족의 삶을 존중하며 남은 세월을 보낼 것이다.

여기에 많이는 아니지만 여행 다녔던 기록을 뒤져 우리 부부가 함께한 기억을 책으로 묶는다. 여행을 떠나면 나는 관찰과 사색을 기록하기에 몰두하는데, 그런 내 모습과 내가 바라보는 시선을 묵묵히 사진에 담아준 남편에게 감사의 마음을 전한다. 엄마가 책을 쓰도록 옆에서 독려해준 딸과 아들에게도 감사하고, 이 책의 마지막 여행에 동행해준 손자 한결이에게 특별히 감사하다. 지금은 각자 헤어져 지구의 어느 부분에서 살아가고 있을 길 위에서 만났던 모든 여행자들에게도 인사를 전한다. 그리고 이 책의 구성과 틀을 잡아주고 정성스레 만들어준 김영회 편집장에게 감사의 인사를 전한다.

떠나고 싶지만 떠나지 못하는 시절이다. 입국 금지도, 격리 조치도, 예방 백신도, 마스크도 필요 없는 이 책으로 독자들을 초대하여 우리 부부의 '낯선 여행 이야기'를 나누고 싶다. 이 책이 코로나19 팬데믹이라는 이 어려운 시절을 안전하고 건강하게 넘기는 데 작은 위로와 용기라도 되었으면 좋겠다.

2021년 봄날에서 여름날로,
그렇게 인생이 지나가는 중에

원숙자

차례

전남 여수 돌산도

1988

첫 번째 여행 이야기

비 내리는 날에는 침차를

유월이 칠월을 손짓해 부른다. 장마가 시작되려나, 비가 주룩주룩 쏟아진다. 사위는 조용한데 지붕에, 나뭇잎에, 마당에 떨어지는 빗소리가 노래 같다. 반주도, 지휘자도 없는 자연이 들려주는 생음악이다. 괜스레 마음이 촉촉해지는 오후다.

아이들이 어렸을 때는 네 식구가 함께 여행을 다녔지만, 아이들이 자라고 각자 제 할 일로 바빠진 후에는 남편과 나, 둘이서만 여행을 떠난다. 해외여행을 이웃 드나들 듯 하는 요즘 세상에 우리 부부는 아직도 국내를 벗어나지 못한 채, 그것도 손수 운전하면서 외진 곳만을 찾아다닌다. 그러다 보면 예정에 없던 곳, 정보가 전혀 없는 낯선 곳과 만날 때가 있다. 돌산도와의 만남도 이런 우리의 여행 벽이 만든 느닷없는 인연이었다.

우리가 첫 번째 여행 목적지로 잡은 곳은 여수 오동도였다. 오동나무가 유난히 많아 그리 불렸지만 지금은 동백나무가 숲을 이룬 섬이다. 그곳에서 남서쪽으로 20리 떨어진 곳에 돌산도가 있다. '돌산'이라는 낯선 이름에 마음이 끌린 우리 부부는 우선 돌산도를 돌아보고 오동도는 내일 가자고 하이파이브를 하며 전격 합의를 보았다. 이미 늦은 저녁임에도 불구하고.

즉흥적으로 여행 경로를 변경한 것이지만 지금 생각하니 그 섬은 여행을 좋아하는 우리 부부가 갑자기 부딪칠 수밖에 없었던, 이미 먼 옛날에 가보기로 약속되었던 곳이었던 것 같다. 하필이면 섬 이름이 '갑자기, 예상하지 못한'이라는 뜻을 지닌 '돌' 자를 썼을까.

나중에 알았지만 이름의 유래는 딴 데 있었다. 이 지역에는 이름난 팔대 명산(천왕산, 두산, 대미산, 소미산, 천마산, 수죽산, 봉황산, 금오산)이 있다는 뜻에서 여덟 팔 자, 큰 대 자가 들어 있는 한자인 돌 자에 뫼 산 자를 붙여 '돌산突山'이라 했단다. 또 다른 이유도 있다. 누구나 이름을 듣고 바로 떠올리는 것처럼 섬의 여러 산들에는 돌이 많다. 어쨌든 우리에게 돌산도는 돌연히 만나서 돌산도였고, 돌이 많아서 돌산도였다.

우리가 그곳에 도착했을 때는 육지와 돌산도를 잇는 돌산교가 한창 공사 중이었다. 우리나라 최초로 교각이 없는 사장교斜張橋가 만들어질 거라고 했다. 작은 섬이니 우선 한 바퀴 돌고 나와서 다음 날 더 자세히 돌아보자고 가볍게 생각했다. 그때가 밤 9시였다. 우리의 추측은 완전히 빗나가서 그 밤에 돌산도를 헤매던 일은 지금 생각해도 모골이 송연하다.

인가가 보이지 않고 새어나오는 불빛도 하나 없다. 가로등도 물론 없고. 섬 전체가 어둠과 침묵 속에 가라앉아 버린듯했다. 평지도 없다. 길은 언덕길이요, 험한 산길이고 외길이다. 섬 전체가 돌로 이루어진 듯 길에는 바위와 큰 돌과 자갈이 함부로 나뒹굴어 어둠 속을 기어가는 우리 차는 자꾸 삐거덕, 덜커덕댔다. 올라가는 길만 있을 뿐 도대체 나가는 길이 없다. 차를 돌릴 수가 없으니 앞으로만 계속 나아갈 수밖에 없다. 차는 두 줄기 희미한 헤드라이트에 의지한 채 끝없는 어둠과 침묵과 절망과 사투를 벌이며 더디게, 더디게 나아갔다.

드디어, '드디어'라는 말이 그렇게 기쁠 수가 없다. 좋든 싫든 끝장을 이제 본다는 말이니까. 우리는 산 정상에 다

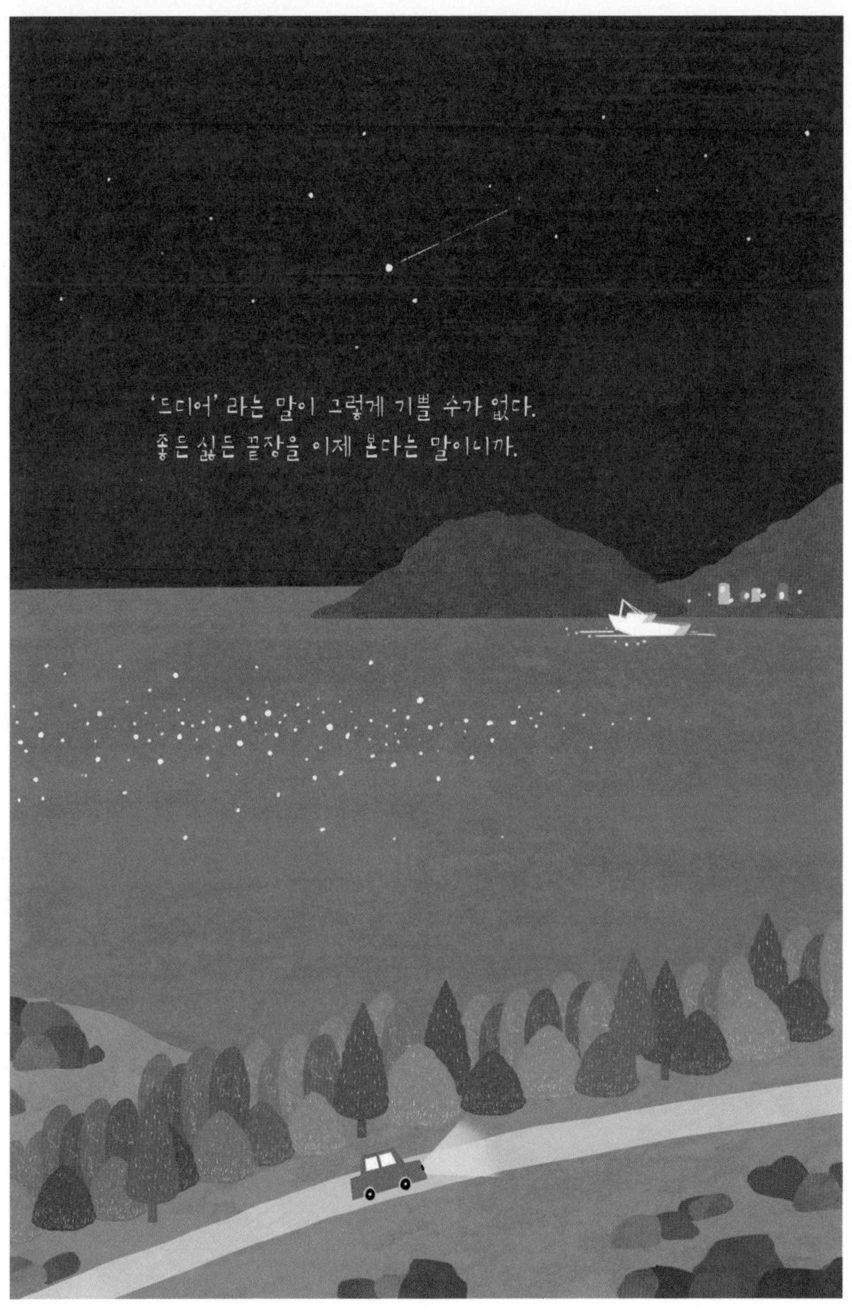
'드디어' 라는 말이 그렇게 기쁠 수가 없다.
좋든 싫든 끝장을 이제 본다는 말이니까.

다랐다. 차에서 내려 둘러보니, 우리가 올라온 길 반대쪽 산 아래 아득한 곳에 마을의 불빛이 보였다. 오순도순 정답게 반짝이는 모양에 왠지 눈물이 났다.

다시 어둠을 뚫고 올라온 길을 거슬러 반대편에 마을의 불빛이 보이는 쪽으로 내려갔다. 마을 입구에 있는 찻집 앞에 섰다. 문을 밀고 들어서는데, 여주인이 집으로 돌아가려는 참이었는지 문을 밀고 나오는 중이었다. 우리는 지친 몸을 던지듯 의자에 기댔다. 그녀는 놀란 표정으로 다가와 이 늦은 밤에 웬일이냐고 묻는다.

'이 섬은 어떤 섬이냐, 이 섬은 들어오는 길만 있고 나가는 길은 없느냐, 이 섬에 잠잘 수 있는 곳이 있기나 한 거냐, 도대체 이 섬에 사람이 살기나 하느냐….'

푸념을 늘어놓았더니 여주인은 미소로 대답을 대신하며 돌아서더니 주방으로 가서 뜨거운 차를 내온다. 다탁에 차를 내려놓고는 우리와 마주 앉더니 그제야 입을 열었다.

"힘들어 보이는데, 우선 이 칡차를 드세요."

김이 모락모락 피어오르는 칡차는 서서히 우리를 피곤과 추위로부터 구제해줬다. 기운을 되찾아주고, 불안했던 마음을 가라앉혀주었다.

그 밤, 우리는 유리창 밑으로 파도가 밀려와 부딪치는 그녀의 별장에서 편안한 휴식을 취할 수 있었다.

"당신의 이상한 여행 벽으로 여행 한번 잘했어요. 오래오래 기억에 남을 것 같아요."

힘들었던 여정에 괜히 뾰로통하게 말을 건네니, 돌아온 남편의 말이 걸작이었다.

"이런 게 돈 주고도 못 사는 여행의 묘미 아닐까."

고즈넉이 비 내리는 오늘처럼 마음과 몸에 습기가 배어 피곤이 스며들 때면 칡 향기 은근한 그녀가 그리워진다.

제주 서귀포 한라산

1994

두 번째 여행 이야기

백록과 함께 울었다

남편과 한라산에 왔다. 평소에도 등산을 자주 하는 편이지만, 둘이서 먼 길을 비행기로 날아와 예까지 온 건 처음이다. 오늘 등반 코스는 제일 험하고 힘들다는 관음사 코스다. 등산로 초입에 '노루 야생지이니 사냥을 금합니다'라고 쓰인 장방형 팻말이 서 있다.

"운이 좋으면 노루를 볼지도 몰라요. 동물원에 갇혀 있는 노루가 아닌 이 산 저 산을 뛰어다니는 야생 노루를!"

"노루가 자유롭게 뛰어놀 수 있도록 그냥 놔두었을까?"

내 말에 남편은 진지하다. '운이 좋으면'이라는 단서를 달긴 했지만, 어쨌든 이 산에 노루가 있다는 것만으로 내게는 신선한 충격이었다. 한라산에는 물이 없다는 말을 익히 들어서 안내소 바로 옆에 있는 수도에서 물병에 물을 가득 채웠다.

"흐리고 바람이 있는 이런 날에는 일기예보와 상관없이 바람이 비를 몰고 올 수도 있으니 조심하셔야 합니다."

안내소 직원의 말을 등 뒤로 남기며 등산로로 접어들었다. 바람이 불고 비가 억수로 쏟아져도 등반을 끝낼 것이다. 기어이 백록담을 볼 것이다. 서울에서 천 리가 넘는 길이다. 결코 오기 쉬운 길은 아니다. 남편과 나는 어느 산에 가더라도 '정상에 이르지 못하면 등산했다고 말하지 말자'는 무언의 약속 같은 것이 있다.

등산로 초입은 한 사람이 간신히 걸어갈 정도로 좁다. 낙엽이 그 길을 온통 덮고 있다. 울창한 나무들이 시야를 가려서 하늘을 볼 수 없고 좌우의 계곡도 흐르는 물소리로만 짐작할 뿐이다. 현 위치를 가리키는 팻말이 아니면 얼마큼 높이 올라왔는지 가늠할 수조차 없다.

'위험하니 등산로 밖으로 나가지 마시오' 철조망에 걸려있는 팻말이 자주 눈에 띄었다. 한라산은 날씨를 예측할 수 없을 정도로 깊은 산이다. 현무암으로 이루어져서 돌층계나 바위가 흑색이거나 짙은 회색인데다가, 입구에서 직원이 말한 것처럼 비가 내릴지도 모르는 흐릿한 날씨가 더욱 깊고 아득하게 만들었다. 나무 사이로 언뜻 보이는 계곡도 흑색이거나 짙은 회색인데 이끼로 잔뜩 덮여 있고, 낙엽이 이끼 위를 또 뒤덮고 있다. 계곡 밑에 있는 웅덩이의 물은 한 번도 흐른 적이 없는 것처럼 고여 있어 썩은 듯 까맣고, 그래서 그 깊이를 전혀 짐작할 수가 없다. 흘러내리는 물보다 웅덩이에 고여 있는 물이 더 많다. 울울한 나무와 거대한 바위가 물의 흐름을 막고 있는듯했다.

'노루가 뛰어다니다가 저 물에 빠지면 어쩌나.' 괜한 걱정까지 하면서 걷는데 까마귀가 까옥까옥 바로 근처에서 울어댄다. 문득 영화의 한 장면이 떠오른다. 시체가 있는 곳의 하늘을 뒤덮는 까마귀 떼. 그 어둠침침한 생각은 곧 '정말 비가 오려나 봐'라는 불길한 생각으로 이어졌다. 몸이 으스스했다. 예전에는 까치와 까마귀로 길흉을 점치기도 했다. 그런데 이상하지. 까마귀는 어미에게 먹이를 물어다 주어 보은한다고 해서 효조[孝鳥]나 반포조[反哺鳥]라 불리는데, '겉이 까만들 속조차 검을쏘냐'인데 왜 까마귀가 울면 기분 나쁜 생각이 먼저 일어나는지 모르겠다.

한라산이 까맣기만 한 것은 아니었다. 숲을 지나서는 초록색 풀들을 볼 수 있었다. 어쩌다 만난 현지 등산객에게 물으니, 조리를 만드는 데에 쓰는 '조릿대'라고 한다. 여러해살이 식물이라 한겨울에도 푸르다고 했다. 예전에는 정월 초하루면 골목마다 복조리를 사라고 외치는 소리가 들렸

남녘땅에서 제일 높은 한라산 정상에 우뚝 서니,
북녘땅에서 제일 높은 백두산에도 가보고 싶어진다.
나도 모르게 흐르는 눈물, 뜨거운 비애.

는데, 조릿대가 큰 산 전체를 가득히 덮고 있는 모습과 함께 우리 집 주방에 걸려 있는 플라스틱 조리가 떠올랐다. 한라산의 조릿대는 제 할 일을 잃고 하릴없이 등산객의 마음만 처연하게 하누나.

다시 등산로로 접어드니 아닌 게 아니라 정말 길이 좁고 험했다. 오른쪽은 삼각산, 왼쪽으로는 발 한 번 잘못 디디면 그대로 굴러떨어질 수밖에 없는 아득한 낭떠러지, 앞쪽은 구름인지 안개인지 뿌연 막으로 가려 있어 잘 보이지 않는다. 무엇보다도 너무나 적막했다. 원시림이 있다면 이런 것인지.

"지금도 이런 원시림이 남아 있다는 게 참 신기하네요."

"그래서 이 등산로를 택한 거지."

드디어, 한라산 정상에 올랐다. 나무 한 그루 없고 구멍이 숭숭 뚫린 까만 돌로 덮여 있는데, 발아래에 구름바다가 광활하게 펼쳐져 있다. 눈길이 멈춘 곳에 수평선처럼 하늘과 구름이 맞닿아 있다. 남녘땅에서 제일 높은 한라산 정상에 우뚝 서니, 북녘땅에서 제일 높은 백두산에도 가보고 싶어진다. 나도 모르게 흐르는 눈물, 뜨거운 비애.

백록담, 해발 1950미터의 산 정상에 이처럼 큰 호수가 있다는 것은 경이로운 일이다. 사방을 둘러싼 분화 벽은 동서 600미터, 남북 500미터 가량의 둘레 약 3킬로미터인 타원형이다. 이곳은 백두산의 천지처럼 화산 분출구가 막혀 물이 고이고 호수가 된 화구호火口湖다. 그 옛날, 복날에 선녀들이 이곳에서 목욕을 하는 모습을 훔쳐본 한 신선이 옥황상제에게 벌을 받아 흰 사슴으로 변했단다. 선녀에게 마음을 빼앗긴 그 흰 사슴白鹿이 울던 연못潭이라는 데서 지명이 유래했다고 한다. 좀 더 현실적으로는, 한라산 꼭대기에 쌓여 있는 눈 사이로 물을 마시는 사슴이 하얗게 보였을 것이라는 설도 있다.

> 가재도 기지 않는 백록담 푸른 물에 하늘이 돈다. 불구에 가깝도록 고단한 나의 다리를 돌아 소가 갔다. 쫓겨온 실구름 일말에도 백록담은 흐리운다. 나의 얼굴에 한나절 포긴 백록담은 쓸쓸하다. 나는 깨다 졸다 기도조차 잊었더라.
>
> – 정지용, 〈백록담〉 중에서

일제강점기 때 시인 정지용이 노래한 것을 보니, 지금은 비록 백록담에 물이 없지만 이전까지도 물이 가득해서 파란 하늘이 호수에서 노닐었나 보다.

백록담을 에워싸고 있는 제일 높은 바위에 까마귀가 내려와 앉아 다시 까옥까옥 허공을 향해 울었다. 내려갈 때를 알려주는 듯했다. 마치 한라산을 지키는 파수꾼처럼.

강원 인제 방태산 · 개인산

1999 · 2000

세 번째 여행 이야기

거기에 머물면 산다

8월이다. 꽃이 만개할 시기가 지난 탓일까, 아니면 워낙 골이 깊어 기온이 찬 탓일까. 산나리, 달리아, 접시꽃이 잘못을 저지른 아이들처럼 고개를 떨구고 있다. 새까만 나비 여섯 마리가 이 꽃 저 꽃에 앉았다 날아가곤 하는데, 꽃줄기가 모두 가늘고 긴 데 비해 나비 몸짓이 하도 커서 하마 꽃자루가 부러질까 걱정스럽다.

나는 지금 원형 나무탁자를 앞에 하고, 아름드리나무를 베서 만든 의자에 앉아 꽃과 나비를 보고 있다. 바로 등 뒤로는 구유를 이용한 물통에, 산에서 달려 내려오는 맑은 물이 소리를 지르며 흘러넘치고 있다. 여기는 개인산과 방태산의 중간 산기슭에 위치한 개인산장의 앞마당이다. 우리 가족 네 식구가 실로 오래간만에 여행을 떠나왔다. 2박 3일 동안 이곳에 머물면서 방태산 등산도 할 예정이다.

얼마 전 한 신문은 '사람이 지겹습니까?'라는 제하의 기사에서 방태산 주변을 '3둔 4가리'라고 소개했다. 3둔은 살둔·월둔·달둔을 말하며, 4가리는 아침가리·연가리·적가리·명지가리를 말한다.

"아, 바로 이곳이다!"

신문을 읽는 순간 우리 부부는 여행 장소를 결정해버렸다. 딸은 올해 대학을 졸업하고 직장생활을 시작했고, 아들은 대학 졸업반이 되었다. 여행은커녕 같이 앉아 밥 먹는 시간도 가질 수가 없다. 남편은 이래서는 안 되겠다 싶은지 전격적으로 가족 모두 함께 떠나자고 했다. 며칠을 설득한 끝에 두 아이는 자신들의 계획을 접고 방태산 여행에 동참했다.

조선 중기 이후에 백성들 사이에서 널리 퍼졌다는 예언서《정감록》은 이곳을 일러 이렇게 말했다고 한다.

'거기에 머물면 산다. 오랑캐와 왜적의 침탈도 그곳만은 범접하지 못하며, 범보다 무섭다는 관리도 그곳만은 어쩌지 못할 것이다.'

개인산장 식구는 주인 할머니, 마흔이 넘은 아들, 밥만 먹여 달라고 찾아 들어온 허드레꾼, 재수생 그리고 누렁이

개 한 마리와 수십 마리의 토종닭이다. 할머니가 이 산골에 들어오신 것은 아들의 폐결핵을 고쳐보겠다는 의도에서였고, 재수생 역시 아픈 몸을 이끌고 휴양 차 들어왔다고 했으며, 가끔 약수로 위장병을 고쳐보려는 사람들이 이곳을 찾아든다고 했다.

이런 곳에서 살면 어디 육신이나 마음의 병만 고쳐지겠는가. 이곳에서 하룻밤 자고 나면 미워하는 마음이, 두 밤 자고 나면 탐욕스러운 마음이, 세 밤 자고 나면 허영이나 이기가 깨끗이 치유될 것만 같다. 개인산開仁山은 이름 그대로 '어진 마음을 열어 사람들의 지치고 다친 몸과 마음을 치유해주는 곳'이리라.

이곳에 전기가 들어온 지는 겨우 3년이다. 할머니 말씀대로라면 기온이 차서 땅에 묻는 곡식(감자나 고구마)만 되고, 고개 숙이는 곡식(보리, 밀, 수수)은 되지 않는 곳이다. 부지런한 사람이라도 여름에만 찬물에 세 번 정도밖에 목욕을 못하는 곳이다. 어디를 둘러봐도 첩첩산중이다. 구름도 흘러가다 나무나 산봉우리에 걸릴 것 같이 산이 높고 나무가 울울창창하다.

산골의 밤은 일찍 찾아온다. 깊은 산골일수록 그러리라. 저녁을 먹고 나니 날이 어두워서 할 일이 없다. 덕분에, 우리 네 식구는 방 하나에서 같이 뒹굴며 많은 이야기를 나누었다.

다음 날, 아침 일찍 산장을 벗어나 50분 정도 산에 오르니, 중턱에 '업혀서 들어왔다가 걸어서 나간다'는 개인약수가 있다. 철분이 많아서 위장병에 특효라고 한다. 약수터 주위는 빽빽한 수림 때문에 대낮에도 어둡고 습습하다. 돌을 쌓아 만든 돌탑이 여기저기 산재해 있다. 돌 하나하나에는 사람들의 간절한 소망이 깃들어 있을 테다. 나도 돌탑에 돌 하나를 조심스레 올려놓는다.

개인산과 마주하여 브이V 자형 계곡을 형성하고 있는 방태산은 깃대봉, 주억봉, 구룡덕봉이 이어지면서 험준한 산세를 자랑한다. 박달나무, 피나무, 참나무 등 활엽수가 울창한 숲을 이루고 있다. 무릎, 허리, 가슴께까지 올라오는 풀숲 때문에 산길이 안 보여 걸을 수가 없다. 팔과 다리를 다 동원해서 풀숲을 헤치며 걷는다. 남편은 혹여 뱀이 나타날까, 이를 대비해 경사진 곳을 오를 때 사용하는 피켈을 꼬나들고 긴장한 채 앞서 걷는다. 그 뒤로 딸, 나, 아들이 걷는다.

옷이 금방 젖고 등산화도 물이 밴다. 어쩌다가 발견되는 등산로를 알리는 꼬리표는 색이 바래다 못해 하얗다. 사람이 많이 찾지 않았다는 증거다. 나무들이 거목인데다가 가지가 많은 활엽수라 시야를 막는다. 안개가 자욱해서 더욱 그렇다. 꿈속에서 둥둥 떠가는 기분이다.

3시간이 지난 오전 11시쯤에 안개가 걷히니 비로소 깊은 계곡이 눈에 들어온다. 정신이 아뜩할 정도로 깊다. 등산객은 우리 식구뿐, 새소리조차 안 들린다. 소음만이 귀를 먹먹하게 하는 건 아니다. 지나친 고요가 그렇다.

"내려가자."

"무슨 소리를 하는 거야!"

되돌아가고 싶다. 그러나 되돌아가지 않는다는 것을 누구보다도 나는 잘 알고 있다. 남편은 아무리 산이 험해도 정상까지 오르곤 했으니까. '화장실을 가다가 되돌아설 수는 없지 않겠느냐'는 것이 등산에 대한 남편의 지론이다. 다시 힘을 내서 걷기 시작한다.

드디어, 목적지에 도착했다. 방태산 깃대봉(해발 1436미터)과 주억봉(1444미터)을 잇는 삼거리 능선이다. 방태산芳台山은 이름 그대로 '밤이면 별이 쏟아지고, 낮이면 꽃향기가 가득한 곳'이었다. 키 작은 나무들과 자잘한 야생화들이 바람에 머리를 흔들면서 우리를 맞이한다. 지극히 평화로운 광경이 눈앞에 펼쳐지자 그동안의 힘들었던 여정이 씻은 듯이 사라진다.

"야호!"

어른과 아이들이 함께 소리를 지른다. 기어코 해냈다는

이곳에서 하룻밤 자고 나면 미워하는 마음이,
두 밤 자고 나면 탐욕스러운 마음이,
세 밤 자고 나면 허영이나 이기가 깨끗이 치유될 것만 같다.

기분에 어깨가 우쭐해진다.

점심을 먹고 나니 오후 2시다. 하산을 서둘렀다. 문제가 발생했다. 길을 잃은 것이다. 원시림 한가운데 던져진 기분이다. 도무지 오리무중이요, 거기가 거기다. 오르락내리락하기를 몇 번, 할 수 없이 나침반 바늘을 개인산장이 있는 남쪽 방향으로 둔 채 급경사진 비탈길을 내려가기 시작했다. 물론 등산로가 없는 곳이다. 넘어지고, 걸리고, 부딪치고, 구르는 돌에 얻어맞고, 온몸으로 숲을 헤쳐가면서 길이 아닌 길을 걸었다. 길이란 얼마나 좋은 것이냐. 처음으로 길을 만들어 뒤따르는 사람들이 편안하게 오갈 수 있게 해준 사람들에게 경의를 표해야 할 일이다.

어두워지기 전에 하산을 끝내야 한다는 강박감이 어깨를 짓누른다. 뭔가에 부딪쳐 피가 나도 아픈 줄을 모른다. 등산을 처음 따라나선 두 아이가 오히려 우리를 위로한다. 놀랍도록 침착하고 의연하다. 어둠이 깃들 무렵에서야 개인산장이 보인다. 물살 빠른 개울에 무릎까지 빠져가면서 힘겹게 건넌다.

산장에 도착하니 몸과 마음이 오래 묵은 파김치다. 아침에 나올 때 부탁드렸던 닭백숙을 할머니가 얼른 차려 내오신다. 내가 닭백숙을 먹었는지, 그것이 내 안으로 들어왔는지 모르게 잠이 들었다.

이제, 이틀 동안 머물렀던 산장을 떠나야 한다. 할머니에게 우리 네 식구는 나란히 서서 인사를 드렸다.

"여기는 가을이 더 좋다우. 꼭 한 번 더 오시구랴."

할머니의 정겨운 소리가 자꾸 우리를 뒤돌아보게 한다. 비록 우리를 혼내주긴 했지만, 산과 나무와 구름과 바람에게도 손짓을 하며 안녕을 말했다.

1년 후 같은 달인 8월, 이번에는 친정 동생네 부부를 대동하고 다시 찾았다. 크게 당황했던 조난의 경험에도 불구하고 방태산을 잊을 수가 없었다. 저번에 가까이 가보지 못했던 방태산 구룡덕봉과 개인산을 오르려 한다.

친구가 소개해준 산장의 주인은 시인이다. 그는 베로 만든 웃옷을 입고, 맨발에 까만 고무신을 신고, 쓰레기 분리수거를 하다가 반색하며 우리를 맞아준다. 공직에서 퇴직하고 평소 꿈이었던 솔숲에 산장을 지어 '솔마을산장'이라고 문패를 걸었단다. 올해로 5년째다. 성격이 인상을 만든다고, 듣던 대로 시인은 소탈하게 웃는다.

그가 안내해주는 대로 방갈로에 짐을 내려놓는다. 험준한 산봉우리들이 마치 보호하듯 산장을 빙 둘러 있고 뒤로는 솔밭이, 발아래로는 내린천 맑은 물이 소리소리 지르며 흐르고 있다. 나도 이런 곳에서 살면 저절로 시인이 될 성싶다.

이튿날, 아침 일찍 등산을 하고 오겠다고 배낭을 메고 나서니 시인은 놀란 듯이 눈을 크게 뜬다. 이곳에 낚시꾼은 많이 와도 등산객은 없었다고, 험한 산인데다가 수풀이 우거져서 길을 잃기 쉽고 10시간도 넘게 걸어야 한다고, 그래도 가겠느냐며 장난하지 말라는 투로 말한다. 하기야 작년에 개인산장 할머니도 똑같은 말을 했었다. 말을 안 듣다가 길을 잃는 낭패를 보았지. 그러나 포기할 수는 없다. 오히려 잘됐지 뭐, 실수의 경험이 있잖아.

"우리를 얕잡아 보시는데, 이러지 마세요. 이래 봬도 산꾼이라구요."

나도 지지 않고 눈을 크게 뜨며 응수했다. 그는 여전히 맨발에 까만 고무신을 신고 있다. 단념한 듯 마당에 세워져 있는 지프차에 훌쩍 올라타더니 우리 보고 타라고 손짓을 한다. 산 들머리까지 태워다 주겠다고 한다.

"저녁 7시까지 산장에 다시 돌아오면 내가 한턱내지."

살둔에 우리를 내려놓고 빈정대듯 말을 남기고는 차를 돌려 휑하니 가버린다. 아, 한마디 덧붙이면서.

"길을 잃으면 전화하라고, 대기하고 있을게."

입구를 알 수 없어서 근처 이장 집을 찾아가 길을 물었다. 콩 포기가 제멋대로 자라 얼크러져 있는 콩밭을 가로질러 겨우 등산로 입구를 찾았다.

초두부터 가파른 등산길은 숫돌봉(해발 1107미터), 침석봉(1320미터)을 지나 해발 1341미터나 되는 개인산을 오를 때까지 계속 치닫는다. 어쩌다가 만나는 꼬리표는 색깔이 하얗게 바랬지만 그나마 사람이 왔다가 간 흔적이라고 반가웠다. 거리를 나타내는 팻말 하나 없어 우리가 어디쯤 와 있는지 가늠할 길이 없다. 산이 있고 등산길이 있으면 팻말이 있어야지, 아니면…?

누가 가라고 해서 가는 건가. 저 좋아서 가면서 불평은…. 혼자 묻고, 혼자 대답하고, 혼자 투덜댄다. 앞서가던 남편이 뒤돌아보며 뭘 그렇게 중얼거리느냐고 묻는다. 할 말이 없어 입을 다문다. 거리를 측정할 수 없는데다가 엉켜 붙은 수풀을 손과 발, 온몸으로 헤치며 걸어야 하기 때문에 빠르게 지친다. 게다가 그 정적이라니! 산행의 상식마저, 이를테면 지그재그로 걸어라, 발바닥 전체가 닿도록 걸어라, 입을 다물고 코로 숨을 쉬어라… 같은 것을 실천할 수가 없다.

매미가 운다. 매미는 굼벵이로 6~12년 동안이나 땅속에서 지내다가 나무에 올라 매미가 된 지 1~3주 만에 죽는다고 한다. 땅속 어둠에서의 긴 시간에 비해 쨍한 한여름에만 노래하다가 떠나는 매미의 삶을 어쩌면 허무하다 할 수 있겠지만, 한참을 더 오래 사는 인간의 삶인들 다를 게 무얼까. 그러니 사는 동안이 무에 문제가 되겠는가. 어떻게 사느냐가 문제지. 한순간일지라도 온전한 나로 살아야 한다.

버섯이 숲속에 숨어 있다. 핏빛이다. 빨간 꽃인 줄 알고 가까이 가서 보니 버섯이다. 새빨간 것이 예쁘지도 않으면서 살기마저 등등하다. 따기만 해도 속속들이 독기가 퍼질 것 같다.

방태산에는 갓 피어난 풀꽃에서부터 푸르름을 자랑하는 거목과 죽어 사그라진 아름드리나무까지 초목이 공존하고 있다. 어느 짐승이 죽은 나무의 옆구리를 쪼았는지, 살점들이 푸수수하게 사방에 흩어져 있다. 나무도 늙으면 죽는구나. 사람처럼 생로병사가 있음을 새삼 깨달았다.

구룡덕봉 가는 길은 가도 가도 끝이 없다. 여기인가 하면 아니고, 저기인가 하면 아니다. 얼마큼 가야 구룡덕봉에 닿을 수 있는지, 그도 알 수가 없다. 단지 지도상에 나타나 있는 시간만 헤아리며 걷고 또 걷는다. 개인산이 저 멀리 자태를 들어냈다. 개인산이 끝나는 지점에서 방태산 구룡덕봉이 시작된다. 안도감이 생긴다.

구룡덕봉(1388미터)이라 쓴 팻말 앞에 선다. 구룡덕봉은 산의 정상이 아니다. 정상을 넘어서서 내려가 있는 움푹 팬 땅이다. 영락없이 아홉 마리의 용이 똬리를 틀고 앉았던 자리 같다. 너를 만나러 멀고도 험한 길을 걸어왔구나. 반갑고도 서운한 감정이 마치 오래 떨어져 있던 연인을 만나는 기분이다.

오후 2시가 되어서야 점심을 먹고 다시 산길을 오른다. 양지 바른 언덕바지에 온갖 색깔의 야생화가 한낮의 햇볕을 받으며 끝없이 피어 있다. 야생화 군락지다. 꽃을 보자 힘들었던 산행이 씻은 듯 사라진다. 야생화도 언제 사람을 만나 보았겠는가. 앙증맞은 고개를 흔들며 반가워한다. 그 곁에 앉아 얘기를 나눈다. 아, 푸른 하늘, 흐르는 구름 그리고 형형색색의 꽃들. 오래간만에 만난 평화로운 광경이다.

꽃들과 헤어져 언덕진 길을 벗어나니 곧바로 군사 도로다. 돌길이다. 지도상으로 하산하는 데 3시간이 걸린다. 다시 우리는 지루하고도 먼 길을 걸어야 한다. 더군다나 흙이 아닌 아스팔트를 밟고서. 그나마 양쪽 길섶에 싸리와 망초꽃이 흐드러지게 피어 있어 지친 심신을 위로해준다. 숲에 가려 보이지는 않지만 세차게 흘러내리는 내린천 물소리가 피로를 덜어준다.

한참을 걸어 내려오니 눈앞에 너른 들판이 나타났다. 옥수수, 둥근 호박, 고추… 보기만 해도 마음이 풍성해진다.

수확이 끝난 너른 배추밭에는 미처 캐가지 못한 배추가 드문드문 보인다. 동생과 나는 다리의 아픔도 잊은 채 배낭을 벗어 던지고는 밭으로 뛰어들었다. 선택을 받지 못한 배추들 중에서도 실한 게 꽤 많다. 길길이 자란 명아주 나물을 헤치며 배추를 찾아 겉대를 잘라 버리고 노란 고갱이만 남겨 밭에 눕혀놓으면, 두 남자가 한 아름씩 안아 나른다.

이윽고 네 명이 배추를 비닐봉지에 담아 배낭에 넣어 짊어지고는, 그것도 모자라 양손에 들고 걷는다. 산장까지 아직 남은 거리가 먼데 어쩌자는 것인지. 그런 건 생각도 하지 않은 채 그저 즐거워한다. 그러나 얼마 안 가서 어깨가 빠지는 듯 아프다. 어쩌나, 가다가 쓰러지는 한이 있어도 어쨌든 가야 하지 않겠는가.

오후 7시가 되기 10분 전에 가까스로 산장에 도착했다. 꼭 12시간 만이다. 마중 나와 있던 시인이 시계를 본다. 기막히다는 듯 웃는다. 그는 약속대로 옥수수막걸리로 파티를 열어주었다. 내린천 맑은 물은 여전히 발아래로 흘러가고, 산장 뒤 솔밭에서는 향기로운 송뢰가 솔솔 불어온다. 달빛마저 곱게 뜰에 내려앉는구나! 세상 살면서 사람 사귀기가 어디 그리 쉬운가. 이곳에서 시인과 우리는 오랜 지기처럼 밤이 이슥하도록 술잔을 기울이며 덕담을 나누었다.

다음 날 이른 아침, 떠날 채비를 차리고 인사를 하러 내실에 들렀더니 시인 내외는 벌써 무밭에 나가고 안 계셨다. 부지런도 하셔라. 감사한 마음을 남겨놓고 산장을 떠났다.

중국 지린성 백두산

2002

네 번째 여행 이야기

꿈은 더뎌도 이루어지는 것이니

우리는 3등 인생(?), 흘러간 유행가 가사 같지만 동춘호 일반실에 보따리를 내려놓고 보니 문득 그런 생각이 든다. 그럴 수밖에 없는 것이 귀빈실, 호화실, 가정실, 우정실, 단체실 등 고급 객실을 모두 지나치고 3층의 135인 1실인 이곳에 짐을 부렸으니까. 무릇 여행이란 많은 사람을 만나고, 많은 것과 부딪히고, 많은 것을 견디어내는 데에 더욱 큰 의미와 묘미가 있는 것이리라. 1인용 담요 2장과 요 1장 그리고 인조가죽으로 씌운 베개 하나가 얌전히 개켜져 4줄로 나란히 놓여 있다. 마치 군대 내무반 같다.

속초 국제선박터미널에서 복잡하고 까다로운 절차를 거쳐 동춘호에 오른 것은 오후 2시였다. 평소에 멀미는 안 하지만 17시간짜리 배 여행이 아무래도 부담스러워 멀미약 한 병을 다 마셨다. 배는 한 시간이나 지나 출발했다. 설렘, 기대, 긴장으로 머리가 띵하다. 갑판으로 나오니 하늘과 바다가 온통 잿빛이다. 어제부터 내리던 비는 그쳤는데, 구름은 잔뜩 얼굴 찌푸리고 있다.

뱃고동 소리는 속초항을 떠나 해로로 러시아 연해주의 자루비노항까지, 다시 육로로 중국 지린성 훈춘시를 거쳐 최종 목적지까지 연장 951킬로미터에 26시간이 소요되는 '백두산白頭山 대장정'이 시작되었음을 알렸다. 바람이 잔잔하니 배도 조용히 바다를 가른다. 중국에는 이번이 세 번째지만 배를 타고 가기는 처음이다. 내심 걱정을 많이 했는데 아주 듬직하니 잘 달리고 있다. 단단한 등딱지를 가진 천년 묵은 거북이 등에 올라타면 이런 느낌이 들 것인지. 배는 정말 거북이처럼 느릿느릿 바다를 가르고 있다. 어느 틈에 해가 지고 구름 사이로 보이는 낙조가 곱다.

일반실로 돌아와 자리에 누워 잠을 청한다. 딱딱한 베개 밑에서 일정한 간격으로 들리는 엔진 소리는 여행객의 고단한 잠을 그리 오래 빼앗지는 못했다. 거북이는 캄캄한 바다를 계속 달렸다.

드디어 자루비노항이다. 러시아 시간으로 오전 11시 10

분, 우리보다 2시간이 빠르다. 집채 같은 컨테이너, 군복 입은 사람들, 낮은 언덕 위의 작전용 시멘트 벙커… 황막한 풍경이다. 복잡한 절차 끝에 밖으로 나오니 'DAE WOO'라고 쓴 우리나라 버스가 대기하고 있다. 반가웠다.

운전사는 러시아인이다. 버스는 우리 일행이 오르자마자 한눈팔지 말라는 듯이 하늘과 구름을 이고, 낮은 언덕과 들판을 끼고 단 한 번도 서는 일이 없이 비포장도로를 달린다. 차창 밖으로 보이는 사람들도 버스에는 눈길을 주지 않는다.

'젠장, 러시아 땅을 좀 밟아보면 안 돼? 오직 이 길을 통과하기 위해 러시아 비자 값으로 4만 원을 냈으니 딱 그만큼만이라도…. 저 언덕에 핀 꽃향기를 맡고 싶단 말이야.'

막무가내로 달리기만 한 버스는 정확히 정오에 맞춰 크라스키노에 도착했다. 세관 검사를 마치고 버스는 다시 러시아와 중국의 황막한 국경 지대를 달린다. 잠자리가 한가롭게 국경을 넘나들고 있다. 이토록 까다로운 지역인데, 무슨 특전이라도 있는듯 마냥 유유자적이다.

30분쯤 더 달려 중국 훈춘琿春(혼춘)시에 도착했다. 입국심사장인 이곳은 이전에 '장영자長嶺子'세관이라 불렀단다. 사람 이름으로 속을 뻰했다. 긴 고개라는 뜻이다.

내 이름이 여권에는 'SOOK JA KOO WON'으로 되어 있고 중국 비자에는 'SOOK JA WON'으로 되어 있다. ('KOO'는 남편의 성이다.) 훈춘 세관에서 이름이 다르다고 한바탕 살벌한 시비가 있었던 탓에 우리말을 유창하게 구사하는 조선족 가이드를 만나고 나서야 비로소 경직된 마음이 풀렸다.

버스는 세관을 벗어나 연변延邊(옌볜)조선족자치주를 향해 다시 달렸다. 마침 버스 옆으로 자전거가 지나간다. 가이드는 교통경찰이 자전거를 보고 뭐라고 하는지 아느냐고 묻는다. 자전거는 '도시 쥐새끼', 오토바이는 '도시 미친개', 택시는 '도시 삽삽澁澁개'라고 한단다. 버스 안이 웃음판이 됐다.

저 멀리 차창 밖으로 두만강이 보인다. 강물은 백두산에서 시작하여 동해로 흘러 들어간다. 이 강물을 거슬러 가면 백두산에 닿으리라. 강 건너 북녘땅에는 숲에 가려 집 지붕만 드문드문 지나간다. 남녘땅에서 온 우리, 이곳에 사는 조선족 그리고 북녘땅에 사는 그들. 오랜 세월을 서로 떨어져 살아왔지만 그보다 비할 수 없이 더 오랜 세월을 함께 살아온 같은 핏줄이다. 섧다.

버스는 도문圖們(투먼)시에 멈춰 선다. 도문은 북한의 함경북도 남양시를 잇는 무역 통로로 지금도 장사꾼들이 많이 왕래하고 있는 곳이다. 북한의 어린이들이 두만강을 건너

중국으로 넘나들면서 '탈북 소년'이라고 속여 여행객들에게 돈을 달라고 조른다고 한다.

도문에서는 두만강을 도문강이라고 부른다. 나루터에 매표소가 있어 우리 돈으로 5천 원을 내면 배를 타고 두만강을 돌아볼 수가 있다. 가까이서 보는 두만강은 전혀 푸르지 않다. 도문에 버스가 멈추었을 때 소변이 급해 화장실을 찾았다. 한 사람이 손가락으로 가리키는 곳으로 뛰어갔는데 아뿔싸, 이건 화장실이 아니다. 들어가는 입구부터 질펀하게 젖어 있어 도저히 발을 디딜 수가 없고, 냄새 또한 역겨워 코를 잡고 돌아섰다. 설마 이곳의 오물도 모두 두만강으로 흘러드는 게 아닐까. 그렇지 않고서야 '두만강 푸른 물이' 저렇게 흙탕물일 수가 없다.

도문에서 연길延吉(옌지)을 거쳐 용정까지는 1시간이 걸린다. 연길은 이번 9월 3일이면 조선족자치주가 된 지 50주년이 된다. 한창 건물이 복구되거나 새로 세워지느라고 부산하다. 가로등도 새로 세워진 것이다.

연길시를 벗어나니 전원 풍경이다. 논밭이 놀랍도록 끝이 없다. 논도 많지만 옥수수밭, 콩밭 그리고 해바라기가 너른 들판에 가득하다. 해마다 10월쯤 '로동 학습' 시간에 학생들을 동원해서 추수한다고 한다. 중국은 사회주의국가로 토지는 국가 소유다. 1984년에 생산책임제를 실시하면서 농지를 개인이 사용할 권리를 허용했다. 저 너른 들판이 모두 국가로부터 임대한 것이다.

논밭이 끝나니 '사과배' 과수원이다. 사과배는 100만 그루나 된다. 이 또한 끝이 없다. 북한의 사과나무를 중국의 돌배나무에 접목시켜 만든 것이다. 사과배를 '핑구어리苹果梨'라고 한다. '쪽박에 담아온 문화와 본토 문화의 절묘한 결합'이라고 해서 이주민족으로서 짧은 기간에 당당하게 뿌리를 내린 조선족을 상징하기도 한단다. 겉은 사과처럼 생겼지만 속은 배 맛이 난다. 한 번 깨물면 단물이 입안에 가득 차서, 한 개만 먹어도 일주일 동안 갈증을 풀어준다고 가이드는 허풍을 떤다.

용정龍井(룽징)시. 일제강점기 때 조국에서 쫓겨나거나 피난을 와서 처음 자리 잡은 곳으로 독립운동의 근원지다. 청나라 지주와 일제 군경들에게 이중으로 혹사당하던 원한과 설움이 맺혀 있는 땅. 이 땅에 정착해서 한 많은 삶을 살아온 지 1세기, 그들의 짙은 아픔이나 고뇌를 도처에서 접한다.

시인 윤동주가 다녔던 대성중학교(지금의 용정중학교)는 지금까지도 조선족 학생들만 다닌다. 교문 앞에 그의 〈서시〉가 담긴 시비가 있다. '죽는 날까지 하늘을 우러러 한 점 부끄럼이 없기를 잎새에 이는 바람에도 나는 괴로워했다…' 가만히 읊조려본다. 제2차 세계대전 때, 독일이 폴란드를 침공해서는 쇼팽의 음악이 폴란드인들에게 애국심을 자극한다는 이유로 그의 피아노를 박살내어 땔감으로 썼다고 한다. 그와 같은 이유였을 게다. 우리 민족 정서로서의 그의 시어들(순이, 흰옷, 살구나무, 희망의 봄 등)을 일제는 겁냈던 게다. 그는 스물여덟의 젊은 나이에 일본 후쿠오카 형무소에서 옥사했다. 2층 교실에 들어서니 모자를 쓴 모습, 맨머리에 교복을 입은 모습으로 친구와 같이 찍은 그의 사진이 있다. 고문, 영양실조, 동상 그리고 죽어가는 순간에 큰소리를 치며 죽었다는 그의 사진들 앞에 서니 참담해서, 너무 참담해서 말을 잃는다.

청산리대첩 유적지를 지난다. 1920년에 김좌진, 홍범도 장군이 이끄는 독립군이 일본군을 맞아 6일간이나 치열하게 싸워 크게 쳐부순 곳이다. 싸움이 치열했던 만큼 침묵은 큰 것인지, 차가운 바람만 청산리 산등성이를 무심히 불어가고 있다.

버스는 어두워져서야 백산호텔白山大厦에 도착했다. 방에 짐을 내려놓고 밖으로 나왔다. 코앞에 백두산이 있구나 하니 어떤 긴장 같은 것, 감회 같은 것이 우리를 불러냈다. 호텔 근처에는 별달리 갈만 한 곳이 없다. 주위 분위기조차 어둠처럼 가라앉아 있어서, 어딘가 뚫고 나갈 수 없는 두꺼운 벽에 갇혀 있는 기분이 들게 했다. 무엇 때문일까. 여행의 두 번째 날이 완전히 어둠에 묻혀 있다.

드디어, 그날이다. 새벽 4시에 중국인의 모닝콜이다.

"씨에씨에谢谢(감사합니다)."

배운 말을 써보니 묵묵부답이다. 발음이 틀렸나.

찝찝한 기분을 털어내며 이른 아침을 들고는 서둘러 백두산으로 향한다. 처음에는 길 양옆이 울창한 자작나무숲이더니, 산 정상이 가까워질수록 나무는 없고 키 작은 들꽃이 바람에 머리를 흔들고 있다. 날씨 변화가 심해서 나무도 살지 못하는 이 높은 곳에 작은 들꽃이 저렇게 화사하게 피어 있다니. 중국인 운전사는 차가 길에서 1미터만 벗어나도 큰일 난다는 듯한 경직된 표정이다.

이윽고 차는 정상에 다다랐다. 가이드는 당부를 거듭했다. 지금부터 30분밖에 시간이 없으니, 그 안에 다시 지프에 와 있지 않으면 그냥 갈 것이라고 으름장이다.

1998년 가을, 결혼 25주년에 맞춰 우리 부부는 한라산을 등산했다. 그에 대한 글 말미에 이렇게 적었다.

'남녘땅에서 제일 높은 한라산 정상에 우뚝 서니, 북녘땅에서 제일 높은 백두산에도 가보고 싶어진다. 나도 모르게 흐르는 눈물, 뜨거운 비애.'

비록 백두산을 한라산처럼 걸어서 오르지는 못했지만 5년 만에 꿈을 이룬 셈이다. 해발 1950미터 한라산 정상에 둘레가 3킬로미터의 백록담을 보고도 믿기지 않아서 거듭 놀랐는데, 지금은 무려 2744미터 백두산 정상에 서서 둘레가 14킬로미터나 되는 천지天池를 바라보고 있다. 가장 깊은 곳의 수심이 312미터인 쪽빛 물결을 굽어보고 있는 것이다. 대체 이 감회를 어떻게 표현해야 하는가. 백두산 그리고 천지를 보기 위해 꼬박 이틀을 달려왔느니, 배 타고 버스 타고 지프 타고 국경을 넘고 넘어서 달려왔느니, 그 길이 하 멀기만 하더니 먼 만큼 감회도 깊구나.

꿈은 더뎌도 이처럼 이루어지는 것이니, 우리는 남한에서 직접 북한을 통해 백두산에 오를 날을 또다시 꿈꿀 것이다. 그때는 걸어서 백두산에 오르리라. 지금은 지켜볼 수밖에 없는 저 풀잎도 만져보고, 앙증맞은 노랑 분홍 흰색의 들꽃과 마주 앉아 이야기를 나누어보고, 흙도 밟아보고, 하늘을 향해 소리소리 질러 되돌아오는 메아리에 귀를 기울여보리라. 백두산 정상에서 우리가 차를 타고 올라온 지점까지 데구루루 굴러도 보리라. 천지에 몸을 담갔다가 솟아오르면 내 몸도 쪽빛이 되어 있을까.

백두산 봉우리 봉우리가 천지 물속에 거꾸로 떨어져서 호수는 또 하나의 장관을 이뤄내고 있다. 조선족에게 부탁

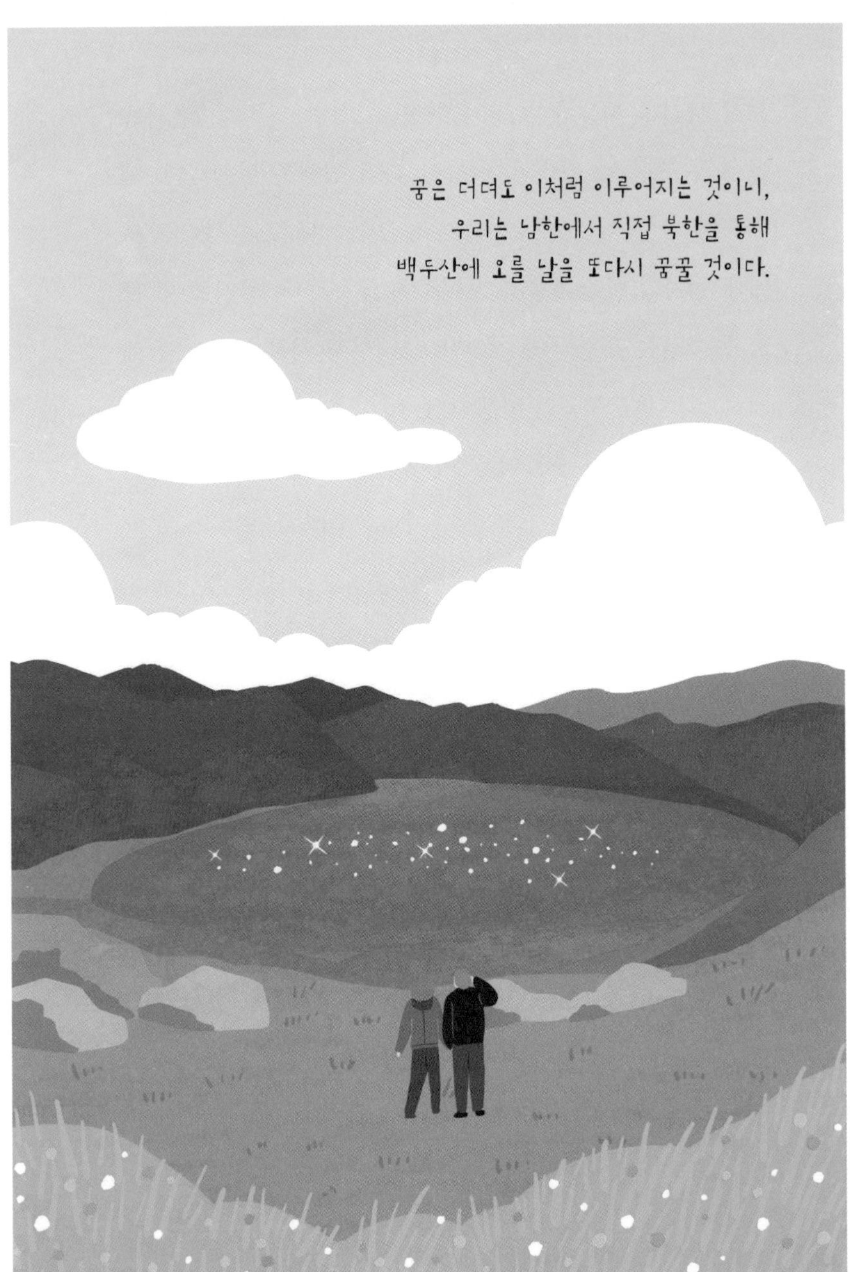
꿈은 더뎌도 이처럼 이루어지는 것이니,
우리는 남한에서 직접 북한을 통해
백두산에 오를 날을 또다시 꿈꿀 것이다.

해서 사진을 찍는다. 12장짜리 필름 2통을 찍는데, 한 사람 앞에 무조건 만 원씩이다. 사진 찍기 경쟁은 살벌하다. 백두산은 그 높이만큼 오만하고 심술궂어서 오는 사람 모두에게 천지의 아름다움을 보여주지 않는단다. 천지를 못 보고 돌아서는 사람들이 천지다. 그래서 천지를 보는 사람에게는 1년 내내 행운이 따른단다.

장백폭포는 천지 물이 68미터의 수직 절벽을 따라 흘러내리면서 형성된 폭포다. 한 줄기로 떨어져 내리다가 '우랑도'라는 큰 바위에 부딪히면서 두 줄기로 갈라져 떨어진다. 그 굉음이 몇 리 밖까지 울린다고 한다. 장백폭포에서 백두산까지 걸어서 올라갈 수 있는 길이 한창 공사 중이다. 폭포 맑은 물에 두 손을 담그며 남편을 바라보니, 그이도 손을 담근 채 쳐다보며 웃는다.

"와, 물이 이렇게 맑을 수가 있나요?"

"그러게, 한번 빠져보고 싶네."

이렇게 맑은 물을 어디서 다시 보랴 싶다. 여기저기서 온천수가 김을 모락모락 피워 올린다. 수온이 82도. 계란과 옥수수를 삶을 수 있다. 마지막으로 화산이 폭발한 지 300년이 지났다는데 아직도 뜨거운 물이 땅속에서 솟아오른다. 장백폭포의 맑은 물도, 뜨거운 온천수도 신기하다. 하늘을 보고, 구름을 보고, 백두산을 다시 보고, 폭포도 다시 본다.

이제는 되돌아갈 시간이다. 버스는 오는 길에 들르지 못한 곳을 들른다고 한다. 연변조선족자치주는 연길·용정·돈화·훈춘·화룡·도문 6개 시와, 안도·왕청 2개 현으로 나뉜다. 우리가 가는 길은 안도현 쪽인데, 이곳에는 미인송美人松이 많다고 한다. 백두산에서 자생하고 있는 소나무를 이르는 말인데, 여기서는 늙을수록 아름다워진다고 해서 붙은 이름이란다. 미인송은 나이 먹을수록 밑가지는 다 떨어져 나가고 윗가지만 우산처럼 남아 그 모습이 우아하다.

세상에 늙을수록 아름다운 것이 있을까. 생각은 있어도 몸이 따라주지 않는 것, 하나씩 둘씩 아픈 데가 생기는 것, 귀도 눈도 기억력도 밝지 않아 불편해지는 것, 그게 늙는 거다. 그런데 이탈리아의 위대한 예술가 미켈란젤로는 대표적인 그림 몇 점을 여든이 넘은 나이에 완성했고, 독일의 대문호 괴테는 여든이 넘어서도 글을 썼고, 미국의 발명왕 에디슨은 아흔둘에도 여전히 발명을 했다지. 미국의 국민화가가 된 그랜드마 모제스는 일흔다섯에 그림을 그리기 시작했다는군. 외양에 깃든 나이 듦은 어쩔 수 없다고 해도 가꿀 게 따로 있잖아. 마음, 정신 같은 것…. 기운 내, 나이 먹어서도 얼마든지 아름다울 수 있다고!

안도현, 연길시를 지나 저녁 8시쯤 훈춘시 길성호텔에

도착했다. 훈춘은 길림성 최북동쪽, 두만강 하류에 속하는 국경 소도시다. 인구 25만 명 중에 조선족이 42퍼센트나 된다 호텔 마당가에 코스모스가 활짝 피어 저녁 바람에 한들거린다. 8월인데, 이곳 코스모스는 9월이나 10월쯤 착각하고 있는 모양이다. 하기야 이곳 날씨는 초가을인 듯 춥다. 하늘에 별들도 추운 듯 부지런히 몸을 뒤척인다.

중국에서의 마지막 밤이다. 택시 운전사에게 가장 번화한 곳으로 데려다 달라고 부탁을 했다. 그가 우리를 내려놓은 곳은 야시장이다. 고무풍선, 완구, 혁대, 손수건, 신발, 옷핀, 각종 플라스틱 그릇, 옷, 헌책(놀랍게도 1992년 이상문학상 수상작품집이다), 구운 옥수수, 꼬치, 맥주…. 왁자지껄하다. 중국은 대부분 맞벌이를 한다. 낮에는 부부가 직장에 나가서 일하고 퇴근 후 서너 시간 동안 야시장을 연다고 한다. 열심히 살아가는 모습이면서도 그저 살아갈 뿐이라는 듯한 몸동작이요 표정이다. 아파도 고통스러워도 그런 표정일 것 같다.

밤 9시가 되니 주섬주섬 물건을 거두어들인다. 야시장 파시 후에도 우리는 계속 밤길을 쏘다녔다. 그러다가 약국을 발견했다. 그러지 않아도 우황청심환을 더 사고 싶었는데 잘됐다 싶어 문을 밀고 들어선다. 한족이 약을 팔고 있다. 종이에 한자로 우황청심환을 써주고 손짓 발짓을 하고 있는데 마침 조선족 남자가 들어선다. 이런 데서 청심환을 사도 괜찮느냐고 물었더니 국가에서 경영하는 곳이라 믿을 만하다고 답한다. 말이 통할 수 있다는 건 얼마나 좋은가. 그의 도움으로 열 상자를 샀다. 한 상자에 3600원이라고 한다. 낮에 똑같은 것을 만 원에 주고 산 게 억울하다. 훈춘의 밤은 그렇게 깊어갔다.

여행 내내 새벽에 일어나서 그런지 아침 7시에 모닝콜이 있어 느긋했지만 눈을 뜬 것은 6시다. 날씨가 좋을 것이라는 일기예보를 들으며 8시 30분 호텔에서 출발했다.

재래시장을 들렀지만 별달리 살 만한 물건이 없다. 백두산 담배만 두 갑 샀다. 한 바퀴 돌고 나오니 리어카에 능금을 산 같이 쌓아놓고 팔고 있다. 이곳에서는 대저울로 능금을 달아서 판다. 우리 돈 천 원이면 한 바가지는 된다. 국민학교 때 경복궁 뒤의 세검정으로 소풍을 가곤 했다. 지금이야 쳐다보기에 고개가 아플 만큼 고래 등 같은 집들이 즐비하지만 그때는 능금과 자두를 재배하던 밭이었다. 엄마 갖다 드린다고 가방에 넣어왔던 내 어린 날의 일을, 오랜 세월이 흐른 후 중국 땅 이 리어카 위에서 다시금 되살려보고 있다. 이곳은 가는 곳마다, 보는 것마다 우리의 과거를 생각나게 하는구나.

훈춘 세관을 향해 달리는 버스 안에서 조선족 가이드는 노사연의 노래 〈만남〉을 불렀다. 'Be The Reds!'라고 가슴에 새긴 우리의 붉은 악마 티셔츠를 입은 그의 눈이 빨갛게 젖는다. 그래, 우리의 만남은 우연이 아니지. 오랜 바람이요 필연이지. 너와 나의 몸속에는 같은 민족의 피가 이리도 절절이 흐르고 있는 것을.

"짜이지엔再見(안녕, 다시 만나요)."

몇 시간 차이로 국경을 넘을 때마다 다른 모습의 사람들을 만난다는 게 신기하다. 조금 있으면 러시아도 안녕이다. 버스는 끝없는 연해주 벌판을 신나게 달린다. 흙길이라 먼지가 폭폭 인다. 창문을 꼭 닫아도 틈새로 들어온 흙먼지가 얼굴과 손에서 서걱댄다.

크라스키노 세관에 도착해서 출국 절차를 기다리며, 면세점에서 행운을 상징하는 목각인형 마트료시카를 샀다. 머플러를 두른 예쁜 여자아이 인형인데, 몸통을 비틀어 열면 똑같은 모양의 인형이 나온다. 열면 또 나오고 열면 또 나온다. 양파 같다. 다섯 개나 된다.

오후 4시 40분, 동춘호 일반실로 돌아와 짐을 부리니 누군가가 '우리 집에 돌아왔네' 해서 한바탕 웃었다. 그래, 우리의 삶도 여행처럼 왔던 곳으로 되돌아가는 것이다. 그래서 사람이 죽는 것을 돌아간다고 하는 것이리라. 갈 때보다

파도가 심하다. 잠이 오지만 잠에 들긴 아쉬웠다. 2층 카페로 내려갔다. 서로 다른 환경에서, 다른 모습으로 살아왔던 사람들의 이야기를 듣는 것은 여행의 또 다른 재미다. 술에 취해서인지, 파도에 흔들려서인지 몸을 좌우로 흔들며 객실로 돌아와 꽤 늦게 잠자리에 들었다.

눈을 뜨니 새벽 5시다. 일출을 본다고 갑판으로 나갔지만 갈 때처럼 일출은 볼 수가 없었다. 아쉬워 쩝쩝 하는 우리 옆에서 일행이 "아, 천지를 봤는데, 뭘!" 해서 한바탕 또 웃는다. 그렇지, 천지를 봤지. 그 말은 두고두고 써먹어도 싫증나지 않을 말이지. 그 말은 화날 때, 싸울 일이 생길 때, 일이 풀리지 않을 때… 열쇠처럼 찰칵 닫힌 마음을 열어줄 것이다.

오전 11시 5분, 희미하지만 속초시가 모습을 드러냈다. 사람들이 갑판으로 몰려나와 일제히 함성을 지른다.

'대~한민국, 짝짝 짝 짝짝'

경북 울릉 울릉도

2002

다섯 번째 여행 이야기

자연을 닮은 삶

울릉도, 평소에 꼭 가보고 싶어 한 섬이었다. 마침 어느 산악회에서 울릉도를 간다고 하여 남편의 60회 생일을 기념도 할 겸 신청을 했다. 앞으로도 생일이면 번거로운 잔칫상을 차리는 대신에 여행이나 등산을 할 예정이다. 걸을 수 있을 때까지는.

세 시간여를 배로 달린 끝에 그리움의 섬 울릉도에 도착했다. 이곳 날씨는 좀처럼 영하로 내려가는 일이 없지만, 성인봉에는 5월에도 눈이 쌓여 있다고 한다.

다음 날 새벽, 등산에 나섰다. 역시나 눈이 쌓여 있어 무릎까지 빠진다. 새벽안개도 자욱하다. 등산하기에는 날씨가 좋지 않았지만 겨울 등산도 하는데 뭐, 그러면서 성인봉을 오른다. 앞이 안 보이는 것은 안개 때문만은 아니다. 등산로에는 원시림 같은 나무들이 울울창창하다. 층암절벽 백이십 리라더니 층층으로 가파른 절벽 길에는 눈이 쌓여 있고, 높은 나무는 앞을 가려 어쩐지 으스스하고 겁이 난다. 성인봉은 해발 984미터로 울릉도에서 가장 높은 봉우리다. 정상에는 큰 화구[火口]도 있다. 울릉도가 화산암으로 된 섬이란 것을 알려준다. 그러하니 이곳까지 와서 성인봉에 오르지 않는다는 것은 말이 안 된다.

세어보니 돌계단이 306개다. 산 밑에서 290번째 계단쯤에 올라서면 숲길이 양쪽으로 갈라지는데, 사람들이 오른쪽 길로 접어든다. 그쪽이 해돋이를 볼 수 있는 곳이고 경치도 한결 낫기 때문이다.

"우리는 이리로 가지."

남편이 일부러 왼쪽 길을 택한 것은, 사람 발길이 별로 닿지 않는 곳을 좋아하는 특이한 여행 벽 때문이다.

숨이 턱에 차서 마지막 계단을 올라서니 할아버지 한 분이 막 집을 나서고 계셨다. 그 뒤를 따라 할머니도 나오시는데, 정겨운 오누이 같은 표정이다. 여물통을 들고 있는 것을 보니 염소를 키우고 있는 막사로 가는 길인가 싶다. 우리를 보고는 걸음을 멈춰 시집간 딸과 사위가 온 듯 반색하셨다.

"할머니, 등산하며 가져온 물을 다 마셔서요. 혹시 물 좀 주실 수 있어요?"

너무 높은 곳이라 그런지 수돗물이 졸졸졸 흘러내려 한 잔 받는 데 시간이 오래 걸린다. 물맛은 시원하고 달달하다. 집 앞 작은 꽃밭에는 함박꽃과 진달래가 막 꽃망울을 터트리려 하고 있다. 그 바로 앞은 급경사다. 맞닿아 있는 푸른 바닷물을 내려다보는 것만으로도 겁이 난다. 수평선이 아득하게 멀리 보인다. 두 분이 사는 이 집은 향나무 우듬지에 얹힌 까치집 같다.

집 뒤로 돌아가니 울릉도에서만 자란다는 희귀 나물인 명이밭이 있다. 춘궁기에 목숨을 이어준다 하여 '명이'라 불리는데, 잎에서 마늘 향이 나서 '산마늘'이라고도 한다. 어린잎이 흡사 옥잠화 잎 같다. 할머니는 잎이 손바닥 크기만큼 자라면 따서 나물로 무쳐먹는데, 그 향기가 취나물 향기 저리 가라라고 하신다. 집 둘레에는 한방에서 피를 맑게 하는 데 쓰인다는 천궁이 지천이다. 천연기념물인 '섬개야광나무'와 '섬댕강나무'도 있다.

파도가 꽤 이는 모양인데 너무 멀어 소리가 들리지는 않는다. 사위가 너무 조용해서 바람도 없는 날, 나뭇잎 부딪는 소리라도 들려올 법하다. 두 분은 대체 무엇을 벗 삼아 하늘처럼 높은 이곳에서 살아가시는 것일까. 하기야 벗이 없다고 한들 무에 그리 대수일까. 자연이 그대로 벗인 것을. 단 하룻밤만이라도 이분들의 까치집에서 묵고 싶었다. 밤하늘, 밤바다, 밤의 산을 바라보며 그리고 깊은 산속에 밤이 오는 소리, 나무와 풀이 자라는 소리, 산새와 염소가 잠자려고 칭얼칭얼하는 소리에 귀 기울이며 밤을 지새우고 싶었다. 두 분의 소싯적 이야기도 보채서 들으며.

일정에 쫓겨 두 분이 챙겨주신 더덕만 배낭에 넣고는 다시 길을 나서며 자꾸 뒤를 돌아보았다. 시집 간 딸처럼, 눈물을 일렁이며.

서로 돕고 조심조심 걸어 마침내 정상에 선다. 올라오면서 힘들었던 만큼 남편의 생일을 성인봉에서 맞는다는 감회가 크다. 성인봉 팻말을 가운데 두고 기념사진을 찍었다. 산사람들이 흔히 말하는 증명사진이다.

함께 산행을 시작했던 사람들 대부분은 출발지인 도동항 쪽으로 하산하는데, 우리 부부는 성인봉을 넘어 그 반대편인 나리분지 쪽으로 내려가기로 했다. 나리분지는 신생대 때 화산 폭발로 칼데라caldera가 함몰하여 형성된 화구원火口原이다. 면적이 1.5제곱킬로미터로 울릉도에서는 유일하게 넓은 평야 지대다. 칼데라의 어원은 포르투갈어의 칼데리아calderia(솥이나 냄비)에서 유래한다. 분지가 원형 모양의 우묵한 곳처럼 생겨 붙은 말일 게다.

안개가 짙어 우뚝우뚝 솟아 있는 산봉우리들이 거대한 짐승 같아 보인다. 금방이라도 원시림과 안개를 뚫고 걸어 나와 우리 앞에 탁 맞닥뜨릴 것 같다.

"지금 우리가 어디를 걷고 있는지 모르겠어. 사람 손길 하나 없는 이 원시림에 …. 휴, 여기서 살라 하면 하루도 못 살 것 같아."

나리분지로 가는 길은 산을 돌고 또 돌고, 넘고 또 넘으며 구불구불한 길을 한없이 걷고 또 걸어야 했다. 우리는 끊임없이 이야기를 나누고, 다리가 아프면 바위에 앉아 쉬고, 노래를 부르면서 걷고 걸었다. 오랜 시간을 함께 살아온 인생 여정처럼. 힘든 얘기나 슬픈 얘기도 숨기지 않고 나누고, 때로 살림살이가 어려워 힘들어져도 서로 다독이며 다시 일어설 수 있도록 기운을 보태주고, 좋은 일이 생기면 누구보다 먼저 챙겨주고 기뻐해준 것처럼.

마침내 나리분지에 도착했다. 울릉도는, 특히 나리분지는 우리나라에서 눈이 가장 많이 내리는 곳이다. 겨울에는 3미터 이상의 눈이 내리는 일도 자주 있다. 따라서 가옥 구조도 특유의 자연 조건에 맞춰 많은 강설에 대비하여 짓는다. 가옥의 바깥쪽에 둘러치는 벽을 처마 끝에서부터 땅에 닿는 부분까지 옥수숫대나 억새를 촘촘히 엮어 바싹 둘러서 눈이나 비가 안쪽으로 침투하지 못하도록 만든다. 바로

'우데기집'이다. 우데기를 설치한 가옥은 보온의 기능이 탁월하나 가옥 내부는 어둡다. 어쨌거나 지금은 주택개량사업으로 우데기집은 거의 찾아볼 수가 없다고 한다.

그런데 이곳 나리분지 한 옆에서 우데기 투막집(통나무집)이 보인다. 투막집은 통나무로 기와를 이고, 지붕에 돌을 얹어 바람에 날지 못하도록 하고, 내부도 통나무로 벽을 만들어 겨울은 따뜻하고 여름은 시원하다고 한다. 중요민속문화재 제256호로 지정된 이 집은 정면 4칸, 측면 단칸통의 일자형 주택이며, 건축 연대는 1940년대 무렵이다. 건물 외곽에 우데기를 설치하여 외부를 차단하였고, 지붕에 너와(얇은 돌조각이나 나뭇조각)를 이은 특징을 지녔다. 굴뚝으로 미처 빠져나가지 못한 연기가 지붕의 너와 틈 사이로 빠져나가게 되는데, 밖에서 보면 집 전체가 자욱한 연기로 휩싸여서 나름대로 독특한 경관을 이룬다고 한다. 우데기집은 사라지고 없지만 대신에 우데기를 설치한 투막집이 들어앉은 게 다행이다 싶다.

나리분지는 외륜산外輪山이 병풍처럼 둘러싸고 있고 가운데가 푹 가라앉아 있는 형국이어서 침침하고 습한 기운이 감돌아 마치 늪 같다. 더군다나 그 괴괴함이라니. 분지, 나리꽃, 섬백리향, 울릉국화, 투막집, 습한 기운, 괴괴함…. 그래서 나리분지에 들어서면 우리나라 땅이 아닌 전혀 낯선

오랜 시간을 함께 살아온 인생 여정처럼.
힘든 얘기나 슬픈 얘기도 숨기지 않고 나누고,
때로 살림살이가 어려워 힘들어져도
서로 다독이며 다시 일어설 수 있도록 기운을 보태주고,
좋은 일이 생기면 누구보다 먼저 챙겨주고 기뻐해준 것처럼.

오지에 불시착한 느낌이 든다.

나리분지에서 버스정거장이 있는 천부리까지 가려면 이십 리를 걸어야 한다. 남편과 나는 산과 산 사이로 난 고개를 넘어 걸었다. 나중에 보니, 성인봉에서 나리분지로 내려와 천부리까지 걸어 나온 사람은 우리 부부밖에 없었다. 안타깝게도 버스는 도동리에 바로 가는 길을 내버려두고 시계 반대 방향으로 해안도로를 3시간이나 달려 도착했다. 먼저 내려온 사람들은 저녁식사 후 쉬고 있었다.

우리가 머물고 있는 방으로 그가 찾아온 것은, 노곤한 몸을 따뜻한 방에 부릴 무렵인 밤 9시경이었다. 벙거지를 쓰고, 하늘색 스웨터에 회색 바지, 손에는 무엇인가 신문지에 싸서 들고 그렇게 찾아왔다. 사람들이 성인봉을 오를 무렵, 산행에 자신이 없어 남아 있던 같은 방의 아주머니가 커피숍에 들어갔다가 만났다고 한다. 신문지에 싼 것은 손수 낚시해서 잡은 참치과에 속한다는 귀한 물고기인데, 적당히 얼어 있어서 회를 치면 딱 좋을 때니까 도마와 칼만 빌려 오라고 한다. 즉석에서 능숙하게 회를 쳐서 앞 가게에서 사온 초고추장과 소주로 이웃 방 사람들을 모두 불러 모아 별난 잔치를 했다.

울릉도에는 서울의 명동이라는 도동 말고 포구가 세 개 더 있다. 현포, 학포, 수포. 서울에서 살던 그가 도동에서 버스를 타고도 2시간을 더 가야 하는 인적 드문 학포에 자리 잡은 것은 1년 전 일이다. 버스에서 내려서도 바다 쪽으로 오솔길과 돌길을 더듬으며 30분을 내려가야 한다는 그의 집. 시인도 아니고 낚시꾼도 아니며 도인도 아니며 기인도 아닌 그가 홀로 살아가는 이유는 대체 무얼까.

학포에는 찻길 건너 뒤편에 엄청 큰 '만물상' 바위가 머리에 자생 향나무를 이고 떡 버티고 있고, 바로 앞에는 '태하자연동굴'이 있다. 이 동굴은 동네 이름인 태하리에서 따온 것, 말 그대로 자연적으로 생긴 동굴이다. 얼마만 한 세월과 파도와 비와 바람에 시달렸으면 위는 하나지만 허리 아래로는 둘로 갈라져 거대한 양쪽 발을 수심 2000미터나 되는 동해바다 속 깊이 묻고 있는 동굴이 되었나.

아, 그래. 바다에 가라앉는 별무리, 갈매기 떼, 하늘을 붉게 물들이며 뜨고 지는 노을 그리고 태하자연동굴 가랑이에 와 부딪히는 파도의 하얀 물거품, 가끔 그 사이로 드나드는 관광객을 태운 배를 바라보며 학포 그 사람은 시인도 되고 낚시꾼도 되고 도인도 기인도 될 테다. 그도 까치집의 두 분처럼 자연을 닮은 삶을 살아가고 있는 것이리라.

울릉도 여행의 소원을 이루었으니, 다음 화창한 생일날에는 독도에 가야 하겠다.

캄보디아 씨엠립 앙코르

2003

여섯 번째 여행 이야기

어찌 한 번 보고 보았다고 하랴

인천국제공항을 떠난 지 5시간 만에 타이 방콕에 있는 돈무앙국제공항에 도착했다. 이 공항은 세계 각국의 비행기가 3분마다 도착하고 떠난다는 '잠들지 않는 공항'이다. 공항 밖으로 나오니 더운 공기가 열렬히 환영한다. 타이는 단풍도 눈도 볼 수 없는 늘 더운 나라다.

방콕 시내를 벗어나니 농촌 풍경이 계속된다. 기름을 넣기 위해 차가 주유소에 멈췄다. 어라, 주유소에 웬 잡화점과 과일가게람. 석류 비슷한 용가, 둥근 호박 같은 파파야, 고구마 같은 아모라이, 새끼 고슴도치 같은 샬가, 포도 비슷한 롱꽁…. 과일가게 아주머니는 롱꽁을 건네주며 먹어보라고 한다. 이상한 맛에 구역질이 났지만, 여행을 떠나기

전에 잠깐 익힌 말로 인사를 했다.

"코쿤 캅(고맙습니다)."

"마뻴라이 캅(천만에요)."

선한 웃음으로 말을 받는다. 바나나만 잔뜩 사들고 버스에 오른다.

한적한 들판에 난 길이라 가끔 도둑떼가 나타나기도 한단다. 운전사가 길을 잘못 들어 돌기도 하고, 갔던 길을 되돌아 나오기도 한다. 매번 그렇다고 하는데, 그래도 운전사에게 말 한마디 못하는 것은 삐치기 잘하기 때문에 잘못 건드렸다가는 오히려 손해라고 한다. 태국 사람들은 다혈질이다. 운전사는 자주 차에서 내려 길을 묻곤 했다.

멀리 점점이 등불이 보인다. 등불을 켠 집에는 가족이 있고, 사랑과 평화와 위로가 있고, 지친 몸을 눕힐 수 있는 잠자리가 마련되어 있을 게다. 낯선 도시가 아닌 고향으로 돌아가고 있는 느낌이다.

캄보디아와의 국경이 5분 거리에 있다는 작은 도시 아란에 도착했다. 버스로 6시간을 달려왔다.

눈을 뜨니 새벽 5시다. 후덥지근하다. 에어컨을 약하게 틀어놓고 자다가 중간에 끈 기억이 난다. 눈뜬 김에 걷기로 하고 남편과 호텔을 빠져나왔다.

골목을 한 바퀴 돌고 나오니, 남자가 자전거 꽁무니에 개를 싣고 신나게 페달을 밟으며 신작로를 달리고 있다. 오토바이, 리어카가 지나간다. 바퀴가 세 개가 달린 택시 '뚝뚝이'도 지나간다. 본래는 '삼조'라고 하는데, 움직일 때마다 '뚝뚝' 소리가 나서 그렇게 부른단다. 시외버스터미널 앞에서 잠깐 걸음을 멈춘다. 한 번도 버스가 들어오고 떠난 적이 없는 듯 한가하고 게으른 모습이다. 신문과 주간지가 가판대에 누워 있다. 줄지어 서 있는 뚝뚝이 앞에서 운전사가 우리 보고 타라고 손짓한다. 호텔을 향해 돌아서는데, 비가 내린다. 무에 그리 못마땅한지 잔뜩 찌푸린 구름이 하늘을 맴돌더니, 그예 비를 뿌린다. 호텔을 향해 뛰었다.

오전 8시 30분, 버스는 국경에 도착했다. 짐수레, 손수레, 오토바이, 자전거, 리어카, 크고 작은 트럭들이 횡단보도도 차도도 없는 길을 그보다 많은 사람들과 얽혀서 어수선하게 움직이고 있다. 길이 없는 듯한 길을 묘하게 잘도 달린다. 국경을 넘어 태국으로 출퇴근하는 캄보디아 사람들이 많다. 아침이면 그런 사람들이 줄을 잇고 있다고 한다. 모두 출퇴근할 수 있는 증서를 갖고 있는데, 아이들은 몰래(아니 묵인 하에) 개구멍으로 나가고 들어온다. 밀수품 가게, 미국의 구호품 가게가 포진하고 있다. 커피와 음료, 간단한 음식을 파는 가게도 있다. 코카콜라 영어 현수막이 크게 걸려 있다. 국경의 어수선한 광경과 영 어울리지 않지만, 이곳은 어울리지 않음이 오히려 어울린다. 푹푹 찐다. 푹푹 찌는 것이 어디 날씨만의 탓이랴. 삶의 열기가 열대 온도보다 더 뜨겁게 달아오르고 있는 것을.

태국은 비자가 필요 없지만 캄보디아는 비자가 있어야 한다. 그런데 캄보디아 비자를 내려면 급행료를 물어야 한단다. 그렇지 않으면 비자 내는 시간이 3시간도 좋고 4시간도 좋단다. 급행료, 어디서 많이 듣던 소리다.

가이드가 여권을 모아 출국사무소로 사라지자, 열 살 내외의 어린아이들이 버스를 빙 둘러싼다. 아이들마다 두서너 달 정도 된 아기를 안고 있다. 옆구리에 턱 걸쳐 안거나 어깨에 두른 보자기에 담아 안았다. 아기들 대부분이 가무스름하고 바싹 마른데다가 눈을 감고 있어서 마치 죽은 아기 같다. 소름이 후르르 돋는다. 아이에게 아기를 안겨 돈벌이 내세운 그 마음은 무엇일까. 그게 눈만 뜨면 벌어지는 일상의 생활이라니, 놀랍고 슬프다. 버스에서 내리니 아이들이 집요하게 따라오며 '원 달러'를 외친다. 출국사무소에 들렀다 나온 가이드가 손목시계를 높이 들고 주인을 찾는다. 아이들이 채간 것을 뺏어온 것이다. 시계 주인은 그때까지 시계를 잃어버린 줄을 모르고 있었다.

아침 9시, 급행료 덕분에 빠르게 국경을 통과했다. 캄보디아 국경 도시 포이펫이다. 호화스러운 카지노가 한문과 영어와 크메르어로 간판을 달고 있다. 뜻밖이다. 가난한 이 나라에서 첫 번째로 부딪친 게 호화 카지노라니. 알고 보니 금지된 도박을 하기 위해 타이 사람들이 이곳에 카지노를 차려놓고 국경을 넘어와 도박을 즐기고 돌아간다고 한다. 캄보디아 사람들은 일하기 위해 저희 나라로 가는데. 괘씸하고 안타깝고 화나고 서글프다.

드디어, 캄보디아로 들어간다. 여행을 떠나오기 전에 사람들은 우리가 캄보디아로 떠난다고 하니 걱정부터 했었다. '킬링필드'의 악명 때문이었다. 캄보디아 공산혁명의 지도자 폴 포트의 공산화 정책으로 크메르 루즈는 1970년대 중반에 200만 명의 양민을 학살했다. 명분이야 '집단 농업의 이상향'이었지만, 그 과정은 캄보디아를 죽음의 들판으로 내몰았다. 30도를 넘나드는 찜통더위이지만 생각만 해도 으스스하다. 그러나 앙코르와트Angkor Wat가 있기에, 위험을 무릅쓰고라도 한번쯤 와보고 싶은 나라였다.

포이펫을 출발해서 씨엠립으로 가는 길은 농촌 풍경뿐이다. 한가롭고 평화롭다. 논 같은 늪, 늪 같은 논이 끝이 없다. 벼는 모내기를 하지 않아 제멋대로 자란 것이 잡초 같다. 캄보디아는 삼모작 농사를 짓는다. 1년 내내 벼를 볼 수 있다는 얘기다. 논 속에 집이 있고 나무가 있다. 논에서

벼와 물고기가 같이 노닌다. 아이들이 투망질로 물고기를 잡는다. 아낙네는 빨래를 한다. 불교 나라답게 연꽃도 많다. 팜나무도 보인다. 소를 몰고 가는 아이들도 보인다. 흰소, 까만소, 누런소가 뒤섞여 지나간다. 뿔이 크고 사나운 들소도 섞여 있다. 보는 것마다 목가적이다. '킬링필드의 나라'였다는 것을 잠시 잊는다.

비가 잦아 땅에서 높게 지은 집이 많다. 네 기둥을 세우고 그 위에 짚과 나무로 얽어 지붕과 벽을 만들었다. 안이 훤히 들여다보인다. '방 하나에서 온 가족이 모두 모여 잠을 자는데, 어떻게 아기를 자주 만드는지 알 수 없다'면서 가이드가 웃는다. 집으로 들어가는 길목이 물에 잠겨 있다. 맨발로 집을 드나든다.

돼지를 마당에 놓아 키운다. 누워 있는 엄마 돼지에 새끼 돼지가 엎드려 젖을 빨고 있다. 〈더 베어〉라는 영화가 생각난다. 사냥꾼에게 잡혀 죽은 어미 곰의 가죽 속에서 아기 곰이 편안히 잠자던 모습이다. 국경지대에서 형이나 언니 옆구리에 꿴 채 죽은 듯 눈을 감고 있던 작은 아기들 모습이 겹쳐 떠오른다.

가끔 덮개 없는 차들이 먼지를 뽀얗게 일으키며 지나간다. 수레를 타고 가는 사람들이 짐과 함께 빼곡하게 들어앉아 있다. 그 모습은 영락없이 한국전쟁 때 어린 내 눈에 비친 피난 가는 행렬인데, 그들에겐 일상사다.

끝없는 들판, 덩달아 하늘도 끝이 없다. 떠도는 구름은 언제나 만삭이다. 시도 때도 없이 소나기를 쏟아붓는다. 우리가 가고 있는 길은 햇볕이 쨍쨍한데 금방 소나기가 지나갔는지 웅덩이마다 빗물이 고여 있다.

앙코르 유적이 있는 도시 씨엠립이다. '씨엠'은 '타이'를, '립'은 '물리침'을 뜻한다. 이름 그대로 타이와 싸워 이긴 도시다. 캄보디아는 그 옛날부터 타이, 베트남과 이 지역의 패권을 두고 다투어 왔다. 19세기 말부터는 프랑스의 지배도 받았다. 1953년 독립 후에도 1978년에 베트남의 공격을 받는데, 그 전쟁은 10년이 넘게 걸렸다. 씨엠립이 이처럼 캄보디아 역사에 영광과 상처로 남아 있는 이유는 근처에 돈레삽 호수가 있기 때문이다. 호수는 메콩 강으로 연결되어 베트남과 라오스 그리고 중국까지 이어진다. 서쪽으로는 타이와 미얀마까지 뻗어나갈 수 있는 동남아시아의 전략적 요충지다. 실제로 크메르제국은 이런 지정학적인 이점을 살려 동남아시아 전역을 제패할 수 있었단다.

돈레삽 호수의 둘레는 약 160킬로미터, 폭이 약 36킬로미터다. 수량은 건기 막바지에 2500제곱킬로미터 줄어들었다가, 우기가 정점에 이르면 무려 일곱 배가 되는 1만 4500제곱킬로미터(제주도 면적의 약 8배)로 불어난다. 수심도 8~10미터로 깊어진다. 이 우기 때면 메콩강과 바싹강을 통해 다시 물을 받아들이면서 세계에서 유일한 '돌아오는 강'의 특성을 지닌다. 이는 또 동남아에서 가장 풍부한 민물고기 어장을 이루는 원인이 되고, 이 일대는 비옥한 흙들이 쌓여서 황금의 곡창지대를 형성한다. 17세기에 베트남에게 이 곡창지대를 빼앗겼는데, '캄푸치아 크롬'이라고 한다. 지금도 캄보디아인들은 메콩 삼각주에 대한 애착이 대단하다. 오죽하면 폴 포트조차 그들의 잔인한 양민 학살을 '제2의 캄푸치아 크롬을 만들지 않기 위한 싸움'이라고 자신의 악행을 호도했겠는가.

여행이란 또 다른 삶을 만나는 일일 터. 캄보디아 국경을 넘어서 돈레삽 호수에 이르기까지 내내 그런 생각을 하며 왔는데, 호수의 수상 마을을 마주하고 서니 정말 세상에는 '이런 삶도 있구나!' 하고 크게 깨닫는다.

선상 가옥에서는 캄보디아인, 베트남인, 소수의 참족들이 살고 있다. 배에 학교가 있고, 경찰서가 있고, 교회가 있다. 돼지우리도 있다. 교통수단도 물론 배다. 배를 타고 나들이 가고, 배를 타고 물건을 팔러 다닌다. 배에 주소가 있어 편지도 배달된다. 호수에서 태어나 호수에서 자라고 호수에서 삶의 모두가 이루어진다. 호수의 물로 설거지를 하고, 빨래를 한다. 화장실이 따로 없어 대소변이 그냥 호수로 흘러든다. 먹는 물은 빗물을 받아놓았다가 사용한다.

돼지 한 마리가 호수에 빠져 앞발로 배의 가장자리를 잡고 기어오르려고 꽥꽥 소리를 지른다. 눈길 하나 주는 사람이 없다. 가끔 아기들이 기어 다니다가 빠져 죽는 일이 있다고 하니 '돼지쯤이야' 하는 마음일 게다. 전기가 들어오지 않아 배터리로 TV를 본다. TV가 있는 집은 부자다. 나무 밑동은 물에 잠겨 있고 우듬지만 부평초 같이 물에 떠 있어서, 가옥 앞은 정원수를 심어놓은 것 같다. 배에서 사는 사람들은 가끔 뭍으로 장을 보러 나가기도 하는데, 우리가 배를 타면 배 멀미를 하듯 그들은 뭍 멀미를 한단다.

이들의 생업은 고기잡이다. 돈레삽 호수는 건기가 되면 노를 저을 수 없을 정도로 물고기가 많다. 그때가 되면 호수 둑으로는 사람들이 모여든다. 물고기 쁘라혹을 잡기 위해서다. 쁘라혹을 으깨서 절여 발효시키면 캄보디아 전통식이 된다. 냄새와 맛이 자극적이어서 서양인은 물론 중국인이나 베트남인도 먹지 않는다. 그러나 젓갈과 된장 그리고 김치 등 발효식품을 즐기는 한국인에게는 일품이라고 하는데, 먹어보지 못해서 유감이다.

배를 타고 호수를 한 바퀴 돈다. 아쉽게도 돈레삽의 명물인 일몰을 보지 못했다. 스콜이 거의 매일 오후만 되면 강풍과 우레를 동반한 소나기를 퍼붓기 때문이다. 배돌이가 끝날 무렵 남편과 나는 갑판 위로 뛰어 올라가 호수의 모든 것들을 향해 두 팔을 높이 들고 '안녕' 인사를 했다. 아쉬움이 멀리멀리 퍼져 나가다가 물속으로 가라앉는다.

지금은 유네스코 세계 유산인 '앙코르'를 처음으로 세계에 알린 것은 19세기 말 프랑스의 탐험가이자 동식물학자인 앙리 무오다. 그는 캄보디아를 탐험하고 기행문을 썼다. 앙코르 유적지는 큰 짐승과 유령이 떠도는 혼돈의 지역으로 정글 속에서 500년 동안이나 깊은 잠을 자다가 그에 의해 깨어난 것이다.

앙코르 유적의 부조에는 머리가 7개인 뱀 신神 '나가Naga', 원숭이 신 '하누만Hanuman', 힌두 최고의 신 '비슈누Vishnu', 파괴와 재건의 신 '시바Siva' 등이 자주 등장한다. 캄보디아에 인도 문화가 꽃을 피우게 된 이유를 이해하려면 이곳의 전설과 신화를 알아야 한다. 인도가 시바 신의 노여움으로 천재지변을 당해 멸망지경이었을 때, 칸브 왕자는 인도를 간신히 빠져나와 동쪽으로 이동한다. 지금의 미얀마, 타이를 거쳐 캄보디아에 도착한다. 왕자는 나가 신의 딸 소모와 결혼해서 최초의 크메르인이 되고, 앙코르에 인도 문화를 꽃피운다. 그 후 10세기를 전후해서 크메르의 독자적인 아름다운 문화, 건축, 예술이 탄생한다. 야쇼바르만 1세 때다.

자, 이제 우리는 신의 도시, 저주의 도시, 유령의 도시, 전설의 도시 앙코르에 들어간다.

먼저 찾은 곳은 프놈바켕이다. 힌두사원으로 앙코르 유적지 중 평원이 아닌 산에 자리한 유일한 사원이다. 하지만 바켕산은 동네 뒷동산 같다. 야쇼바르만 왕은 새로 조성한 도성의 중심에 프놈바켕을 세우고 잇따라 탑을 세운다. 바위산의 머리를 깎아 다섯 층의 기단을 만들고, 층마다 돌아가며 힌두의 신화를 살려 우주를 뜻하는 108개의 탑을 쌓았다. 그렇게 시작한 프놈바켕은 12세기 후반 자야바르만 7세 때 비로소 완성된다. 300년이라니, 너무나도 거창한 공사가 아닌가. 중앙의 큰 탑에서 내려다보면 약 100개의 석탑과 벽돌탑이 마치 별빛처럼 방사형으로 배치되어 큼직한 피라미드형을 이루었다고 하는데, 지금은 반수 이상이 파괴되고 무너져서 폐허 같다. 야소바르만 왕은 이곳에 수호신으로 똬리를 틀고 있는 큰 뱀 위에 크기가 50센티미터나 되는 에메랄드로 만든 불상을 앉혔다. 이 불상은 타이족의 침략을 피해 다른 많은 황금 불상과 함께 앙코르톰의 바이욘사원 깊숙한 지하 창고에 묻혔다는 전설이 있다.

프놈바켕은 해돋이가 일품이다. 새벽 5시에 호텔을 출발했다. 엊저녁 돈레삽 호수에서 일몰은 볼 수 없었지만, 캄보디아의 스콜은 아침에 비를 뿌리지 않는 특성이 있어 일출을 볼 수 있다는 가이드의 귀띔이 있었다. 얼마 전까지 일부 여행객들은 코끼리를 타고 올랐단다. 등산을 즐기는 남편과 나는 거뜬하게 걸어서 정상에 올랐다. 사원은 폐허에 가깝고, 돌무더기가 이곳저곳에 흩어져 있으며, 탑들은 겨우 형체만을 유지하고 있다. 해가 뜨는 곳이라고 가이드가 손가락으로 가리키는 곳을 향해 똑바로 선다.

어딘들 해가 뜨고 지지 않으랴. 우리나라에서도 울산 간절곶이나 강릉 정동진, 심지어 서울 북한산에서 보는 해돋이도 장관인 것을. 그러나 여기는 신의 도시 앙코르다. 먼 먼 지평선에서 앙코르와트의 실루엣을 그려내며 떠오른다는 그 장관을 대체 어찌 감당할까. 하늘도, 대지도, 광활한 저 밀림지대도 숨을 죽이고 해가 뜨기를 기다리고 있다. 태어나서 이제껏 보지 못했던 엄청난 장관이 벌어질 것 같아서, 그리고 그 순간이 순식간에 사라져버릴 것 같아서 눈도 깜박일 수가 없을 지경이다. 그때 하늘에선가, 어느 지평선에선가 새벽을 가르는 닭 울음소리가 들려왔다. 조금도 세상의 소리 같지가 않았다. 거의 같은 찰라, 시커먼 구름과 구름 사이로 붉은 기운이 번졌다. 해가 서서히 그 모습을 드러냈다. 나는 가슴에 두 손을 대고, 사원 돌바닥에 무릎을 꿇었다. 남편도 이때만은 절로 마음이 엄숙해지나 보다. 가슴에 두 손을 모으고 있다.

내려올 때는 나선형으로 된 숲길을 돌고 돌며 내려왔다. 싱그러운 숲속 공기가 폐 깊숙이 스며든다. 길바닥으로 이름 모를 큼직한 열매가 툭툭 떨어져 내린다. 주워서 오자미놀이를 하면서 걷는다. 두 손으로 세 개의 오자미를 번갈아 던져 올리는 것도 잘했는데. 참, 오래전 얘기다. 잊힌 얘기. 그러나 잊히지 않는, 잊을 수 없는 내 안의 그리움이다.

길가 나무 아래에서 캄보디아 남자 6명이 그들의 악기로 연주하고 있다. 몇몇 연주자의 다리가 무릎에서부터 잘려나가고 없다. 이곳에서는 흔히 볼 수 있는 모습이다. 베트남과 전쟁을 할 때 땅에 묻은 지뢰가 터졌기 때문이란다. 슬픈 가락은 나그네의 마음을 적신다. 앞에 놓인 바구니에 약간의 달러를 놓고 돌아서는 마음이 어둡고 언짢다.

멀리 앙코르톰 남문이 보인다. 앙코르톰은 앙코르제국의 마지막 수도로, 앙코르 유적 중 유일한 불교 건축물이다. '거대한'이라는 뜻을 지닌 이름처럼 한 변의 길이가 약 3킬로미터에 이르는 정사각형 형태를 띠고 있으며, 높이 8미터의 성벽과 너비 113미터의 해자로 둘러싸여 있다. 가는 길 양쪽 난간에는 54개씩 108개의 석상이 7개의 머리를 가진 뱀의 몸뚱이를 두 손으로 부여잡고 있다. 마치 신과 악마의 사열을 받는 것 같다.

5개의 성문 중에서 여행자들이 유일하게 들어갈 수 있

는 것은 남문뿐이다. 성문의 입구는 높지만 그 폭은 매우 좁다. 그 위 사방에 얼굴상이 조각되어 있다. 얼굴 길이가 3미터나 되는데, 또 그만 한 관을 머리 높이 쓰고 있다. 크메르인이 가장 숭상하는 사방을 지배하는 신인 '아바로키테스바라'라고도 하고, 앙코르톰을 건설한 자야바르만 7세라고도 하고, 관세음보살이라고도 한다. 성문을 지나 숲이 무성한 길을 1킬로미터 정도 걸으면 바이욘사원과 바푸온사원, 왕궁, 피미야나까스, 코끼리 테라스, 리어 왕의 테라스 등 여러 유적지를 볼 수 있다.

앙리 무오는 바이욘 사원을 가리켜 '장엄한 폐허'라고 했는데, 기록과 달리 지금은 어느 정도 제 모습을 되찾은 상태다. 복원 사업에 1세기가 걸렸다. 높이 45미터의 제일 높은 탑을 중심으로 54개의 탑을 피라미드형으로 건축했고, 200개가 넘는 얼굴상을 조각했다. 그 모든 얼굴이 하나같이 입가에 미소를 띠고 있다. 수수께끼같이 알 듯 모를 듯한 이 웃음을 가리켜 '앙코르의 미소'라고 한다.

바이욘사원의 부조는 크메르인의 일상생활이 평화로운 모습으로 그려져 있다. 닭싸움을 시키는 노인과 구경꾼들, 아궁이에 불을 지피는 사람, 하늘에 떠 있는 무엇인가를 쳐다보는 사람, 생선을 팔고 있는 사람, 양쪽에 짐을 매단 막대기를 어깨에 걸친 사나이, 뱃놀이, 시장 바닥, 음식을 머리에 이고 나르는 여인, 원숭이와 놀고 있는 사람, 투전판, 출산의 고통, 가족들의 모임, 소달구지를 끌고 가는 마부… 사실처럼 자세하게 묘사했다. 장장 1.6킬로미터의 벽에 돋을새김을 해놓은 것이다. 상상이나 할 수 있겠는지.

왕이 정치를 하고 재판까지 관장했던 300미터 길이의 코끼리 테라스와, '아시아의 알렉산더'라고 불리는 야소바르만 1세를 기리는 레퍼 킹 테라스를 돌아 정문으로 나오는 길이다. 꼬마들이 그들의 전통악기인 대나무로 만든 피리와 장고를 팔고 있다. 대나무 장고는 손아귀에 들어갈 정도로 작은 것인데 제법 소리가 영롱하고, 피리도 그 소리가 청아하다. 나는 여행을 할 때마다 작은 기념품을 사거나 주워 온다. 오래된 함지박에 기념품을 넣어두고 두터운 유리 뚜껑을 덮어서 항상 볼 수 있게 만들었다. 진도의 바닷물이 갈라졌을 때 건져온 말미잘과 불가사리, 울릉도의 목각새, 러시아 국경 세관에서 산 목각인형, 중국의 볼펜, 빅 아일랜드의 까만 모래사장에서 주워온 공기 돌, 미국의 훌라춤을 추는 인형 등 올망졸망한 것들이다. 이제 이 피리와 장구도 함지박 식구가 될 터다. 크메르왕국의 번영과 영화 그리고 그들의 자손인 피리 파는 꼬마들. 묘한 생각에 잠긴 채 바이욘궁전을 뒤로 하고 넓은 뜰을 걸어 나온다.

'평양랭면'. 빨간색 글씨의 간판을 달고 있는 씨엠립에 있는 북한 음식점이다. 반주 소리가 우렁우렁 울린다. 섞여드는 노랫가락도 제법 크다. 낯설었다.

"동포 형제 여러분. 이렇게 만나니 반갑습니다."

노래기기 앞에서 한 여자 근무원이 마이크를 잡고 노래를 부르고 있다. 흰색 깃이 달린 진분홍 원피스를 입고, 뒤로 끌어당겨 하나로 묶은 머리에 리본을 달고, 투명한 젖빛 색깔의 높은 샌들을 신었다. 다섯 명의 여자 근무원들이 같은 차림새다. 하나같이 예쁘다. 표정도, 웃음도, 음색도 비슷하다. 생각도, 희망도, 신념도 같을 것 같다. 아주 가까운 거리에서도 만날 수 없던 그들과 우리들은 오지인 이곳 캄보디아에서 만나니 낯이 설면서도 반갑다.

냉면 재료는 북한에서 직접 공수한단다. 냉면이 나오기까지 시간이 꽤 걸린다. 손님이 올 때마다 그때그때 면을 삶아 냉면을 만들기 때문이란다. 스콜 때문에 길 곳곳에 깊게 생긴 웅덩이를 지날 때마다 까불러대는 버스에 시달린 여행객에게 평양랭면은 청량제였다. 더구나 우리 음식이 몹시 그립던 차였다. 저마다 그릇을 말끔히 비웠다.

"또 만나요!"

문밖까지 따라 나와 웃으면서 전송을 한다. 남편도 나도 손을 마주 흔들며 인사했지만 글쎄, 우리는 어디서 어떤 모습으로 다시 만날 수 있을까.

타프롬사원으로 향했다. 12세기에 만들어진 사원은 가로 600미터, 세로 1000미터로 앙코르 사원 중에서 가장 큰 규모다. 더군다나 이름처럼 이 사원에는 수많은 나무 조각상들을 볼 수 있다. 다른 사원은 복원·보수되고 있는데, 이 사원만은 정글에서 발견됐을 때의 모습 그대로다. '무너질지 모르니 조심하라'는 경고 팻말이 있다. 괜히 겁이 난다. 좀 더 안쪽으로 들어가니 대낮인데도 우중충하다.

벵갈보리수나무 뿌리가 여러 마리의 거대한 뱀이 서로 엉켜서 기어 다니듯 신전과 회랑의 벽과 지붕, 탑, 무너져 내린 석축 더미를 덮고 있다. 아니, 굉장히 억센 손아귀 힘으로 옴짝달싹하지 못하게 움켜쥐고 있다. 아니, 아니, 나무기둥 같이 굵은 다리가 함부로, 정말 함부로 짓밟고 있어 신전도 회랑도 벽도 저마다 비명을 지르고 있다. 억만 개 촛불을 한꺼번에 켜놓아 촛농이 흘러 떨어지면 그리 굵겠는지. 상상도 할 수 없는 거대한 연체동물의 다리라면 그리 굵겠는지. 이미 사라져버린 중생대 공룡의 다리라면 그리 굵겠는지. 탑은 무너지고 담벼락은 기울었다. 도무지 벌어진 입이 다물어지지 않는다. 뿐만 아니다. 무화과나무도, 케이폭나무도, 수평나무도 건물의 파괴와 압살에 한몫 거들고 있다. 폭약이라도 터졌나. 지진이라도 일어났나. 어쩌자고 땅속에 묻혀 있어야 할 나무뿌리가 몽땅 땅 위로 솟았는가. 마치 나무와 인간이 힘겨루기를 하고 있는 전투장 같다. 언감생심, 인간의 힘이 어찌 자연의 힘에 대적하랴.

햇빛을 못 본 뜰처럼 축축하게 젖어 있는 음침한 길을 따라 걷다가 담과 담이 만나는 구석, 나뭇잎에 가려져 그냥 지나치기 쉬운 장소에서 천상의 요정이요, 무희요, 시녀이기도 한 어느 석상을 만난다. 벌을 받고 있는 것일까. 화려한 장신구는 어디에 벗어버리고 팔도 잘린 채 숨어 있다. 그러나 눈과 입은 여전히 웃고 있다. 거대한 벵갈나무 뿌리에 질려, 그 중압감에서 벗어나지 못하고 있는 나그네를 석상은 순박한 미소로 위로해주고 있다.

밖으로 나오니 붉은색 흙담을 끼고, 두 사람이 탄 오토바이가 지나가고 있다. 비로소 현실로 돌아온 느낌이다.

드디어, 앙코르와트다. 앙코르에는 사원만 700여 개가 있는데, 그중에 가장 대표적인 사원이다. 2만 5000명의 인력을 동원해서 짓는 데만 31년이 걸린 인류 최대의 사원이다. 캄보디아 국기에, 화폐에, 기념품에, 수많은 상점이나 회사 상표에, 심지어 맥주 상표에도 앙코르와트가 있다. 상징을 넘어, 앙코르와트는 곧 캄보디아다.

앙코르와트의 가운데 제일 높은 탑이 우주의 중심인 메루산을 상징한다. 전후좌우 네 기의 탑이 서로 엇갈리는 두 대각선 끝에 정확하게 같은 높이, 같은 거리에 있다. 왕

사람으로 태어남이 이 세상으로 떠나는 여행의 출발이요,
살아가면서 부딪히는 만남과 이별, 슬픔과 기쁨, 온갖 부대낌은
여행하면서 보고 느끼며 온갖 불편함에 숙달되는 그 과정과 다를 바 없다.
삶의 끝이 죽음이듯, 여행의 끝은 떠났던 자리로 돌아오는 것.
'어떤 삶을 사느냐' 하는 것이 순전히 자신에게 달려 있듯
여행에서 '어떤 것을 보고 느끼는가' 하는 것 역시 자신에게 달려 있다.

의 시녀들이 받쳐 들고 있는 파라솔처럼 팜나무가 우뚝 솟아 아름다운 풍광을 더하고 있다. 사원을 우주의 바다(해자)가 빙 둘러싸고 있다. 우주라고 할만도 하지. 그 규모가 대단하니까. 해자는 넓이가 260미터, 길이가 5.5킬로미터에 이른다. 역시 외적의 침입을 막기 위해 파놓은 물길이다.

입구에 거대한 돌사자가 엉덩이를 뽑고 앉아 있다. 금방이라도 포효하면서 높이 뛰어올라 덮칠 자세다. 천년 세월에 할 말도 많으련만 입을 굳게 다물고 있다. 중앙로는 직육면체 돌을 쌓아 만든 돌다리 길이다. 돌 하나하나에 구멍이 두 개씩 나 있는데, 돌을 끌어올릴 때 끈을 꿰기 위한 구멍이라고 한다. 다리의 넓이는 12미터, 길이는 540미터다. 양쪽 돌난간에 긴 꼬리를 지닌 뱀의 신 나가가 독사처럼 머리를 바짝 쳐들고 있다.

앙코르에 있는 수많은 사원의 정문이 모두 동쪽으로 나 있는데, 앙코르와트만 유달리 서쪽으로 나 있다. 동쪽은 양이요 생명이고, 서쪽은 음이요 죽음을 의미한다. '서쪽으로 간다'는 말은 동서양 모두에서 '죽는다'는 것을 뜻한다. 해도 동쪽에서 뜨고 서쪽으로 지지 않는가. 앙코르와트의 정문이 서쪽으로 난 건 무엇을 의미할까. 이 사원을 지은 '수야바르만 2세의 사후를 위해서'라는 말이 그 설득력을 갖는다. 정문이 서쪽에 있기 때문에 해 뜨고 지는 광경이 장관이다. 해는 사원의 제일 큰 탑 바로 뒤에서 금관을 쓴 모습으로 떠오른다. 해가 뜨면 해자 속에는 또 하나의 앙코르와트가 대칭으로 생긴다. 앙코르와트가 어둠도 빛도 아닌 색, 사후 세상에나 있을 듯한 빛깔로 해자 속에 빠져 있다. 불가사의한 광경이다. 서쪽으로 넘어가는 붉은 노을이 사원 외벽의 수많은 부조, 무늬, 장식, 창문, 기둥에 부딪히면서 찬란하면서도 엄숙한 양각과 음각을 만든다. 그렇듯 불가사의한 그림을 그려놓은 이가 과연 누구인가.

앙코르와트는 3층 석조 건축물이다. 1층은 미물계, 2층은 인간계, 3층은 천상계다. '천당 가는 길은 낙타가 바늘구멍으로 들어가는 것보다 더 어렵다'고 했다. 천상계로 가려면 층계 하나하나가 좁고, 높고, 오랜 세월과 수많은 사람들의 발자국으로 마모돼서 네 발로 엉금엉금 기어서 올라가야 한다. 높이 65미터, 경사각도 70도다. 어휴, 얼마나 다행한 일인가. 등산을 좋아하는 남편과 나는 돌층계를 거뜬히 올랐으니. 천당 가려면 등산하듯 평소 힘들고 어려운 일들에 게을리 하지 말아야 할듯하다.

앙코르와트를 건축한 수야바르만 2세는 자신을 인도 최고의 신 비슈누와 같은 선에 놓고 싶어 했다. 그 당시 왕은 곧 신이었다. 그는 첫 번째 회랑 서편 벽에 비슈누와 똑같은 형상으로 뱀의 신 나가를 방석처럼 깔고 앉아 있다. 수

많은 시녀들이 부채와 파라솔을 들고 왕의 주위를 둘러싸고 있다. 그의 형상을 시작으로 회랑 벽에는 마치 꼼꼼하고도 세밀하게 수를 놓은 듯 엄청난 수의 부조가 있다. 앙코르제국의 찬란한 궁정 생활은 물론 전투, 사냥, 낚시, 건축, 레슬링, 서커스, 닭싸움 등 역사, 종교, 문화, 예술, 일상의 삶이 총 망라된 화려하고도 정교한 대서사시다. 특히 압사라(무희) 부조는 압도적이다. 정성 들여 땋은 머리와 장식, 다섯 줄이나 되는 넓은 목걸이와 팔찌와 발목걸이의 정교한 문양, 손에 든 꽃, 리드미컬한 손가락 놀림과 몸동작, 감은 듯 뜬 눈, 웃을 듯 말 듯한 입매, 엉덩이에 살짝 걸친 팔부 바지, 터질 듯한 젖가슴, 금방 젖이 흘러나올 듯한 젖꼭지, 드러난 배꼽이 참으로 우아하고 섹시하다. 오늘의 무희나 가수들의 모습을 훨씬 능가한다.

앙코르와트는 올라갈 때도 위험하지만 내려올 때는 더욱 위험하다. 돌계단을 내려와 인간계에 발을 딛고 선다. 편안하다. 그런 나를 보더니 남편이 웃는다.

"인간은 역시 인간계에 속해 있어야 하지."

전 세계에서 가장 아름다운 사원 앙코르, 어찌 한 번 보고 보았다고 하랴. 두 번은 봐야 한다고 '앙코르'라고 하는 게 아닐는지. 허나 두 번 본다고 또 어찌 다 보았다고 하랴!

다시 타이 방콕으로 돌아왔다. 차오프라야강 유람, 선

상 디너, 전통 지압, 세계무역보석전시관, 농업특산품직판장 등 시내를 두루 돌아다녔지만 나는 도시 체질이 아닌가 보다. 감흥이 별로 없다. 사람을 가득 태우고 흙먼지 일으키며 달리던 경운기, 물고기 잡아 새끼에 꿰어 들고 집으로 돌아가던 꼬마들, 소를 목욕 시키는 아이들, 팜나무, 노을, 목동 … 아, 앙코르 유적들을 보며 느끼던 알 수 없는 두려움, 그 신비와 경이가 방콕을 벗어나기도 전에 그리워온다.

사람으로 태어남이 이 세상으로 떠나는 여행의 출발이요, 살아가면서 부딪히는 만남과 이별, 슬픔과 기쁨, 온갖 부대낌은 여행하면서 보고 느끼며 온갖 불편함에 숙달되는 그 과정과 다를 바 없다. 삶의 끝이 죽음이듯, 여행의 끝은 떠났던 자리로 돌아오는 것. '어떤 삶을 사느냐' 하는 것이 순전히 자신에게 달려 있듯 여행에서 '어떤 것을 보고 느끼는가' 하는 것 역시 자신에게 달려 있다. 사회주의, 킬링필드, 폭염과 천둥번개, 느닷없는 소나기, 대인지뢰, GNP 300달러의 가난한 나라 캄보디아로 결혼 30주년 기념 여행을 온 것은 이 같은 연유에서다.

'여행자는 그의 모험담을 자기 멋대로 이야기하고 꾸밀 권리가 있다'는 말이 있다. 가이드를 따라다니며 열심히 메모를 했지만 다소 맞지 않거나 틀린 말이 있을지도 모른다. 변명 삼아 덧붙인다.

전남 신안 홍도 · 흑산도

2004

일곱 번째 여행 이야기

바다색은 언제나 하늘색을 닮는다

여름휴가 낌새가 전혀 없던 남편이 느닷없이 휴가를 받고 들어와 여행을 떠나자고 한다. 그 느닷없음에도 당황하지 않는 우리 부부는 여행 떠날 마음과 배낭 꾸리기가 늘 준비되어 있다. 언제나 경비가 걱정이긴 했지만. 이 세상을 떠나는 그때가 느닷없이 닥친다 해도 준비를 끝낸 여행자처럼 홀가분하게 떠날 수 있어야 할 텐데…. 미련 없이 떠날 수 있도록 사는 동안 열심히 마음의 준비를 해야 하겠다. 여행을 떠날 때처럼.

이번에는 홍도와 흑산도에 가기로 했다. 용산역에서 KTX를 타고 목포까지 간다. KTX는 넉 달 전에 개통되었는데, 타보기는 이번이 처음이다. 용산역사가 그 구태의연하던 모습을 벗어버렸다. 깔끔하다. 떠나기 10분 전에 입장해야 한다는 안내 글이 전광판에 한글과 영문으로 뜬다. 앞에 선 몇몇 사람을 따라서 입장권을 밀어 넣었다가 혼쭐났다. 지금 타실 입장권이 아니라면서 냉큼 토해버린다. 단지 2분 전일 뿐인데. 냉정하고 정확하다. 인간미가 없다, 아니 기계미가 넘친다. 한 걸음 빗겨 서서 기다린다.

한 치의 오차도 없이 아침 8시 35분에 KTX는 미끄러지듯 역을 빠져나갔다. 버스나 전철 안에서 들리던 소음이 이 안에는 없다. 조용하다. 차창 밖 풍경은 그대로 있다. 담을 기어오르는 넝쿨, 철로가의 작은 화단, 그 옆에 무성한 들풀… 정답다. 떠나고 내리는 사람의 체취만 남아 있는 간이역 풍경을 보는 맛도 빼놓을 수 없다. 최고 시속 300킬로미터로 달린다는데, 좌석은 편안하다. 역방향 좌석에 앉으면 멀미가 더 나고 피곤하다지만, 습관이 되면 괜찮아질까.

편하고 빠르고 조용해서 좋긴 하지만, 대신에 우리는 자연과 환경과 생태를 내놓아야 했음을 잊지 말아야 한다. 고속철도가 천성산을 관통하는 것에 반대하여 지율 스님이 청와대 앞에서 단식 농성 중임을 생각하니 우울하다. '산이, 금정산이, 천성산이 운다'고 그는 말했다. 천성산의 내장이 뻥 뚫릴 때 산이 내는 소리는 자연 파괴가 생태 파괴로 이어지고, 그 피해를 고스란히 우리 후손들이 물려받으리라는 고통스러운 경고음이다.

예고한 대로 오전 11시 55분에 KTX는 목포역에 도착했다. 피부가 검게 탄 전라도 사나이가 우리를 봉고차에 태워서 목포연안여객터미널 근처 한 음식점 앞에 내려놓는다. 점심 먹고 터미널 앞 등나무 아래로 1시 20분까지 오라고 하면서 어디론가 사라진다.

여객선에 올랐다. 연일 섭씨 30도를 웃도는 무더운 날씨다. 파도도 더위에 지쳤는지 잠잠하다. 바다의 밭이라고 해야 하나. 김과 파래 양식장이 끝 간 데 없이 펼쳐져 있다. 썰물 때라 양식장 너머 모래사장이 그대로 드러나 있다. 그 끝에 낮은 산이 엎드려 있다. 선창 밖으로 보이는 이 같은 풍경만으로도 가슴이 설렌다. 벅찬 것은 나뿐만 아닌 듯하다. 남편도 옆에서 말없이 바다를 바라보고 있다. 등대가 있는 작은 섬을 지나간다. 이름도 처음 들어보는 도초도에 두 사람을 내려준 후 다시 떠난다. 흑산도에 멈춰 사람들을 태운다. 점 같은 섬 하나를 지나니, 다시 끝없는 수평선이 이어진다. 하늘도 바다도 망망하다. 2시간여 만에 우리나라 최서남쪽 끝 땅을 밟는다. 석양 노을에 바다가 불길인 듯 붉게 물이 들고, 붉은 바닷물이 반사되어 섬 전체가 붉게 물든다는 섬, 홍도紅島다. 누에 모양의 이 작은 섬은 목포에서 115킬로미터나 떨어져 있다.

홍도에는 흑산도 분교 초등학교가 있는데, 일몰을 보려면 학교 운동장을 가로질러 뒷산에 올라가야 한다. 숙소에 짐을 풀고 일몰을 보러 나선다. 19시 20분에 해가 진다고 한다. 학교 뒤쪽으로 산이 길게 누워 있다. 일몰을 본 후 산 정상까지 올라갔다가 오른쪽 끝까지 내려가 보자고 등산 계획을 세웠다. 에구! '입산 금지' 팻말이 둘러쳐 놓은 굵은 밧줄에 매달려 저녁 바람에 달랑대고 있다.

홍도에 대해 너무 몰랐다. 섬의 3분의 2를 차지하는 북쪽 1구와 나머지 3분의 1의 남쪽 2구 사이, 좁은 평지에 마을이 형성되어 있고, 마을을 벗어나서는 걸어 다닐 수 있는 곳이 별로 없다. 마을을 한 바퀴 도는 데 고작 20분밖에 안 걸린다. 2구에도 조그만 마을이 있긴 하지만 그곳에 가려면 배를 타고 가야 한다. 등산을 좋아하는 남편과 나는 길게 엎드려 있는 능선을 왼쪽 끝에서 오른쪽 끝까지 한 번 훑어만 보고 산 중턱에 자리를 잡고 앉았다. 주황색 꽃이 여기저기 피어 있다.

"어머, 산나리 좀 봐!"

"산나리가 아니라 원추리."

나도 모르게 툭하고 튀어나온 말에 남편이 정정해준다. 그러고 보니 홍도를 소개하는 사진에 원추리 한 송이가 크게 담겨 있던 것이 생각난다. 홍도는 섬이 통째로 천연기념물 제170호다. 기암괴석, 쪽빛 바다, 푸른 수림, 원추리가 유명하다. 살짝 고개 숙여 피어난 원추리. 아, 고운 님 맞이하려는 신방의 새색시 자태가 그럴 것인가! 원추리를 '망우초忘憂草'라고도 부르는데, 정말 보고 있으면 온갖 근심 걱정이 사라지는 것 같다. 황혼색에 물들어 더욱 곱다. 수평선을 가리고 있는 먹구름 사이사이로 해가 마지막 불꽃을 붉게 뿜어 올리며 가라앉고 있다. 해는 바다 깊은 곳을 가로질러 내일 아침 다시 환생할 것이다.

일몰을 지켜본 후 남편과 나는 방파제를 걸었다. 'ㄷ' 자의 방파제 3면이 환히 불을 밝히고 있는 포장마차로 칸칸이 나뉘어 있다. 선경이 해녀집, 현일이 해녀네, 고창숙 해녀네…. 가게 앞 고무통에는 멍게, 해삼 등이 살아서 움직이고 있다. 바다를 제 집 드나들 듯 했을 그녀들. 뭍 생활보다 힘이 드나 보다. 한결같이 마른 체구다. 가무스레한 피부에 나이가 지긋하다. 가게 앞 탁자에 앉아 바다 소리에 귀 기울이고, 바다 냄새에 코를 벌름거린다. 어둠이 먼 바다로부터 몰려오고 있다. 어둠은 잽싸게 방파제를 덮칠 터. 그리하면 가게도, 방파제도, 하늘도, 바다도 침묵과 어둠 속에서 곤한 잠에 빠져들 것이다. 남편과 나는 말없이 몰려오는 어둠을 지켜보다가 의자에서 몸을 일으킨다.

홍도는 맴돌이 땅이다. 걷다가 보면 어느 틈엔가 떠난 자

이 세상을 떠나는 그때가 느닷없이 닥친다 해도
준비를 끝낸 여행자처럼 홀가분하게 떠날 수 있어야 할 텐데….
미련 없이 떠날 수 있도록 사는 동안 열심히
마음의 준비를 해야 하겠다. 여행을 떠날 때처럼.

리로 돌아와 있다. 그렇다 한들 숙소에만 있을 수는 없는 노릇이다. 자생란전시실, 동백나무숲, 당산 터를 꼭 찾아보라는 안내인의 말이 생각나서 놓칠세라, 이른 아침에 산책 겸 그곳을 찾아 나선다. 자생란전시실에는 배불뚝항아리 같은 돌에서 떨어지지 않으려고 풍란이 뿌리를 손가락 펴듯 쫙 펴고 안간힘을 다해 움켜쥐고 있다. 어찌 살아 있는가, 흙 한 줌 없는 돌덩이에. 전시실 바로 뒤는 아름드리 동백나무가 울울창창하다. 햇빛조차 스며들지 못할 것 같다. 흙냄새, 숲냄새가 그대로 고여 있다. 통꽃 그대로 떨어진 동백은 땅에서 금방 피어난 꽃 같다. 동백나무숲도 곳곳에 출입금지 팻말이 붙어 있다. 신비한 게 숨어 있을 듯싶지만 참고 돌아선다. 이곳의 동백나무는 당산을 보호하고 있는 어머니 같은 나무다. 지금은 터만 남아 있긴 하나, 해마다 마을의 안녕을 비는 당산제가 열렸다.

아침 9시, 유람선 탔다. 동굴 천장이 뚫려 있어 낮에는 햇볕, 밤에는 달빛이 새어 들어온다는 천하대장군바위, 부모가 자식을 품고 있는 모양의 모자바위, 겨울이면 갈매기가 하얗게 내려앉아 흰 섬이 되어버린다는 갈매기섬, 아기를 못 낳는 여자가 탑에 오르면 아기를 낳는다는 전설이 있는 남자탑, 열두 폭 병풍을 펼쳐놓은 듯한 병풍바위, 합장하는 모습인 스님바위, 아차 하면 떨어질 듯 안타깝게 매달려 있는 아차바위, 그 사랑 아름다워라 원앙바위, 첩과 뽀뽀하고 있는 남편이 미워 혼자 뚝 떨어져 있는 본처바위…. 까마득히 높은 바위 위에 가마우지 한 마리가 앉아 있다. 고고하고 외롭게. 그밖에 만물상, 석화동굴, 깃대봉, 거북바위… 일일이 다 열거할 수 없다. 그렇게 이름 불러주니 정말 그렇게 보이는 바위와 바위, 동굴과 동굴, 섬과 섬…. 그건 비와 바람과 긴긴 세월의 합작품이다. 아니면 바닷속 어딘가에 한 위대한 조각가가 있어 하나하나 조각해서 바다에 띄웠든가. 홍도의 바위는 향기가 10리를 간다는 풍란과 원추리와 소나무와 동백을 저마다 이고 있다. 신비하다.

배 유람을 끝내고, 열심히 손 흔들어주는 섬 사람들의 인정을 가슴에 담은 채 흑산도로 가는 배에 몸을 싣는다.

'언니, 푸른빛 바다에 넋 담그지 말고 바위 절경에 혼이 나가서 어머나 하며 소리 지르다가 소녀바위 되지 마세요.'

핸드폰이 없던 시절에는 여행을 다니면서 빨간 우체통만 보면 편지를 넣곤 했다. 편지보다 내가 먼저 집에 도착할 것이라는 걸 알면서도 나는 자주 엽서에 편지를 써서 우체통에 떨어트렸다. 핸드폰이 등장하면서 우체통의 낭만과 편지 쓰는 재미를 빼앗겨버렸지만, 핸드폰 메시지도 나쁘지는 않네. 후배들의 메시지를 받는 기분이 그만이다. 가수 이미자 선생이 부른 〈흑산도 아가씨〉를 흥얼거린다.

홍도는 30년 전부터 관광지로 보호를 받아왔지만, 흑산도는 이제부터다. 자그마치 100개의 섬으로 이루어져 홍도와는 그 규모를 달리한다. 뿐만 아니라 홍도가 천연기념물이라면, 흑산도는 역사문화의 보고다. 일본과의 강화도조약을 반대하는 상소를 올렸던 최익현과 천주교의 전교에 힘쓰다가 신유박해 때 귀양 간 정약전 등 여러 역사 인물들의 유배지요, 황해와 남해의 해상권을 장악하여 동방 국제무역의 패권을 잡았던 장보고의 활동 무대였다.

먹거리도 풍부하다. 전복, 해삼, 소라, 돌개미, 파래, 홍어가 특산물인데, 영광굴비로 유명한 조기도 사실은 흑산도산이다. 홍도의 바위가 비경이긴 하지만, 흑산도의 바위도 그에 못 미칠 바 없다. 붉어서 홍도요, 푸르다 못해 검어서 흑산도黑山島다. 홍도와 흑산도가 같이 있어 우리나라 최서남단은 빛이 난다.

오후 5시 30분, 유람선을 탔다. 선장과 안내인 모두 일흔은 넘어 보이는데, 흑산도에서 태어나 흑산도에서만 살아온 흑산도 지킴이란다. '세상사 조급하게 군다고 되는 일이 하나도 없어요' 하듯 굵고 느릿느릿한 말씨가 패기는 없으나 구수하고 친근감이 넘친다. 배가 흑산도의 유일한 포구인 예리항을 떠나고도 20분이 지나서야 안내를 시작한다.

흑산도 상징은 돛대바위다. 구름이 걸쳐 있을 때는 촛

불 같아 촛대바위라고도 한다. 당나라와 교역을 하던 장보고의 뱃길에 등대 역할을 했던 바위란다. 한 쌍의 용이 승천했다는 쌍용동굴을 보고, 입구는 하나밖에 없지만 안에 들어가면 7개의 동굴이 있다는 칠성동굴을 본다. 장보고가 칠성탑을 쌓아놓고 용왕제를 모셨단다. 선장과 안내인은 사진을 찍으라고 동굴 가까이 배를 대주고 느긋하게 기다리고 있다. 정성스레 소원을 빌면 성취된다는 말도 잊지 않는다. 어떻게 바다 한가운데에 이처럼 큰 동굴이 태어났는지 정말 신비하고 불가사의하다. 연못처럼 물이 고여 있는 곳이 있어 바지를 걷어 올리고 징검다리 돌을 조심스레 밟아 디디며 끝까지 가보는 억척을 부린다.

이번에는 손을 내밀지 말라고 주의를 주면서 좁은 동굴 입구에 배를 갖다 댄다. 어부들이 홍어잡이를 나갔다가 비를 만나면 잠시 들어와서 쉬었다 간다 하여 홍어동굴이다. 동굴 입구만 지나면 소형 선박 대여섯 척이 너끈히 들어설 수 있는 큰 공간이 나온다. 동굴 안에서 유명한 흑산도의 일몰을 볼 수 있다는데, 아직 이른 시각이라 배는 깊숙이 들어갔다가 빠져나온다. 그건 아슬아슬한 묘기다. 수없이 많은 가오리가 동굴 안의 바다를 즐기듯 유유자적하게 헤엄쳐 다닌다. 그러고 보니 동굴로 둘러싸인 바다는 영락없는 가오리의 수영장이네.

"저기 보이는 바위 꼭대기를 보세요. 앞에 있는 바위가 무엇을 닮았나요?"

안내인은 그 특유의 느릿한 말씨로 눈 나쁜 사람은 보이지도 않을 높은 바위 위의 또 다른 작은 바위를 가리킨다.

"거북이랍니다. 뒤에 쫓아가고 있는듯한 바위는 무엇 같나요? 토끼랍니다."

혼자 물어보고, 혼자 대답한다.

"토끼가 잠을 자다가 깜짝 놀라 깨어나서 거북이를 허겁지겁 쫓아가고 있지 않나요? 뭐든지 서두르면 망친답니다."

마치 자신의 말씨는 매사 망치지 않기 위해서라는 듯 더욱 늘어진다. 우리나라 사람들, '빨리 빨리'라는 말이 입에 밴 것이 언제 적 얘긴데, 그는 도무지 모르는 모양이다.

옛날에 감옥으로 사용했던 옥섬, 학 화석처럼 보이는 학바위, 영락없이 앉아 있는 모양의 원숭이바위, 그밖에 말바위, 남근바위, 공룡바위, 돌고래바위, 해골바위…. 흑산도 바위도 홍도처럼 그렇게 불러주니 그렇게 보인다.

흑산도 유람의 백미는 아무래도 호잠도의 일몰이다. 호랑이가 잠자는 모습이라고 해서 붙은 이름인데, 해가 가장 나중에 뜨고 가장 나중에 진단다. 유람선을 부두에서 오후 5시 30분에 출발시킨 이유를 이제야 깨닫는다. 유람이 끝날 무렵에 찾은 호잠도의 일몰은 말로 형용하기 힘들다. 바다색은 언제나 하늘색을 닮는다. 하늘이 그대로 바다에 빠져 있기 때문이다. 하늘과 바다가 맞닿는 곳, 수평선이 도화지 가운데에 가로로 선을 긋는다. 위쪽 반을 차지하는 하늘은 다시 둘로 나뉘어 위쪽은 붉은색이고, 아래쪽은 검푸른색이다. 수평선상에 호랑이 한 마리가 잠을 자고 있는데, 귀가 있는 부분에 해가 걸려 있다. 낮게 떠 있는 해로부터 우리가 있는 유람선 가까이까지 노을이 수평선과 알파벳 티T 자 모양으로 붉은 길을 튼다. 노을이 바다 물결이 일렁일 때마다 붉고 검은 무늬를 바다 가득히 그려낸다. 구도도 색채도 완벽한 한 폭의 그림이다.

해가 바닷속으로 가라앉으니 붉은 길도, 붉고 검은 무늬도 사라진다. 사방이 빠르게 어둠에 잠긴다. 선장과 안내인도 선창을 떠나지 못한다. 몇 천 번이고 반복되는 일일 텐데, 그때마다 감동을 하나 보다. 두 팔을 창턱에 얹고 말없이 어두워오는 바다를 보고 있다. 그들의 뒷모습은 선禪이다. 새 한 마리가 날아간다. 하나의 까만 점 같이. 해가 지니 새도 갈 길이 바쁜가 보다. 나르는 속도가 제법 빠르다. 사람의 삶이 떠나왔던 자리로 돌아가듯이, 배는 떠났던 자리로 되돌아간다. 부두에 배가 닿자 그들은 한 사람, 한 사람에게 일일이 조심하라고 이르면서 우리가 다 내릴 때까지 지켜본다.

밤 9시다. 흑산도에 관한 책자를 하나 사려고 남편과 나는 숙소를 빠져나왔다. 섬에 하나밖에 없는 '문구점+서점+선물가게+옷가게'인 슈퍼마켓에 들렀는데, 1983년도판 소책자가 있을 뿐 내가 원하는 책자는 없다. 그나마 먼지를 더께로 뒤집어쓰고 있다. 책자 대신 간식거리를 사들고 나왔다. 부두는 그사이 밀물이 가득 들어와 있고, 매여 있던 수많은 어선은 물고기 잡으러 떠나고 한 척도 남아 있지 않다. 남편과 나는 부두 축대에 두 다리를 내리고 앉아 감자칩을 안주로 맥주를 마신다.

"이 기분 괜찮은데."

묵직한 남편의 입에서 그 같은 말이 튀어나온다.

짙은 어둠이 조금 전까지도 근사한 그림을 보여주었던 수많은 섬들을 삼켜버린 채 하늘과 바다 사이를 가득 메우고 있다. 바닷물이 발밑까지 밀려와 찰랑댄다. 이야기해달라고 조르는 아이 같다. 멀리 방파제에 두 줄로 나란히 등불이 켜있다. 밤배는 만선이 되어 돌아오려나. 동이 트면 이 부두는 다시 북적대리라. 세상의 새벽은 아무래도 부두에서부터 시작될 것 같다.

자리를 털고 일어나 숙소로 향한다. 하늘과 바다와 바람과 물소리가 '흑산도에서의 하룻밤을 잘 지내라'고 배웅한다.

이튿날 아침, 버스 투어에 나섰다. 새벽잠에서 깨어나지를 못했는지 참석하지 못한 여행객들도 여럿 있다. 도로가 공사 중인 데가 있어 '일주는 하지 못하고 갔던 길을 되돌아와야 한다'고 기사 겸 안내인이 말한다. 젊은 사람이 아주 걸작이다. 버스를 타자마자 일갈이다.

"여기 사는 사람들은 겉으로 보기에는 허술해 보이지만, 육지에 두세 채의 집을 갖고 있는 부자입니다. 절대 돈 자랑은 하지 마십시오."

수많은 여행객이 오가는 섬이니 혹여 그런 사람이 있을 수도 있겠다. 여행은 자연과의 친화력도 중요하지만 사람과 사람의 만남도 그에 못지않다. 목을 세우는 일은 금물이다.

"저기 동백나무 잎을 보세요. 반지르르하죠? 엊저녁 참기름 바르느라고, 참 힘들었네."

그의 반죽도 번지르르하다. 도로에서 조금 떨어져서 천연기념물인 '귀신나무'가 있다. 가지를 꺾어다 베고 자면 돌아가신 분의 영혼을 만날 수 있다고 한다. 울릉도 여행에서 들은 태하리 서낭당 이야기와 비슷하게, 뭍에서 온 일행 중 한 사람을 (울릉도는 남녀 한 쌍을) 남겨두어야 섬을 떠날 때 파도를 만나 파선되는 일이 없을 거라는 전설이 얽힌 '처녀당' 이야기도 들려준다. 지금도 당산의 소나무 밑에는 전설 속 총각의 묘가 있고, 마을에서는 매년 정월 초하루에 마을의 안녕과 풍어를 기원하는 제사를 지낸단다. 기사는 KBS TV에서 방영했던 〈전설의 고향〉 프로그램에도 소개된 곳이라며 자랑하면서도, 구경을 시켜주고 싶지만 자꾸 훼손되고 있어서 금지 구역으로 묶어놓았다고 차 안에서 보는 것만으로 그냥 지나친다.

"저기 보이는 게 다시마 양식장인데요. 왜 키우는지 아세요? 전복의 사료로 쓰기 위해서죠. 그래서 흑산도 전복을 먹으면 다시마 액즙을 같이 먹는 것과 같아요."

그의 너스레는 지칠 줄을 모른다.

"저건 흑산도아가씨 노래비예요. 제막식 하던 날에 이미자 씨를 초대했는데, 글쎄 나타나지 않았어요. 그래서 흑산도에서는 그 노래를 부르지 않아요."

아, 부르지는 않고 듣기만 하는구나. 카세트테이프를 꽂아 〈흑산도 아가씨〉 노래를 틀어준다. 도로는 심한 지그재그 길이다. 기사가 자신의 운전 솜씨를 뽐낼만하다.

"자, 엉덩이를 드세요. 길이 좁아 버스가 도저히 갈 수 없는데, 저 아래까지 무사히 모시고 가려면 엉덩이를 들어야 하거든요."

우리나라에서 전북 내장산과 전남 이곳 둘밖에 없다는 '하늘다리' 도로다. 교각도 없이 절벽을 따라 다리를 길게 놓아 하늘에 떠 있는듯하다. 좁고 위태로운 도로를 천천히 돌면서 그는 어깨를 으쓱댄다. 도로 왼쪽으로 산을 막아 만든 벽에는 다양한 벽화들이 그려져 있다. 흑산도의 역사, 역사 인물의 초상화, 우이도, 비금도, 하의도, 토지항쟁비, 신안 유물, 고인돌, 깃대봉, 풍란….

벽화에는 민요 〈둥당기 타령〉도 있다. 흑산도에서 부르는 노랫말은 아이들 교과서에 실린 것과 사뭇 다르다. 봉양을 받는 사람은 부친이고, 섬김을 받는 사람은 낭군이다. 어쩌자고 남자들뿐인가. 전라도 서남해안과 다도해 섬 지방에서 널리 부르는 부녀자의 노래인데, 전통 사회에서 겪는 여성의 고단한 삶을 엿볼 수 있단다. 하기야 목숨 걸고 먼 바다에 나가는 이는 남자들이니, 그들이 무사히 돌아오기를 바라는 마음은 십분 이해하고도 남는다. 집안에 우환이 있거나 초상이 났을 때 또는 명절이나 고기잡이를 하고 돌아올 때 액막이로 이 노래를 불렀다고 한다.

우리는 육지로 가기 위해 여객선터미널로 되돌아왔다. 뜨거운 햇볕도 아랑곳없이 여행객들이 북적댄다. 먼 바다에 여객선이 가물가물 그 모습을 드러냈다. 서서히 헤엄쳐서 우리 쪽으로 오고 있다. 이 부두에 많은 사람을 토해내고, 대신 우리를 태우고 목포로 그 뱃머리를 돌릴 것이다. 배가 오고 떠나는 것처럼 우리의 삶도 오고 가고, 또 오고 또 가며 끝없이 이어지리라.

북한 강원 금강산

2006

여덟 번째 여행 이야기

청산에 살어리랏다

버스는 여행자 집결지인 금강산콘도 앞에서 멈췄다. '관광증'을 받기 위해서다. 북한을 드나들며 사업하는 사람들은 콘도 지하실로 내려가고, 여행객은 버스에 남았다. 버스에 앉은 채 안내원의 브리핑을 들었다. 가져가면 안 될 게 많다. 휴대전화, 배터리, 만보기, 나침반, 성경, 불경, 북한을 주제로 한 잡지, 신문, 노트북, 녹음기, 줌 배율 10배 카메라…. 가져가면 안 될 물건들을 살펴보니, 무언가 드러나면 안 될 게 많은 나라임을 단박에 알 수가 있다. 휴대폰을 걷어가고 보관증을 나눠준다. 돈은 달러만 사용할 수 있고, 한국 돈은 북한 돈으로 환전하는 대신에 충전식 직불카드인 '금강산카드'로 사용하고 남은 금액만큼 돌아갈 때 한국

돈으로 환불해준단다. 법무부 발행 대한민국출입신고서, 현대아산 발행 관광이용권, 여권(나의 여권 번호는 '육로-통나무-01-24'다), 금강산카드를 나눠주며 구겨서는 안 된다고 으름장이다. 답답한 마음에 투정하듯 남편에게 말했다.

"태국에서 캄보디아 국경을 넘을 때도 이렇게 심하지는 않았잖아요?"

"그러게."

남편도 답답한지 침묵과 다름없는 짧은 대답이다.

금강산콘도를 떠난 버스는 북쪽을 향해 들길을 달린다. 길섶에 작은 노란 꽃이 한창이다. 산 하나가 세로로 동강나며 길이 나고 있다. 동해 물결이 가쁜 숨을 토해내며 하얗게 부서지고 물러간다. 그나마 그 같은 평화로운 광경이 뒤틀린 마음을 달래준다. '위험 지뢰지대'라는 표지판이 눈에 잡힌다. 아직도 전쟁이 끝나지 않았다는 느낌이다.

"여태 지뢰가 많이 남아 있나 봐요?"

"그럼." 또 짧은 대답이다.

'끝집 오징어' 음식점 간판이 지나가고, 최북단에 있는 명파리해수욕장이 지나간다. '동해선 철로연결공사' 표지판이 지나가고, '금강산 27㎞' 안내판도 지나가고, '통일로 가는 길'이라 쓰인 바위가 지나간다. 버스는 7번 국도를 따라 계속 북쪽을 향해 가고 있다. 7번 국도는 북한까지 이어진다. 찻길이 한가하다. 차가 붐비는 곳에서 살다 보니, 붐비지 않는 찻길이 신기하다. 트럭 한 대가 맞은편에서 오고 경운기가 그 뒤를 따라오고 있다.

마침내 버스는 '남북출입관리소'에 도착했다. 남과 북이 만나는 장소다. 벽에 걸려 있는 사람들이 악수하는 대형 그림이, 만나는 장소임을 무언으로 말해주고 있다. 남과 북이 만나는 곳이라니…. 정해진 장소가 아닌 어디서든 만날 수 있는 자유를 누리고 싶다. 금강산 사계가 그려진 대형 벽화 앞 의자에 앉아 사진을 찍었다. 각처에서 몰려드는 사람들로 대기실은 갑자기 떠들썩하다. 배낭을 멘 외국인도 섞여 있다. 오후 4시, 출입사무소를 벗어났다.

이제부터 비무장지대 내 공동경비구역이다. 양양에서 원산까지의 철로가 연결공사 중이다. 얼크러진 철조망 사이로 햇살이 통과하고 있다. 햇살같이 그렇게 아무렇지 않게 북녘 땅에 드나들었으면 좋겠다. 남방한계선과 북방한계선을 구별할 수 있는 것은 동독과 서독을 가르던 장벽 같은 게 아니다. 가로등이다. 가로등에 등이 두 개 있으면 남방한계선이고, 한 개면 북방한계선이다. '군사분계선'을 뜻하는 말뚝이 200미터 간격으로 1290개가 박혀 있다. 공동경비구역은 '군사분계선'으로부터 남한은 남쪽으로, 북한은 북쪽으로 각각 2킬로미터 떨어진 곳까지다. 버스는 '군사분계선'을 넘어 북측을 향해 달린다. 길섶에 풀이 무성하고, 바람이 풀을 어루만지며 지나간다. 작은 개울도 지나간다.

이윽고 버스는 멈추고 여행객들은 통과 절차를 위해 북측 출입관리소로 들어선다. 복잡하고 까다로운 절차를 끝내고 그곳을 벗어난다. '반갑습니다' 노래가 귀를 따갑게 한다. 마침내 '조선민주주의인민공화국'에 들어섰다. 금강산 구경을 끝내고 돌아오는 관광버스, 건축자재를 가지러 나오는 공사현장 트럭들로 길이 붐빈다. 여행객이 탄 10대의 버스는, 나오는 차들이 모두 통과한 다음에야 움직였다.

금강산의 끝 봉우리인 낙타봉을 지난다. 양쪽 길가에 연두색 철조망이 이어진다. 남한의 통일부에서 지원한 철조망이라고 한다. 북한의 학교는 담이 없다. 미루나무가 담이다. 미루나무가 있고 큰 건물이 있으면 학교다. 마을과 마을의 거리가 멀어 마을 하나에 학교가 하나씩 있다. 정미소가 지나가고 우체국도 지나간다. 안내원이 말한다. 이전에 할아버지 모시고 이 길을 지나는데 굵은 눈물을 뚝뚝 흘리며 우시더란다. 왜 그러느냐고 여쭈었더니 "저 산 너머 온정리가 내 고향이네." 하시더라는 것. 북한은 자연환경의 변화가 별로 없어 수십 년 만에 와서 봐도 살던 지역을 바로 알 수 있다는 거였다. 고향은 마음속 깊은 곳에서 살아 숨 쉬고 있다가 무언가 연줄이 당기만 하면 울음으로 터져

나오는가 보다. 버스는 할아버지의 고향인 온정리의 온정각 앞에서 여행객을 내려놓았다.

물이 따뜻해 마을 이름이 '온정[溫井]'이다. 기암 준봉들로 둘러싸여 있고, 마을 한가운데로 온정천이 흐른다. 노천 온천도 있다. 솔밭이 많아 솔향기가 마을을 감싸고 돈다. 온정각은 금강산 관광의 출발점이자 도착점이다. 도착하고 떠나는 여행객들로 언제나 북적댄다. 대형식당, 스낵코너, 슈퍼, 사진관, 쇼핑센터, 농산물판매장이 있다. 돔 지붕의 문화관도 있다. 온정각에서 구룡폭포까지 12.2킬로미터, 만물상까지 12.5킬로미터 거리다. 여행객의 숙소인 금강산호텔, 비치호텔, 해금강호텔, 금강산팬션타운의 중간 지점이기도 하다. 셔틀버스가 늘 대기하고 있어서 마음대로 숙소까지 금방 타고 갈 수 있다. 여행객들은 온정리에서 금강산과 더불어 눈을 뜨고, 금강산 품에 안겨 잠이 든다. 온정리는 미국 LA의 코리아타운처럼, 북한에 있는 남한타운이다.

이튿날 아침. 구룡폭포 가는 길의 여행객이 남녀노소 모두 뒤섞여 줄을 잇는다. 대체, 무엇이 이렇게 봇물을 이루게 하는 걸까. 물론 우리 같이 단순한 여행객들도 많지만, 가족이 오순도순 모여 살았던 시절을 북한에 두고 있는 사람들이 많다는 뜻이다. 그들의 목적은 금강산 오르는 데 있는 게 아닐 게다. 고향이 있는 북한 땅을 밟아 보는 것만으로도 감개가 무량한 사람들일 터다. 실제로 산에 올라가다가 중도에 하산하는 사람들이 많다.

"이것도 벌금을 내야 하나? 풍덩 물에 뛰어들고 싶네."

"그렇게 안내원이 주의를 주었는데도 그런 말을 해요?"

안내원이 산을 오르기 직전까지 주의에 주의를 준 말이 있다. '산에서 담배를 피우려면 다른 한 손에 3백 달러를 들고 피우세요, 산에서 흐르는 물은 식수원이니까 절대로 손 씻지 마세요….' 하나하나가 다 벌금형이다. 그래도 풍덩 물에 뛰어들고 싶을 만큼 물이 맑은 걸 어떻게 해.

> 松松栢栢岩岩廻 水水山山處處奇
>
> 소나무와 소나무, 잣나무와 잣나무, 바위와 바위가 돌아드니
>
> 계곡과 폭포, 산 너머 산, 가는 곳마다 기이하구나

방랑 시인 김삿갓이 '금강산'을 두고 부른 노래 중 일부다. 지금 우리는 그가 노래한 소나무, 잣나무, 바위, 물, 산을 따라 기이한 세상으로 가고 있다. 철따라 이름이 다르게 불리는데 금강金剛산의 봄인들, 풍악楓嶽산의 가을인들, 개골皆骨산의 겨울인들 어찌 좋지 않겠냐마는 아무래도 봉래蓬萊산의 여름이 제일인 듯하다. 조선 사육신의 한 사람인 성삼

문이 죽어서 봉래산 제일봉에 낙락장송 되기를 빌었고, 시조 시인 양사언도 자신의 호를 '봉래'라 짓고 삼일포의 봉래굴에서 기거했을 만큼 금강산은 여름이 제맛이다.

我向青山去 綠水爾何來

나는 청산이 좋아 들어가는데 녹수야, 너는 어이하여 나오느냐

녹수야, 하고 부르면 녹수는 뒤를 돌아보기라도 했을 텐가. 멈춰 서서 뒤돌아보며 김삿갓을 보고 웃음으로 화답했을 텐가. 그리하지 않았을 게다. 그냥 흘러 흘러 계곡을 빠져나갔을 게다. 미인은 원래 새침해야 더 매력이 있는 거니까. 그래서 방랑 시인은 옥류동을 거치며 내내 녹수를 애타게 불렀을 게다. 녹수야, 녹수야… 그렇게 목이 메도록.

집채 같은 두 바위가 서로 의지하며 만든, 금강산에서 가장 큰 '금강문'을 빠져나가면 바로 구룡폭포, 상팔담 가는 계곡이다. 이곳을 숫제 '옥류동玉流洞'이라 부른다. 양사언이 계곡 왼쪽 층층 절벽에 '옥류동 구룡폭'이라 새겨넣었다. 옥류가 흘러내리며 만든 못은 옥류담이요, 물보라가 은으로 만든 실 같다 해서 은사류銀絲流요, 두 개의 구슬을 꿰어 놓은 듯하다 해서 연주담連珠潭이다. 폭폭폭 물이 떨어지면서 일으키는 포말은 그대로 둥글고 커다란 구슬이 되어 담

에서 뱅글뱅글 맴을 돌다 다시 아래로 아래로 흘러간다.

금강문을 통과해서 얼마 걷지 않아 삼록수蔘綠水를 만난다. 산삼과 녹용이 녹아 흐른다 해서 삼록수다. 한 모금 마시면 10년이 젊어진다니, 어디 두어 모금 마셔볼까. 산에서 내려갔을 때 젊어진 나를 사람들이 알아보지 못하면 어쩌나. 그냥 절로 늙어가기로 마음먹고 그 앞을 지난다.

연주담을 지나면 비봉飛鳳폭포다. 글자 그대로 봉황이 비상하는 모습이다. 조금 더 올라가면 무봉舞鳳폭포다. 봉황이 춤추는 모습이다. 봉황은 상상의 새다. 머리는 뱀, 턱은 제비, 등은 거북이, 꼬리는 물고기 모양이고 깃에는 오색의 무늬가 있다. 봉황으로 폭포를 이름한 것은 폭포 중의 폭포라는 뜻일 게다. 두 폭포 사이에서 눈을 들면 하늘에는 꽃밭 같은 천화대天花臺가 있고, 발밑은 맑고 푸른 물이 배인 듯 허리를 뒤틀며 흘러간다. 천화대는 그대로 떨어져 물속에도 똑같은 하늘의 꽃밭을 만들어낸다. 아, 그 절경!

설마하니 아홉 마리의 용이 떨어져 내리는 기세였을까. 구룡九龍폭포 말이다. 폭포가 떨어져 만든 못에는 설마하니 아홉 마리나 되는 용이 똬리를 틀고 앉아 있었을까. 구룡연九龍淵 말이다. 하필이면 용이 아홉 마리일까. 그러고 보니 여우에도 아홉 숫자를 붙였네, 구미호. 아마도 아홉은 상상할 수 있는 마지막 숫자인지도 모른다. 열 하면 모두 끝나버리는 기분이니까. 절벽의 높이는 100미터인데, 구룡폭포의 높이는 74미터다. 절벽 하나가 그대로 폭포인 셈이다. 신라 최고의 문장가였던 최치원은 구룡폭포를 일러 '千丈白練 萬斛眞珠(천길의 흰 비단, 만 섬의 진주)'라고 했으며, 조선 최고의 시인 정철도 그 유명한 〈관동별곡〉에서 '은하수 한 굽이를 촌촌이 베어내어, 실같이 풀쳐서 베같이 걸었다'고 표현했다. 이런 절경을 북녘 땅이라는 이유로 그간 보지 못했던 것이 마냥 슬프다.

구룡폭포 오른쪽 바위에서 폭포만큼이나 거대한 '彌勒佛(미륵불)' 세 글자를 볼 수 있다. 구한말 서화가였던 김규진의 글씨다. 마지막 글자인 '佛'의 내려그은 획이 13미터나 되는데, 이는 구룡연의 깊이를 뜻한다. 미륵불은 도솔천兜率天에 보살로 머물고 있으면서 56억 7천만 년 뒤에 중생의 땅으로 와서 모든 인간을 구제해준다는 미래의 부처다. 그는 아마도 잃어버린 나라를 구제하고픈 일념으로 '미륵불'을 새겨놓은 것이 아닐까 짐작해볼 뿐이다. 지금은 민통선 안에 있는 고성 건봉사의 '불이문不二門' 글씨도 그의 글씨다. '不二'는 부처와 중생이 다르지 않고 생과 사, 만남과 이별 역시 그 근원은 모두 하나라는 뜻이다.

구룡폭포 위쪽에 구룡대가 있고, 그 주위에 신라 마지막 황태자인 마의태자의 묘가 있다. 그는 나라 잃은 슬픔을

바다를 보러 힘들게 이곳에 올라왔나 하는 생각이 잠깐 스쳤지만,
이렇게 힘들지 않으면 저런 망망한 대해를 볼 수 있겠는가.
뭐든지 땀을 흘린 만큼 보람이 되어 돌아오는 것을.

이기지 못해 금강산에 들어와 삼베옷을 입고 풀뿌리와 나무껍질을 먹으면서 여생을 보냈다. 마의태자의 슬픔, 김규진의 소망, 많은 문인들의 찬사를 한 몸에 받았던 구룡폭포는, 그러나 오늘은 소리소리 지르며 동강 난 나라의 비극을 외치고 있다.

구룡폭포에서 돌아서서 조금 내려오면 왼쪽으로 상팔담上八潭 가는 길이 나온다. 북한 안내원이 길목을 지키고 있다가 손짓으로 길의 방향을 안내한다. 산꼭대기 구룡폭포 상류에 8개의 못이 있단다. 가히 가관이겠다. 철제계단이 바위에 기대어 꼬리를 물고 이어져 있다. 몇 백 개는 될 것 같은 계단을 쳐다만 봐도 숨이 가쁘다. 그러나 어쩌겠는가, 올라가야지. 금강산, 얼마나 와보고 싶은 곳이었는데. 아무리 힘들어도 갈 수 있는 곳은 모조리 가보기로 마음먹고 떠난 여행길이다. 예까지 와서 안 보고 갈 수는 없다.

"운동화 끈을 단단히 조여야 해. 높고 험한 곳에서 운동화가 벗겨지면 산에는 다 간 거야."

남편과 나는 각오를 다지듯 배낭을 추스르고, 운동화 끈을 고쳐 맸다. 엎드리듯 하면서 계단을 오른다. 바위에 노란 점 같은 작은 꽃들이 활짝 피어나서 힘들어 하는 나를 보고 방글거리며 응원한다. 꽃과 입이라도 맞출 수 있을 만큼 가까운 거리다. 사진을 찍고 싶은데 겁이 난다. 카메라와 함께 아래로 굴러떨어질 것 같다. 단념한 채 다시 기어오른다. 공중에 매달려 있는 기분이다. 차라리 눈을 감고 오를까. 보지 않으면 무섭지도 않을 테니까.

마침내 구룡대에 섰다. 상팔담이 내려다보인다. 시선이 머물기에도 아찔한 절벽과 절벽 사이, 깊은 계곡을 돌고 돌며 뱀 같은 형상으로 물이 흘러내리며 8개의 담을 만들어냈다. 하나의 못에서 흘러나온 물줄기는 그 아래 다른 못으로, 또 그 아래 다른 못으로 그리고 또 그 아래 다른 못으로… 연이어 흘러든다. 마지막 못을 떠난 물은 산 아래로 떨어지면서 방금 보고 온 구룡폭포와 몸을 섞는다. 비취옥이 반투명하고 짙은 녹색이며 유리와 같은 광택을 띤다고 하면, 8개의 못에 담긴 물은 말 그대로 8개의 비취옥이다. 따라서 물줄기로 이어져 있는 8개의 못은 비취 목걸이다. 얼마나 긴긴 세월을, 얼마나 많이 제 몸을 던져 부딪치고 다치고 깎였으면 저토록 눈부신 비취옥을 만들어냈을까. 문득 가슴에 충격이 온다.

구룡폭포와 몸을 섞은 물은 남녀가 포옹한 것처럼 한 덩어리가 되어 아래로 아래로 떨어져 흐르다가 무봉폭포를 만들고, 비봉폭포를 만들고, 연주담을 거쳐 옥류동으로 흘러들고 마침내 해금강海金剛에 이른다. 대체 어디서부터 흘러오는 물일까. 중국 황허강의 근원이 아주 조그만 연못 같은 곳이어서 놀란 적이 있다. 아주 작은 샘물에서 시작해서 4100킬로미터를 흘러 황허강을 이루듯, 이곳 역시 8개의 못을 따라 더 높이 올라가면 이 물줄기의 작은 근원을 볼 수 있을 게다. 하기야 근원이 무엇이더냐. 무언가 만들어내고 이루고 더 크게 성장할 수 있는 기초, 씨앗이 아니던가. 이곳 역시 작은 샘물이 흐르고 흘러서 상팔담을 만들고 구룡폭포를 만들고 마침내 해금강을 이룬 것이리라. 구룡대에 서서 하늘을 올려다보고, 아래로 상팔담을 굽어보고, 앞산을 보다가 뒤돌아서서 뒷산을 본다. 계곡을 내려다보고 다시 둘레를 돌아본다. 보고 또 보고, 보고 또 본다. 무엇인가 확인해보는 것처럼. 미심쩍어 견딜 수가 없다. 대체, 누구의 작품이란 말인가.

삼일포三日浦 역시 관동팔경關東八景 중 하나다. 6군데(간성의 청간정, 강릉의 경포대, 삼척의 죽서루, 양양의 낙산사, 울진의 망양정, 평해의 월송정)는 남한, 2군데는 북한에 있는데 통천의 총석정은 아직 개장되지 않았으니 고성의 삼일포는 북한에서 볼 수 있는 유일한 곳이다. 면적이 0.7제곱킬로미터 정도로 크지 않은 호수다. 강릉 경포대의 절반에도 못 미친다. 하지만 36개의 크고 낮은 금강산 봉우리에 둘러싸여 있어 신라 때 네 화랑이 뱃놀이하러 왔다가 절경에 매료되어 사흘을 머물렀다고 하여 그 이름을 얻었단다.

양사언은 삼일포를 '거울 속에 핀 서른여섯 개의 연꽃송이'라고 했고, 조선의 대학자 김창흡은 '마음과 정신이 아주 깨끗해지니 떠날 생각이 안 난다'고 했다. 화가 정선은 진경산수화 〈삼일포〉를 그렸고, 명재상 채제공은 호수를 일부 메워 농사를 지으려는 이를 추적해 처벌했다지. 일제강점기에 최남선이 쓴 금강산 기행문 〈금강예찬〉을 보면 '천녀가 떨어뜨린 거울'이라 적혀 있다. 전해지는 기록만큼이나 삼일포의 선경은 가히 압도적이다.

문인들은 양기 충만한 금강 연봉의 절경들을 보다가 아늑하고 다소곳한 삼일포의 여성적 경치 앞에서 금강산이 음양의 조화를 이룬 유일한 진산鎭山이라고 격찬했다. 상팔담을 둘러보고 하산한 직후인데다가 목련각에서 비빔밥을 들었으니 몸이 늘어질 만도 한데, 삼일포를 걷는 발걸음이 가벼운 것은 선인들의 격찬처럼 삼일포가 무척이나 아름다웠기 때문이다. 장마철 중에 반짝 갠 날씨가 다독여주어 호수는 말할 수 없이 잔잔했다. 호수를 끼고 울울한 소나무 숲 사이를 걷노라니 내가 호수를 따라 걷는 건지, 호수가 나를 따라오는 건지 모르겠다. 삼일포 둘레로 10리를 걷고 나니 나도 그곳에 주저앉아 사흘을 보내고 싶었다.

떨어지지 않는 발걸음에 애써 호수를 되돌아 나왔다. 4시 30분에 온정각 문화관에서 '평양모란교예단'의 서커스

공연을 관람하기 위해서다. 교예단의 '인민배우'는 장관급이고, '공민배우'는 차관급이라 한다. 만물상 가는 길에 '고 정주영 현대 회장'이 하룻밤 묵고 갔다는 숙소가 기념관으로 보존되어 있는데, 단원들의 숙소가 나란히 있다. 동급으로 보기 때문이란다. 공연을 보고 난 후 파격적인 대우가 아니라 정당한 대우임을 깨달았다. 사회자의 소개말처럼 서커스는 고난이도의 예술이기 때문이다. 어떻게 사람인데 공중에서 줄타기를 하면서 오자미놀이를 하고, 입에 문 칼 위에 무거운 물건을 높이 쌓아놓을 수가 있단 말인지.

그들은 공연 도중 틈틈이 '우리는 하나다'라고 쓰인 현수막을 펼쳤다. 애써 강조하는 듯했다. 출입소에서 우리를 맞이한 것은 '반갑습니다'라는 노래였다. 정말 우리는 하나고, 그들은 우리가 반가운 것일까. 우리는 너무 오랫동안 동강난 허리로 앓아왔다. 이제 허리병을 고쳐서 곧추서야 한다.

온정각에서 금강산호텔은 북쪽으로 걸어서 30분 거리이고, 우리 숙소인 금강산팬션은 남쪽으로 걸어서 30분 거리에 있다. 온정각을 두고 정반대편에 각각 있는 셈이다. 산행에서 돌아오거나 공연 관람이 끝나면 온정각 앞에 대기하고 있는 셔틀버스로 각자 자신의 숙소로 돌아가게 되어 있다. 밤 9시에 금강산호텔에서는 '금강산예술단'의 가무공연이 예정되어 있었다. 숙소를 뒤로 하고 금강산호텔로 남편과 걸어서 가기로 했다. 북한에서 우리에게 허락된, 걸어서 다닐 수 있는 유일한 길이었다. 안내원이 다른 길로 절대로 들어서지 마라, 사진을 절대로 찍지 마라…. '절대로'를 강조하면서 주의를 준다.

남편과 나는 천천히 걷기 시작했다. 우리 둘뿐이다. 겁도 없지. 그 길이 음침한 것은 저녁나절이어서가 아니다. 안내원의 주의 사항이 마음에 걸려서도 아니다. 하늘을 찌를 듯 곁가지 없이 미끈하게 뻗어 올라간 소나무들 때문이다. 소나무는 하나같이 금색이다. 그래서 '금강송, 미인송, 홍송'이라 부른다. 200년 내지 300년 된 토종 소나무다.

"참 보기 드문 소나무를 여기서 보네."

"맞아요. 여기 아니면 볼 수 없는 소나무예요. 북한은 아직도 우리의 순수한 옛것이 살아 숨 쉬는 곳 같아요."

진귀한 풍경을 본 듯 남편도 나도 마음이 들뜨는 듯했다. 왼쪽으로는 소나무가 울울창창하고, 오른쪽으로는 벚나무가 줄을 섰다. 벚꽃 피는 계절에는 장관이겠다. 만약 소나무가 금색의 옷, 녹색의 미소, 향긋한 솔향기로 손짓하면 벚나무는 화사한 꽃 웃음으로 화답하겠지. 산림욕이 따로 없다. 짙은 소나무향이 뼛속 속속들이 배어든다. 다른 수목의 피톤치드 발생량이 '한 줌'이라면, 소나무에서 뿜어나오는 피톤치드는 '한 아름'이 될 터다.

"천천히 심호흡하며 걷자고요, 이 길을 다 걷고 나면 당신과 내 피부는 보들보들, 심장에는 맑은 피, 표정은 화사한 햇살 … 그래서 당신과 나는 한결 젊어져 있을 거야!"

"참, 꿈도 야무지네."

노래하듯 주워섬겼더니, 남편의 짧은 답변이다.

군데군데 초소가 있다. 폐가도 있다. 초소와 폐가, 그래서 그 길은 음침하기도 했다. 별안간 우리는 멈춰 섰다. '온 사회를 위대한 김일성 동지의 혁명사상으로 일색화하자', '우리식대로 살아나가자!' 새빨간 글씨의 현수막이 우리를 가로막았기 때문이다. 무섭지 않은 척, 의연한 척 어깨를 펴고 걷긴 했지만 내심 무섭지 않은 것은 아니었다. 폭력적이고 획일적이고 고집스럽다. 견고하고 틈새가 없다. 아! 바로 저거였구나, 내심 무섬증이 일던 것은.

아직 공연 시간이 많이 남아 있다. 호텔 앞 나무의자에 걸터앉았다. 해가 넘어가기 시작하면 아무리 여름의 긴 낮이라 해도 빠른 속도로 어두워진다. 앞쪽은 숲이 빽빽하고, 오른쪽은 우리가 방금 걸어온 길이 어둠 속에 저 혼자 누워 있다. 왼쪽은 만물상 가는 길이라는데 초소가 있고 가까이에 꽃밭이 있다. 꽃밭 가장자리에 제막을 기다리는 비석이 있다. 무슨 비석일까. 또 빨간 글씨로 어떤 구호가 쓰여 있을까. 그 앞에 여자 둘이 이야기를 나누고 있다. 궁금하여 일어나 가보려던 찰라, 별안간 호각 소리가 들렸다. 초소 경비병이 저리 가라는 듯 손짓을 한다. 아, 저기도 금지구역이구나. 꽃밭에 있던 두 여자는 비석을 지키고 있던 경비원이었음을 나중에야 알았다.

잠시 후, 초소에서 호각 소리가 날카롭게 날아온다. 또 무슨 일일까. 경비원이 호텔 2층 객실을 가리키며 호각을 불어댄다. 손님이 객실 유리창을 통해 초소 그 너머를 망원경으로 바라본 모양이다. 대체 그 너머에는 무엇이 있기에 바라보지도 못하게 하는가. 그것도 반세기 만에 겨우겨우 길을 터서, 그것도 금강산까지밖에 오지를 못하고 있는데 말이다. 여기가 남쪽에서 얼마 안 떨어진, 같은 피가 흐르고 있는 우리 민족이 살고 있다는 게 실감이 나지 않는다. 지구를 반 바퀴쯤 돌아 낯선 땅에 와 있는 기분이다. 도무지 이해할 수가 없어 어둠을 향해 혼자 중얼거린다. 지구상 어느 나라에서도 볼 수 없는 일이 우리나라의 반 토막인 북쪽에서 일어나고 있다는 사실이 슬픔을 넘어선 참담함을 주었다. 우거진 숲과 숲 너머에 숲의 경호원처럼 우뚝 솟은 산봉우리가 어둠 속으로 잦아들고 있다.

공연이 시작될 모양이다. 사람들이 여기저기서 나와 호텔 지하로 내려가는 계단 쪽으로 몰려든다. 8월인데도 으스스한 한기를 느끼며 의자에서 일어났다. 가무공연장이다. 공연관람권 안내 글에 '북과 남이 함께하는 시간'이라 적혀 있다. 여성 드러머가 참 세련되고 매력적이다. 의상, 웃음, 눈빛, 흥이 치마저고리를 입고 노래를 부르는 여성 가수들과 대비된다. 자유분방해 보이는 그에 비해 그들은 끈으로 조종당하고 있는 인형극의 인형 같다.

공연 도중 〈홍도야 우지 마라〉, 〈눈물 젖은 두만강〉을 우리에게 따라 부르라고 손짓한다. 남과 북이 함께 기억하고 있는 우리 역사와 애잔한 정서, 슬픔, 아픔, 눈물이 배어 있는 노래가 아니던가. 관객들은 일어나서 노래를 따라 부른다. 어떤 이는 눈물도 흘리고 있다. 정말 그들이 말하는 것처럼 '남과 북이 함께하는 시간'이건만, 따로따로 노는 이 이질감을 어쩌란 말이냐. 그들의 가슴에는 하나같이 김일성 배지가 달려 있다. 공연이 끝나고 그들은 손을 흔들며 무대 뒤로 사라졌지만, 객석에 남아 있는 공허는 사라지지 않고 머뭇대고 있었다.

마지막 날 아침, 만물상萬物相 가는 길이다. 들판을 지난다. 장화를 신고 작업복을 입은 농민이 논밭에 엎드려서 일을 하고 있다. 개울가에서 빨래하는 여인도 보인다. 저 아낙네, 머리에 짐을 이고 잘도 걸어가네. 아주 오래전 남한에서도 보았었다. 그런 풍경들이 낯설게 보이지 않는 것은 인위적이지 않은 자연이 주는 따뜻함이 있기 때문일 게다. 어쩌면 옛것에 대한 향수 때문인지도 모르지. 버스는 어제 금강산호텔 앞에서 보았던 초소를 지난다. 이번에는 호각을 불지 않는다. 허가를 받은 여행자 버스니까 당연한데도 불지 않는 게 이상할 만큼 엊저녁 그 호각 소리는 정말 이상했다. 호각을 불어야만 하는 북한의 환경이 마음속 깊이 '아픔'으로 각인되어 있던 모양이다.

산봉우리가 꼭 일만 이천 봉이라 그리 말했겠는가. 만물상의 바위가 꼭 만 가지 형상이라 그리 말했겠는지. 셀 수 없이 많은 것, 환상도 가능하지 않는 아름다움… 뭐, 그런 것을 가리키는 것이리라. 금강산은 주봉인 비로봉을 비롯해 해발 1500미터 이상의 거봉이 10개에 이르며, 1000미터 이상의 준봉도 무려 60여 개나 된다. 또 비로대, 천선대, 망군대, 백운대, 칠보대 등 20여 개의 전망대가 있다. 세 명의 신선이 돌로 굳어졌다는 삼선암, 귀신의 형상으로 마귀를 쫓아버렸다는 귀면암, 도끼로 바위를 찍어놓은 것 같다는 절부암, 만물상의 봉우리를 한눈에 볼 수 있는 습경대, 말안장같이 생겨 마음 놓고 쉴 수 있다는 안심대….

만물상은 많은 여행객들을 감탄케 했다. 안심대를 지나, 샘물을 마신 노인이 한껏 젊어져서 지팡이를 잊고 내려왔다는 망장천亡杖泉을 지나, 금강산에서 제일 높은 곳에 있는

'하늘문'을 뚫고 오른다. 그래, 그건 뚫고 지나는 거다. 높고 좁고 그래서 위험하고, 아득해서 작은 몸을 밀어 올리는 데도 힘이 들기 때문이다. 하늘문을 통과해야만 천선대에 갈 수 있다. 오른쪽으로는 아차 잘못하면 벼랑으로 떨어져 귀신도 모르게 죽어버릴 것 같은 절벽이다. 가지각색의 형상을 하고 있는 바위의 면, 면, 면…. 만물상이 바로 가까이 있건만 쳐다보기조차 두렵다. 얼마나 긴 세월 풍상우로風霜雨露를 맞으면 저리 될까. 어떤 이는 만물상을 보며 잉카의 잃어버린 공중 도시 '마추픽추'를 생각했다고 했다. 그만큼 신비하고, 그만큼 상상을 불허한다는 뜻이 되겠다. 하늘문을 통과하고도 천선대 가는 길은 멀었다. 돌계단을 올라야 하고, 철계단도 올라야 한다. 돌계단과 철계단은 고공에 붕 떠 있는 것처럼 아슬아슬했다.

마침내 천선대天仙臺다. 풍채가 빼어난 사람을 준수한 용모를 가졌다 한다. 천선대에서 바라보는 옥녀봉, 관음봉, 오봉산, 온정령이 그랬다. 누가 이 준수한 만물상 보기를 주저하는가, 누가 금강산 여행하기를 주저하는가 말이다. 천선대는 '북한 지정 천연기념물 제216호'다.

망양대望洋臺를 가려면 천선대에서 돌아 내려와 다시 많은 계단을 올라야 한다. 천선대에 올랐던 사람들에게는 무리라 할 만큼 계단 오르기가 버겁다. 계단은 끝이 없다. '이제 그만'이라는 마음이 간절하다. 다리가 말을 안 듣는다. 올라갔다 내려오는 사람들을 볼 때마다 부럽다. 그러나 언제나 그렇듯 포기할 수는 없다. 처음에는 망양대가 한 곳에만 있는 줄 알았다. 오르고 보니 그게 제2 망양대란다. 제1은 그냥 스치고 지나온 거다. 내려갈 때 꼭 들러야지. 경비원에게 제3 망양대를 물으니 경직된 자세인데 의외로 대답은 부드럽다.

"여기서 3분 정도 더 가야 합니다."

제2 망양대에서 하산하다 또 계단을 올라야 한다. 망양대는 글자 그대로 바다를 한눈에 볼 수 있는 곳이다. 망양대 세 곳 어디서나 동해를 바라볼 수 있다. 바다를 보러 힘들게 이곳에 올라왔나 하는 생각이 잠깐 스쳤지만, 이렇게 힘들지 않으면 저런 망망한 대해를 볼 수 있겠는가. 뭐든지 땀을 흘린 만큼 보람이 되어 돌아오는 것을. 산을 바라볼 수 있는 천선대, 바다를 바라볼 수 있는 망양대는 하늘과 땅, 해와 달, 낮과 밤, 남자와 여자처럼 음양의 조화를 이루는 금강산의 백미다.

내려오는 길에 다람쥐를 만났다. 천진스럽다. 방긋 웃는 듯하다. 여기저기 바위틈에는 풀꽃이 아름답다. 이는 하산하는 사람들에게 주는 금강산의 보너스다.

강원 정선 아우라지 · 영월 동강

2007

아홉 번째 여행 이야기

흘러라, 동강아

오죽 높으면 이름이 성마령星摩嶺일까. 깎아지른 듯 치솟은 고개가 별을 잡을 듯이 높다는 뜻이다. 옛날에는 평창과 정선을 넘나들던 유일한 행로로써 해안에서 소금이나 수산물을 지고 넘던 길이다. 원님이 부임할 때도 이 고개를 넘었고, 유배를 가거나 은둔을 위해서도 이 고개를 넘어야 했다고 한다.

정선을 처음 찾은 2000년 가을, 지도 하나만 달랑 들고 여행했다. 가는 길 내내 교통 표지판이 좌우이중굽은도로, 낙석도로, 강변도로 등을 안내하고 우뚝 솟은 산이 앞을 가로막는가 하면, 산과 산 사이로 난 좁고 험한 산길이 느닷없이 나타나기도 했다. 우리가 탄 차는 기어야 했다. 하마 길이 없는듯하다가 뚫리고 없는듯하다가 뚫리는 것이 그 고장이 얼마나 첩첩산중인가를 실감나게 했다. 예로부터 강원도의 영월, 평창, 정선 세 고을을 '영평정'이라 하여 산다삼읍山多三邑으로 꼽아왔다. 그중에서도 정선은 오지 중에 오지로 비포장 험로였다. 그래서 좋았다. 편한 것을 쫓는 도시인들의 발길이 아직 그곳까지 미치지 않았을 것이라는 기대감이 가슴마저 설레게 했었다.

7년의 세월이 흐른 후 남편과 나는 두 번째 정선을 가고 있다. 지금은 비행기재(아라리고갯길이라고도 한다)에 터널이 뚫리고 길마저 말끔히 포장이 되어서 이게 정선 가는 길이 맞나 하면서 간다. '또 오십시오, 아리랑의 고장으로'라는 전에 없던 팻말까지 높이 달아놓고 사람들을 손짓해 부르고 있다. 민요 〈정선 아리랑〉은 강원도무형문화재 제1호다. 노랫말은 자그마치 700~800여 수나 된단다.

눈이 올라나 비가 올라나 억수장마 질라나
만수산 검은 구름이 막 모여든다.
아리랑 아리랑 아라리요
아리랑 고개로 나를 넘겨주소

정선읍을 거쳐 여량리 아우라지를 지난다. 양평 양수리

처럼 두 갈래 물이 한데 모여 어우러지는 물목으로, 토질이 비옥하여 풍작으로 식량이 남아돈다 하여 여량餘糧이다. 평창 대관령에서 시작한 송천과 삼척 중봉산에서 흐르는 골지천이 이곳에서 만나 남한강을 따라 흐른다. 그 옛날에 목재를 한양까지 운반하던 뗏목터였고, 고려 유신遺臣의 은거지였다. 또한 각지에서 모여든 뱃사공들의 아리랑 소리가 끊이지 않던 곳으로 〈정선 아리랑〉의 발상지다.

나는 끝까지 부를 줄 아는 노래가 별로 없다. 노래를 불러야 하는 차례가 올까 봐 마음 졸이는 편이다. 어쩔 수 없이 차례가 오면 준비했던 것처럼 낮은 가락으로 흘러나오는 노래가 아리랑이다. 유행가는 알다가도 잊기도 하지만, 떠도는 넋처럼 오랜 세월 민족의 마음과 마음으로 불리는 아리랑을 누가 모른다 할까. 심지어, 격월간지 〈녹색평론〉에서 문학평론가 이명원의 '오키나와의 조선인'이라는 글을 본 적이 있다.

> 오키나와 현지인들에게 조선인 종군 위안부들의 이미지는 치마저고리와 조선 민요 '아리랑'으로 기억된다. 괴로울 때면 위안부들은 조선 민요 '아리랑'을 불렀고, 식량 증산을 위해 야산에 동원되었을 때도 '아리랑'을 불렀다. 산속에서 우연히 '아리랑' 민요를 듣게 된 조선인 군부들은 이곳에도 조선 처자가

있구나 놀랐다고 하는데, 나중에야 그들이 위안부라는 사실을 알게 되었다.

정선은 태백산맥의 한가운데 자리한 '제비 둥지' 같다. 아늑하다. '손바닥으로 하늘을 가릴만하다', '산과 산을 이어 빨랫줄을 걸만하다'는 말이 나올 만큼 골이 깊은 곳이다. 그래서 정선 어디를 가나 아리랑이 흘러넘친다. '아리'는 옛말로 '길다'는 뜻이고, '랑'은 '령嶺(높은 고개)'의 변음이라고 하고, '아라리요'는 본래 '누가 내 처지와 심정을 알아주리오'에서 '알아주리오'가 세월 따라 '아라리요'로 변했다는 설이 있다. 아리랑은 바로 이 고장 사람들의 살아 있는 삶의 노래다.

정선은 탄광의 고장이기도 하다. 가끔 탄광이 있는 산에 검은 돌이 흘러내리다 멈춰 있는 것을 보게 된다. 폐광의 입구가 심연을 알 수 없는 어둠처럼 시커멓게 입을 벌리고 있고, 레일 위에는 광부가 쓰다 버리고 간, 한때는 그들의 밥줄이었던 그러나 지금은 광부처럼 쓸모없게 된 탄차가 녹슨 채 버려져 있다. 죽은 사람의 버려진 검정 고무신을 볼 때처럼 섬뜩한 아픔과 슬픔을 일게 한다. 문을 닫는 탄광이 늘어나니 탄광을 중심으로 형성되었던 마을도 자연히 폐쇄되었다. 광부도, 광부의 가족도, 광부와 그 가족이 살던 집도 마을도 모두 사라졌는데, 그렇다고 계절까지 그냥 지나치지는 않는 모양이다. 그네들이 살던 집 둘레에는 코스모스가 피어나 검은 흙먼지를 뒤집어쓴 채 시름에 겨워 몸을 흔들고 있다.

아질아질 성마령아 야속하다 관음베루
지옥 같은 정선 읍내 십 년 간들 어이 가리
아질아질 꽃베루 지루하다 성마령
지옥 같은 이 정선을 누굴 따라 나 여기 왔나

'베루'는 강원도 말로 '밑에 물가가 있는 벼랑'을 말한다. 관음베루는 정선읍 관음동의 벼랑을 말한다. 꽃베루에서 '꽃'은 '곧'이 변한 말로 '가도 가도 끝이 없다'는 강원도 방언이다. '꽃베루'는 예쁜 이름과는 달리 매우 긴 '굽잇길'을 말한다. 위의 아리랑은 조선 시대 한 군수의 부인이 남편 따라 성마령을 넘을 때 울면서 불렀다는 노래다. 광부인 남편 따라 정선에 들어왔다가 폐광되어 다시 성마령을 넘어야 했던 광부의 아내도 울면서 이 노래를 불렀을 게다.

정선은 또 옥수수의 고장이다. 문밖 넓은 마당에 추수한 옥수수를 아낙네들이 모여 앉아 빠른 솜씨로 껍질을 꼬아서 엮고 있다. 그것을 마당가에 나무막대를 박아놓고 빨랫

줄처럼 줄을 매서 나란히 걸어놓거나, 처마 밑기둥에 매달아놓기도 하고, 마당 한편에 거대한 원뿔 모양으로 차곡차곡 쌓아놓기도 했다. 옥수수 더미에 얹어놓은 작은 트랜지스터에서 흘러나오는 노래가 옥수수 엮는 손등에 힘을 솟군다. 가을날 따사로운 햇살이 아낙네의 머리에, 어깨에, 손등에, 옥수수 더미에 마냥 내려앉는다.

지금은 옥수수 대부분이 공장으로 팔려나가 기름의 원료로 쓰이거나 동물의 사료로 사용되고 있지만, 내가 어렸을 때만 해도 옥수수는 중요한 먹거리 중 하나였다. 간식용으로 뻥튀기해서 먹기도 했었다. 옥수수와 강냉이는 같은 말이건만 옥수수하면 어딘가 도시 냄새가 나고, 강냉이 하면 꽁보리밥이라든가 깡촌이라고 발음할 때처럼 가난하지만 정 많던 우리네 삶이 진하게 배어난다. 아리랑에도 강낭밥이라는 말이 나온다.

이밥에 고기반찬 맛을 몰라 못 먹나
사절치기 강낭밥도 마음만 편하면 되잖소

'사절치기 강낭밥'이란, 옥수수 한 알을 네 개로 만들어 밥을 지었다고 해서 나온 말이다. 정선은 논이 없고 산이 많은 궁벽한 산살림인지라 고기반찬 같은 호사스러운 반찬은 먹기 힘들었을 터. 그래도 '사절치기 강낭밥'이라고 해도 마음만 편하면 되지 않겠느냐는 말이 우리의 자족할 줄 아는 마음을 나타내는 것 같아 흐뭇하고 뿌듯하다.

옥수수 더미 앞에 서서 불현듯 어린 날의 기억 속으로 깊숙이 빠져든다. 골목 어귀에 뻥튀기 아저씨가 나타나면 아이들은 다람쥐처럼 재빨리 집으로 뛰어가 강냉이나 보리, 아주 드물게는 쌀을 바가지나 양푼에 담아 들고 나와서 나란히 잇대어놓았다. 아저씨는 철망을 붙여놓은 뻥튀기 기계에 곡식을 담아 불을 때서 튀겨냈는데, 곡식이 거의 다 익을 무렵이면 "뻥이요-." 하고 길고 크게 소리를 지른다. 아이들은 귀를 막고 멀리멀리 달아나면서, '뻥' 터지는 소리와 동시에 "와아-." 하며 고함을 지른다. 그 소리가 하늘을 찌를 듯 솟으면 긴 철망 속에는 어느새 만개한 벚꽃 같은 강냉이가 가득 찼다.

우리 집은 가난했다. 밥 먹고 살기도 힘이 드는데 간식으로 강냉이를 튀겨 먹다니, 언감생심이다. 정선 같은 오지도 아니었으면서, 정선 같은 논이 없는 산간 지역에 살던 것도 아니었으면서 왜 우리는 사절치기 강낭밥도 해먹기 힘들었나 몰라. 게다가 그것도 못 먹는 주제에 나는 마음마저 편하지 않았다. 그럼에도 내가 뻥튀기 대열에 빠지지 않았던 것은, 강냉이 하나 튀겨 먹을 수 없는 가난한 집이라는 것을 또래 친구들에게 보이고 싶지 않았던 나름의 자존심이었다. 바가지나 양푼이 잇대어 줄 서 있는 그 대열에 내 것이 끼지 못하면 어떠한 대열에도 끼지 못할 것 같은 조바심이나 두려움이 있었다. 남이 하는 일을 내가 못한다는 것은 너무 슬픈 일이었다.

강원도 관동팔경이나 경상도 양산팔경이 있듯이 정선에는 정선팔경이 있다. '화암약수, 거북바위, 용마소, 화암동굴, 화표주, 소금강, 몰운대, 광대곡'이 그다. 정선팔경은 얼마 전까지만 해도 개발되지 않아 정선은 정말 오지였다. 화암동굴 입구에는 나무막대를 '엑스X' 자로 해서 못을 박아 놓았고, 소금강이나 몰운대로 가는 길은 흙먼지가 풀풀 일어나는 흙길이었고, 용마소로 가려면 길이 없어서 개울가를 따라 걸었고, 불암사 가는 길은 굵은 돌이 발에 채어 걸을 수가 없었다. 그러나 이번에 가서 본 정선은 너무나도 많이 달라져 있었다. 화암동굴이 개장되면서 그 옆 낡은 판잣집들이 헐리고 주차장이 들어섰는데, 관광버스가 속속 들어와 수많은 관광객들을 토해냈다. 하마, 남이 알세라, 소문이 날세라, 몰래 가서 보고, 또 가서 보고, 안 보면 보고 싶은 아끼고 사랑하는 연인이 어느 날 갑자기 등 돌린 기분이다. 정선은 진정 며칠이고 그 품에 안겨 편안한 기분으로 쉬고 오고 싶은 곳인데…. 이제는 아니다. 개발이란 좋은 것만은 아닌듯하다.

차를 돌려 영월 동강으로 향했다. 다시 아우라지를 지나며 강물을 굽어본다. 정선 사람들의 삶의 애환과 역사의 부침을 지켜보는 듯하다. 아우라지 강이 예나 지금이나 말없이 흐르긴 해도 말이 없다 한들 무심한 것은 아닌 것이, 아우라지는 유난히도 많은 사연을 품고 있는 강이기 때문이다.

정선으로 모여든 개천들이 하나 되어 강줄기가 되는데 아우라지를 기점으로 조양강이라 부른다. 이 강은 가수리에서 지장천이 합류하는데, 그 지점부터는 하류 쪽을 동강이라 한다. 동강은 또 영월에서 서강과 만나 남한강이 되어 단양, 충주, 여주를 거쳐 서울에서 서해로 흘러든다.

동강이 워낙 오지를 휘돌며 흐르기 때문에 멋진 풍광에도 불구하고 여행을 좋아하거나 자연이나 역사에 관심이 있는 사람들 외에는 찾는 일이 드문 곳이었다. 세인의 관심을 끌기 시작한 것은 1996년에 남한강 홍수 예방과 물 부족 현상 해소를 위해 동강 하류에 저수 용량 7억여 톤 규모의 다목적 댐 공사를 착공하여 2001년에 완공한다는 정부의 발표가 있는 다음부터였다. 이때부터 사람들은 '사라질 비경'을 구경하기 위해 동강으로 몰려들기 시작했다.

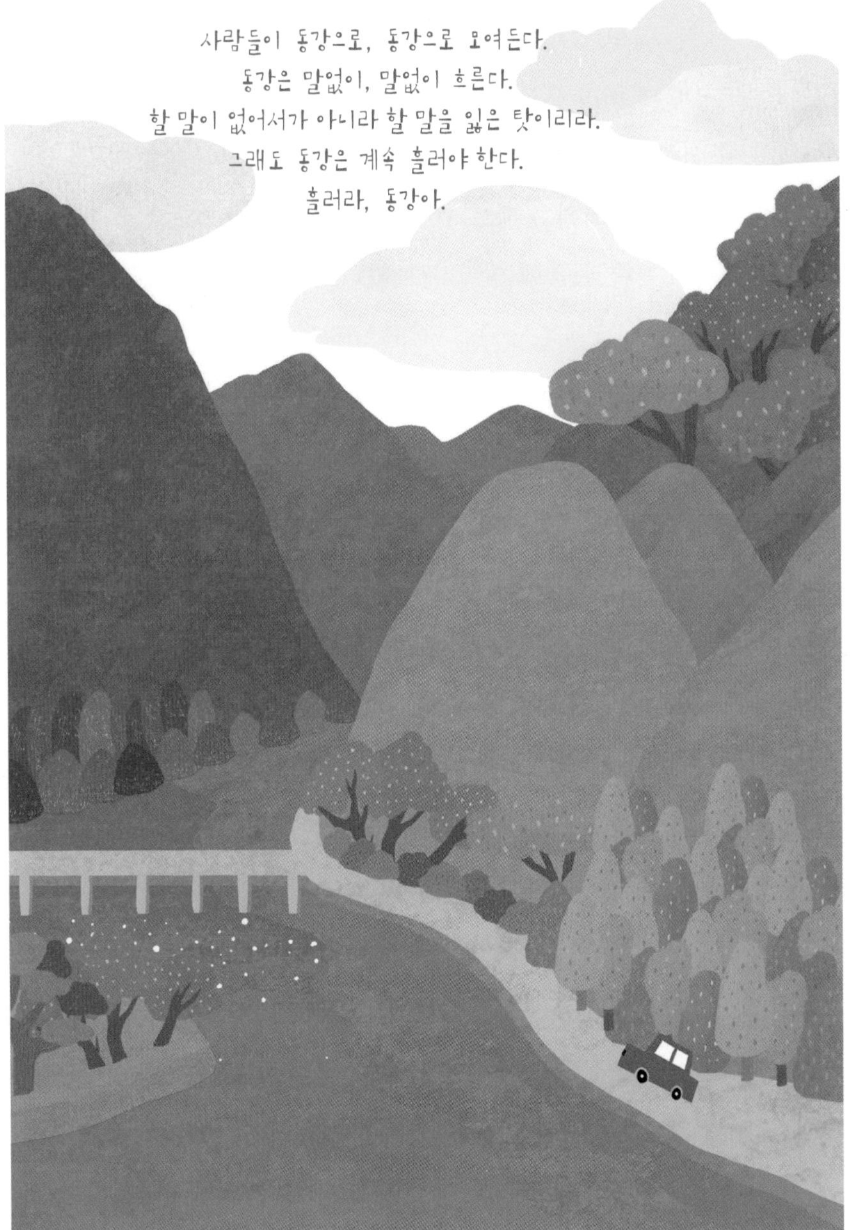
사람들이 동강으로, 동강으로 모여든다.
동강은 말없이, 말없이 흐른다.
할 말이 없어서가 아니라 할 말을 잃은 탓이리라.
그래도 동강은 계속 흘러야 한다.
흘러라, 동강아.

동강은 물의 흐름이 태극무늬다. '에스[S]' 자가 옆으로 누운 모양인데 머리 부분이 서로 고리처럼 엇물고 흐르기 때문에 석회질인 동강 유역에는 카르스트[karst]지형이 수없이 생겨났다. 석회암의 용해로 움푹 파인 지형은 특수한 생태계를 조성한다. 물속에는 쉬리·쏘가리·열목어·어름치·퉁가리가 살고, 숲에는 수달·다람쥐·고라니·오소리가 노니며, 나무에는 박새·왜가리·비오리·소쩍새·원앙이 노래하고, 동굴에는 박쥐가 살고 있다. 그뿐이 아니다. 온갖 희귀한 꽃과 진귀한 나물, 약초가 산과 들을 덮었다. 또 이 지방 사람들의 의식주와 세시풍속, 민간신앙과 민간의학에 이르기까지 특수한 모습으로 발전시켰다. 그밖에 빗살무늬토기, 민무늬토기, 고인돌, 적석총 등 선사 유적이 많다. 그야말로 동강 일대는 우리나라의 살아 있는 자연박물관이자 역사박물관이다.

자연이 아무리 빼어나게 아름답다 해도 그 속에 사람 사는 이야기가 없다면 박제된 미인을 보는 것과 다를 것이 없다. 동강은 아우라지에서 서울까지 통나무를 뗏목으로 실어 나르던 뱃길의 길목이었기 때문에 그 유역은 사람 사는 이야기, 특히 떼꾼들의 질박한 삶의 애환이 깃들어 있어 사람 냄새 물씬 나는 곳이다. 동강을 바라보고 있노라면 목재를 어깨에 메고 나르던 목꾼이나 통나무를 실어 나르던 떼꾼들의 억센 삶이 마치 내가 그 시절 그 속에 살고 있었던 것처럼 고스란히 살아난다. 그리곤 어쩐지 가슴이 젖는다.

동강의 상류인 태백산, 오대산, 노추산, 황병산 등지에는 목재로 쓰이는 소나무가 많다. 소나무는 봄여름에 베면 청태가 끼거나 빛깔이 변해 목재로서 가치가 떨어지기 때문에 늦가을이나 겨울에 벤다. 벌목한 소나무는 골지천과 송천을 통해 아우라지에 떠내려 와 강가에 차곡차곡 쌓였다가, 우수와 경칩이 지나 강물이 불거나 큰비가 내리면 목도꾼들이 강으로 나르고, 다시 떼꾼들에 의해 뗏목에 실려 서울까지 운반되었다. 떼꾼들은 서울에 한 번 다녀오는데 그 품삯으로 쌀 다섯 가마를 받았다고 한다. 평생 쌀 두 말도 못 먹고 죽는 사람이 많았다는 동강 기슭의 사람들에게 뗏목 타는 일은 목숨 건 싸움이긴 했지만 '떼돈' 버는 일이었기 때문에 누구나 하고자 했던 일이기도 했다. 우리가 돈을 많이 벌었을 때 '떼돈 벌었다'고 말하는데, 그 말은 떼꾼들의 품삯에서 유래되었다고 한다.

떼꾼들은 아우라지에서 출발해서 정선의 '상투비리'와 '범여울', 평창의 '황새여울', 영월의 '된꼬까리'와 같은 위험한 여울목을 지나야 한다. 물살이 세고 바위들이 많은 여울목은 뗏목을 엮은 줄을 짐승이 먹이를 물어뜯듯 끊어놓아 뗏목을 파손시키고 떼꾼들의 목숨을 부지기수로 빼앗아갔다. 아낙네들은 떼꾼들을 떠나보낼 때마다 마지막 가는 길에 낭군을 떠나보내듯 비장한 마음이 되어 무사히 지나가기를 빌었다.

떼꾼들이 오가는 동강 가에는 자연스럽게 물길을 따라 주막이 형성되었다. 위험한 물길을 무사히 빠져나간 떼꾼들은 주막에 들러 한바탕 흥겨운 술판을 벌이곤 했는데, 지금도 어라연의 만지에는 전산옥이라는 여인이 꾸리던 유명한 술집 터가 남아 있다. 만지(滿池)는 이름 그대로 가뭄이 심할 때에도 늘 물이 가득해서 뗏목 대기가 좋은 곳이었다고 한다. 주모는 미모가 출중한데다가 아리랑 가락을 구성지게 잘 불렀으며 떼꾼들의 취중 객담을 잘 받아넘겨서 인기가 대단했다. 서울까지 소문이 났을 정도였다고. 떼꾼들이 '황새여울 된꼬까리 떼 무사히 지냈으니, 만지산 전산옥아 술판 차려 놓으시게' 하고 가락을 띄우면, 전산옥은 '놀다 가세요 자다 가세요, 그믐 초승 반달이 뜨도록 놀다 가세요' 하고 화답했다.

돈을 날리고 빈털터리로 고향 땅에 돌아오는 사람도 있지만, 착실한 떼꾼은 광목 등 물건을 사다가 팔아서 경제적 발판을 마련하기도 했다. 1960년대 들어 태백선 열차가 개통되고 도로가 뚫리고 열차와 트럭이 뗏목의 역할을 대신

하면서 떼꾼들이 뿔뿔이 흩어지고, 그 가족들과 술집 장사꾼들이 사라진 빈 터에는 그 시절의 흥망성쇠만이 똬리를 틀고 앉아 있다. 댐으로 이들의 질박한 삶의 터전이었던 동강 일대가 수장된다면 그 흔적마저 우리의 기억에서 사라질 테고 우리는 또 하나의 고향을 잃을 것이다.

다행히 2000년 6월 5일 세계 환경의 날 기념식에서 정부는 동강댐 백지화를 선언했다. 이후에는 천연기념물 10종을 포함해 1840종 동물과 956종 식물이 서식 중인 국내 최고의 생태계 보고인 동강 유역을 보전하자는 국민들의 목소리에 맞춰 '자연 휴식지', '생태계 보전지역', '생태·경관 보전지역' 등으로 연이어 지정했다. 그럼에도 불구하고 지금 동강에는 뗏목 대신 래프트[raft]가 떠다니고 있고, 강가에는 급증한 관광객들이 먹고 자고 놀고 할 것들이 무분별하게 개발되고 있다.

사람들이 동강으로, 동강으로 모여든다. 동강은 말없이, 말없이 흐른다. 할 말이 없어서가 아니라 할 말을 잃은 탓이리라. 그래도 동강은 계속 흘러야 한다.

흘러라, 동강아.

독일 · 오스트리아 · 이탈리아 · 스위스 · 프랑스 · 영국

2010

열 번째 여행 이야기

여행은 돌아오기 위해 떠나는 것

서유럽 6개국 여행을 끝내고 집으로 돌아오는 길이다. 비행기 안에서 우리 신문을 읽는다. 열하루 만이다. 그동안 많은 일들이 있었구나!

법정 스님이 입적하셨다. 편찮으시다는 소식에 이겨내시리라 여겼는데 안타깝고 슬프다. '삶은 순간순간이 아름다운 마무리이자 새로운 시작이어야 한다', '사는 일은 곧 죽음이 언제 어디서 내 이름을 부를지라도 네, 하고 선뜻 털고 일어설 준비만은 되어 있어야 할 것이다' 등 몇몇 말씀이 떠오른다. 신문기사에는 스님의 '남기는 말'을 전한다.

"그동안 풀어논 말빚을 다음 생으로 가져가지 않으려 하니 부디 내 이름으로 출판한 모든 출판물을 더 이상 출간

하지 말아주십시오."

스님의 '맑고 향기로운' 글을 이제는 더 이상 만날 수 없게 되었다. 세상을 떠나면서도 '무소유無所有'를 가르치신다.

신문을 펴들자마자 기다렸다는 듯 우울한 소식뿐이다. 창밖으로 시선을 돌렸다. 바다처럼 펼쳐져 있는 구름의 색깔이 누렇다. 남편은 황사가 덮여서 그런 것 같다고 한다. 그래. 황사가 몰려오는 계절, 봄이지.

영국 런던공항에서 어젯밤 9시에 탄 비행기는 거북한 잠자리 때문에 몸을 뒤척이는 동안 계속 날아서 유럽과 시베리아의 밤하늘을 지나 오후 4시의 한반도 상공을 날고 있다. 이제 30분만 있으면 인천공항에 착륙할 것이다.

눈이 내리고 있다. 비행기 날개에도 눈이 쌓인다. 바람이 분다. 창문에 사선을 그으며 눈이 세차게 비껴가고 있다. 무언가 엄청난 착오가 음울하게 진행되는 듯한 느낌이다. 여행 내내 감동과 경이로 들떴던 마음속으로 차가운 눈보라만 스며든다. 눈을 감고 애써 다시 기억을 소환한다.

독일

인천공항을 떠난 지 6시간, 비행기는 러시아 상공을 날고 있다. 목적지인 독일까지 11시간이 걸린다니, 이제 겨우

반이 지났을 뿐이다. 바깥 온도가 영하 54도. 으, 생각만 해도 몸이 움츠러든다. 아침에 서울 집에서 나올 때 영하 4도였는데, 그도 춥다고 달달 떨었는데. 영화 〈버티칼 리미트Vertical Limit〉(2000)에서 산악 전문가 몽고메리 윅이 죽은 아내의 시신을 찾아낸 곳이 영하 40도의 K2 깎아지른 듯한 계곡이다. 몇 년의 세월이 흘렀지만 아내는 살아 있을 때처럼 꼿꼿하게 앉아 있다. 병들지도, 늙지도, 죽지도 않는 삶이 그 계곡에 남아 있었다.

우랄산맥을 넘은 비행기는 핀란드 헬싱키, 덴마크 코펜하겐을 지나 독일 프랑크푸르트 암마인공항에 착륙한다.

독일에서 처음 방문한 곳은 하이델베르크대학교다. 1386년에 설립된 국립종합대학으로 독일에서 가장 오래되었다. 노벨상 수상자를 7명이나 냈고 고전주의 작가 괴테, 실존 철학가 야스퍼스, 관념론 완성자 헤겔, 휴머니즘 대문호 헤세, 낭만파 작곡가 슈만 등 세계적인 철학가와 문학가, 예술가들이 거쳐 간 곳이다.

대학가를 네카어강이 둘러 흐른다. 독일은 대체로 비가 부슬부슬 내리는데, 맞기도 그렇고 우산 쓰기도 애매하다. 어쩌다가 햇볕이 나는 날이면 대학생들은 강안의 둔치에서 일광욕을 즐기면서 책을 읽고, 시를 쓴다. 편지도 쓰고, 리포트도 작성하겠지. 강변 카페에 앉아 차를 마시고, 사색도 하리라. 아, 그냥 바라보고만 있어도 좋은, 잔잔하게 흘러가는 네카어강과 많은 이야기를 나눌 것이다.

대학 도서관에는 약 300만 권의 고서, 6500권의 필사본, 6077종의 정기간행물 등이 구비되어 있다. 바덴뷔르템베르크주에서 가장 큰 도서관이다. 인문학이 푸대접받고 있는 우리나라 대학의 현실을 생각해본다. 학교 재단은 취업률이 낮은 학과들을 대상으로 구조 조정을 하려 하고, 대학생들은 '학문 단위 구조조정 철회'를 요구하며 30미터 높이의 타워크레인에 올라 반대 시위를 벌인다.

"큰 배움도 큰 물음도 없는 '대학 없는 대학'에서 나는 누구인지, 왜 사는지, 무엇이 진리인지 물을 수 없었다, 우정도 낭만도 사제 간의 믿음도 찾을 수 없고, 가장 순수해야 할 대학 시절에 불의에 대한 저항도 꿈꿀 수 없고, 기업의 하청 업체로 전락한 대학에서 상품처럼 바코드나 달고 싶지 않아서 오늘 나는 대학을 그만둔다."

자발적 퇴교를 한 학생도 있다. 마음이 아프다.

수백 년은 된 듯한 우람한 나무와 나무 사이를 지나 교정을 가로질러 건물 안으로 들어섰다. 옛 귀족들이 타고 다녔다는 낡고도 녹슨 곤돌라를 타고 성으로 올라갔다. 숲속에 들어앉은 붉은 고성이 대학을 그윽하게 굽어보고 있다. 정원은 아직 겨울을 벗어나지 못한 채 눈에 덮여 있고 군데군데 얼음이 깔려 있다. 이끼 낀 돌담과 거두지 않은 채 내버려둔 낙엽과 낙엽 위에 살짝 덮여 있는 눈과 얼음이 오히려 성의 신비스러운 모습을 한껏 돋우고 있다.

13세기에 고딕 양식으로 지어진 하이델베르크성은 16세기에 르네상스 양식으로 개조되었고, 20세기에 세계대전으로 황폐해진 것을 복원했다고 한다. 성은 'ㄷ' 자 모양이다. 가운데 건물은 아치와 직선으로 구성되어 있는 장식이 없는 소박한 르네상스 양식, 왼쪽 건물은 여러 버팀벽 끝의 첨탑이 특색인 고딕 양식, 오른쪽 건물은 복잡한 굴곡과 곡선의 움직임이 풍부한 바로크 양식이다. 마당 가운데에 서면 12세기 고딕, 14~16세기 르네상스, 16~18세기 바로크의 건축 양식을 한꺼번에 감상할 수가 있다.

문설주가 벽돌인 아치형 문을 지나 정원으로 들어서려는데, 이 정원을 만드는 데 얼마나 걸렸는지 아느냐고 가이드가 느닷없이 질문을 한다. 글쎄, 몇 년이나 걸렸을까.

하이델베르크성이 세워진 시대는 종교적, 정치적 격동기였다. 종교개혁과 반종교개혁운동이 전개되고 있었고, 각각의 종교를 대표한 가문과 가문의 '30년 전쟁'이 벌어진 시기였다. 가톨릭의 영국 엘리자베스 스튜어트 공주와 프로테스탄트(개신교)의 독일 프리드리히 5세 제후의 결혼은 종교가 평화롭게 정착되기를 원하는 세력들의 정략결혼이었다. 그녀는 햇볕이 나지 않고 비도 아니고 안개도 아닌 날씨가 계속되는 독일의 기후를 못 견뎌했고, 부인의 건강을 염려했던 그는 생일 선물로 정원을 지어 선사했다. 그것도 '하루' 만에. 그래서 문을 가리켜 '하룻밤의 문', '엘리자베스의 문', '사랑의 문'이라고 한다.

오전 10시를 알리는 종소리가 들려온다. 700년 전에도 엘리자베스 여왕은 이 아름다운 정원을 거닐다가 저 종소리를 들었을 것이다. 공간과 시간을 뛰어넘어 들려오는 종소리가 왠지 마음을 찡하게 했다.

오스트리아

독일, 스위스, 오스트리아 등 8개국이 걸쳐 있는 유럽의 지붕 알프스산맥을 넘는다. 독일의 8번 고속도로를 타고 5시간을 달려, 비자도 여권도 필요 없이 터널을 통과해서 독일-오스트리아의 국경을 넘는다. 겹겹이 겹쳐 있는 산맥 골짜기마다 흰 눈이 쌓여 있고, 산봉우리에는 꽃인 양 흰 구름이 만발한데, 하늘은 눈부신 비취색이다. 햇볕이 산봉우리에 쏟아져 내리고 있다. 산이 높아서 그런가. 이 무슨 축복일까. 차창을 스치며 지나가는 집들의 흰 벽, 창문마다 드리운 하얀 커튼, 창문 테라스의 화분…. 아름다운 풍경

파노라마를 보는듯하다.

인스브루크는 닭다리 모양으로 생긴, 해발 574미터 높이에 형성된 서울의 6분의 1만 한 작은 도시다. (알프스산맥에 있는 도시 중에는 가장 크다.) 이름은 '인^Inn^강의 다리'라는 뜻이다. 로마 시대부터 동부 알프스의 교통 요지로써 이탈리아와 독일을 이어주는 역할을 했다. 상업과 관광의 도시. 아, 그래서 국경에 물류를 실어 나르는 대형 컨테이너가 줄지어 있었구나. 서유럽에서 가장 인기 있는 겨울 스포츠 관광지이며, 1964년과 1976년 두 번의 동계 올림픽을 치른 도시다. 처음 와본 도시임에도 은은하고 아담하고 아기자기해서 그 품에 오래도록 안겨 있고 싶어진다.

어둠이 깔릴 무렵, 남편과 나는 오스트리아 최초의 여왕 이름을 딴 마리아 테레지아 거리를 걸었다. 16세기 초 신성로마제국 황제 막시밀리안 1세가 광장에서 개최되는 행사를 구경하던 발코니 위에 반짝거리는 지붕이 있다. 바로 '황금 지붕'이다. 자그마치 2657개의 금박을 입힌 동판을 사용해서 만들었다. 발코니 벽에는 프레스코 화법으로 왕의 가족들을 그려놓았는데, 지금도 살아서 발코니를 거닐며 이야기를 주고받는 듯 생생하다.

높이 56미터의 탑으로 14세기에 화재 감시 망루로 세워졌다가 1602년에 종이 설치되어 종루로 바뀌었고 지금도

겹겹이 겹쳐 있는 산맥 골짜기마다 흰 눈이 쌓여 있고,
산봉우리에는 꽃인 양 흰 구름이 만발한데,
하늘은 눈부신 비취색이다.
햇볕이 산봉우리에 쏟아져 내리고 있다.
산이 높아서 그런가. 이 무슨 축복일까.

매시 정각을 알리는 '시계탑', 1706년 스페인 왕위 계승 전쟁 때 바이에른 군대를 격퇴한 기념으로 세웠다는 '성안나 기념탑'의 꼭대기에는 성모마리아상이 있고, 1765년 황태자의 결혼을 축하하는 기념으로 세웠다는 '개선문', 꽃무늬 장식으로 1560년 고딕 양식으로 건축되었고 1730년에 현재와 같은 로코코 양식 건물로 개축된, 원래는 귀족의 저택이었으나 가톨릭교회의 집회소로도 쓰였다는 '헬블링하우스', 16세기 르네상스 양식의 정수라고 하는 막시밀리안 1세의 무덤이 있고, 티롤민속박물관이 있는 '궁정교회' 등 돌고 돌다 보면 제자리로 돌아올 만큼 짧은 거리이긴 하지만 거리거리가 골목골목이 몇 백 년 된 유적으로 꽉 차 있는 것이다. 마치 중세 시대로 시간 여행을 한 것만 같다.

호텔에 짐을 푼 것은 밤 9시, 온몸이 나른하다.

이탈리아

인스브루크를 떠나 2시간쯤 달려 터널 하나로 가볍게 이번에는 오스트리아-이탈리아의 국경을 넘는다. 나무가 없고 돌로만 되어 있는 가파르고 험준한 산이 나타난다. 돌로 미어터진다는 뜻일까. 산 이름이 '돌로미티Dolomites'다, 이탈리아의 알프스는 오스트리아의 알프스와 달리 산등성이

만 있을 뿐 산봉우리가 없다. 산을 오르면 너른 운동장이 펼쳐질 것 같다. 내리던 눈이 슬그머니 사라지고 해가 나타난다. 오 솔레 미오'O Sole Mio(오 나의 태양)!

파바로티인가, 카루소인가, 스테파노인가. 국경을 넘어서자마자 재빨리 틀어주는 칸초네canzone 〈오 솔레 미오〉. 백년도 더 된 이탈리아 대중 가곡의 대표작이다. 사랑하는 이의 눈동자를 태양에 비유했다. 아무렴, 연인은 폭풍우 지난 후 빛나는 태양보다 더 찬란하지.

베네치아

이탈리아 지역 순례의 첫 번째는 '수상 도시' 베네치아다. 북쪽은 알프스산맥에서 시작한 포강에 떠내려 온 모래와 흙이 쌓여 삼각주가 형성되었고, 남쪽은 아드리아해에서 밀려드는 바닷물의 조수 간만의 차이로 엄청나게 넓은 갯벌이 형성되어 있다. 200개가 넘는 운하를 중심으로 섬과 섬을 연결하는 400여 개의 다리와 수많은 골목과 개성 넘치는 건축물로 이루어져 도시 전체가 거대한 박물관이라고 말할 수 있다. 산물이라고는 소금과 생선뿐인 척박한 석호潟湖의 섬이었던 베네치아는 바닷길을 이용해 지중해 무역의 왕자로 군림했고, 이탈리아의 자유 도시들 중에서 가장 부강한 도시로 성장할 수 있었다.

1년 전이던가. 기상 현상과 조수의 영향으로 베네치아 주변의 석호가 평소보다 131센티미터나 상승하면서 산마르코광장을 비롯해 도시의 절반 정도가 침수됐었다는 뉴스를 본 적이 있다. 베네치아는 1993년부터 2002년까지 50여 차례나 물에 잠겼었다고 하는데, 평소에는 가지런히 접어두었던 많은 다리가 이렇게 도시가 물에 잠기면 다시 펼쳐져 다리 역할을 해낸다고 한다.

처음 방문한 산마르코대성당은 십이 사도의 한 사람인 베드로에 의해서 이집트로 가 알렉산드리아의 사교司敎로서 순교한 성 마르코의 유골을 안치한 곳이다. 8세기에 건립된 대성당은 중세 비잔틴 건축의 걸작으로 꼽히는데, 한 번 우러르면 정교하면서도 단아한 모습에 입을 다물 수가 없다. 대성당에는 100만 개의 말뚝이 들어갔고 200년 동안 실내 장식에 심혈을 기울였다고 한다. 파사드의 파꽃형 아치는 압권이다. 굵직한 대파 대궁이에 동글동글 돔형으로 꽃을 피우는 파꽃은 다른 꽃들처럼 화려하지는 않지만 제 온몸을 다해 마지막 꽃을 터트림으로써 씨앗을 길러내는 아름다운 꽃이다. 그처럼 천년만년 세세토록 피곤하고 아픈 영혼들에게 희망과 미래를 주기 위해 대성당의 파사드는 파꽃 모양으로 형성되었나 보다.

대성당 오른편으로 두칼레궁전이 있다. 679년부터 1797

년까지 근 1100년 동안 베네치아를 다스린 총독들의 공식적인 주거지이자 근무지였다. 주세페 베르디가 작곡한 오페라 〈두 사람의 포스카리[I Due Foscari]〉에도 등장한다. 내부에는 총독실과 접견실, 투표실, 재판실 등이 있다. 이곳에서 판결을 받은 죄수들은 소운하 건너에 있는 감옥에 갇혀 평생을 지내야 했다. 죄수들마다 다리를 건너면서 다시는 아름다운 베네치아를 보지 못할 것이라는 생각에 한숨을 내쉬었다고 해서, 이 다리를 '탄식의 다리'라고 부른다.

한때 베네치아를 점령했던 프랑스 황제 나폴레옹이 '유럽에서 가장 우아한 응접실'이라고 했다는 산마르코광장에 1720년 '카페 플로리안'이 문을 열었다. 현존하는 가장 오래된 카페다. 영국 낭만파 시인 바이런, 독일 대문호 괴테, 프랑스 사상가 루소, 폴란드 작곡가 쇼팽 등 유럽의 명사들이 즐겨 찾았다. 이탈리아 바람둥이 대명사 카사노바도 이곳을 즐겨 찾았는데, 여성의 출입을 허용한 최초의 카페였기 때문이다. 대체, 베네치아라는 물의 도시는 예술가들이 즐겨 찾아서 유명한 도시가 되었는가, 아니면 유명한 도시라서 그들이 찾아든 것인가. 카페에 앉아 있는 여행객들이 참으로 낭만적으로 보이네.

탄식의 다리를 지나니 가면 가게가 즐비하다. 가지각색의 가면이 우리를 바라보며 웃고, 분노하고, 찡그리고 있다.

베네치아는 엄격한 신분 사회였다고 한다. 축제가 열리는 기간만큼은 누구나 평등하게 즐길 수 있기 때문에 너 나 할 것 없이 가면 축제에 참가했다고 한다. 가면으로 자신의 신분을 가리고 마음껏 그동안의 억눌림과 불평등을, 불만과 스트레스를 털어놓았을 것이다.

남편과 나는 지금 아드리아해를 마주 바라보며 부두에서 있다. 집 떠나 참 멀리 와 있는 감회가 깊다. 워낙 말이 적은 남편은 더 말이 없고 나는 감개로 마음이 풍선 같다.

끈으로 묶여 있는 곤돌라가 물결을 타고 몸을 살랑살랑 흔든다. 이 도시에는 슬픈 역사를 간직한 곤돌라 축제도 있다. 옛 베네치아공국의 세력이 쇠약할 때 인접 국가와 도시에서 처녀들을 강제로 납치해가는 일이 많았는데, 그때마다 청년들이 구출하여 돌아왔고 그것을 기념하기 위해 시작된 축제라고 한다. 직업별로 다른 전통 복장을 입은 시민들이 퍼레이드를 펼치고, 개인과 마을 단위로 곤돌라 경주도 벌인다. 지금은 관광용으로 사용하고 있지만, 원래 곤돌라는 성당에서 장례를 치른 뒤 묘가 있는 이웃 섬으로 시신을 운반하는 데 사용했던 배다.

시간 관계상 우리는 곤돌라가 아닌 보트를 타고 에스[S]자 형 수로가 난 4킬로미터 길이의 대운하를 돌아본다. 대운하 양안에는 비잔틴, 고딕, 르네상스 양식이 혼재되어 있는 우아하고도 견고한 건축물들이 가득하다. 독일 낭만파 작곡가 바그너가 이탈리아 여행을 할 때 머물렀다는 벤드라민궁이 보인다. 바로크 시대의 작곡가 비발디가 바이올린 연주자로 있었던 산마르코대성당도 보인다. 앞서 언급한 포스카리 총독의 저택과 18세기 부호인 페자로의 저택도 있다. 화려한 15세기 왕궁 카도르, '황금의 집'이다. 전면부가 모두 세련된 금박 장식으로 꾸며졌다고 불린 이름이다. (세월이 다 떼어갔는지 지금은 금박을 볼 수 없다.)

드디어, 베네치아에서 가장 풍경 좋기로 유명한 리알토 다리 밑을 지난다. 16세기 후반에 만든, 활처럼 구부러진 백색 대리석의 보행자용 다리다. 주변에 상점과 레스토랑이 즐비하다. 바이마르공국의 수상이었던 괴테는 자신의 문학적 상상력을 옭죄는 궁정 생활을 탈출하여 이탈리아 전역을 2년간 여행했다. 그가 남긴 〈이탈리아 기행〉을 보면 이 다리가 묘사되어 있다. 영국 극작가인 셰익스피어가 이탈리아를 취재하여 쓴, 그의 5대 희극 중 하나인 〈베니스의 상인〉도 이 다리에서 이야기가 시작된다. (베니스는 베네치아의 영어식 발음이다.) 이런 걸작들의 배경이 된 베네치아에 와서 보니 작품 속에서 현장을 따라 걷는 듯 마음이 설렌다. 새삼 여행이 주는 행복에 겹다.

베네치아는 라틴어로 '계속해서 오라'는 뜻이다. 세계에서 가장 낭만적인 도시 가운데 하나인데, 바닷물이 외벽으로 스며들어와 물기가 마른 뒤에 생긴 응결된 소금 때문에 벽에 균열이 일어나고 건물들이 위태해지고 게다가 지반이 약해 매년 4밀리미터씩 가라앉고 있단다. 저를 어쩌나.

피렌체

피렌체는 미국의 대표 일간지 〈뉴욕타임스〉가 선정한 '세계 10대 아름다운 도시' 중 하나다. 15세기 르네상스 중심지로 유적이 많이 남아 있어 1982년 도시가 통째로 유네스코 세계문화유산으로 등록되었다. 프랑스 근대 소설의 창시자 스탕달은 피렌체에서 르네상스 시대의 작품들을 보며 '심장의 박동이 빨라지고 정신이 혼미해지는 경험을 했다'고 전한다. 그 후로 예술 작품을 보다가 쓰러질 것 같은 감동에 사무치는 현상을 '스탕달 신드롬'이라고 한다.

13세기에 지어진 요새와 같은 베키오궁 앞 시뇨리아광장은 관광객들로 붐볐다. 피렌체의 랜드마크인 산타마리아델피오레대성당(피렌체대성당이라고도 한다)으로 향한다. 거리거리가, 골목골목이 미술관이고 박물관이다.

1292년부터 약 150여 년에 걸쳐 만들어진 피렌체대성당은 그 외형부터가 감동적이다. 특히 돔이 압도적이다. 적벽돌 400만 개가 들어갔다는데 돔의 높이만 106미터에 지름이 46미터다. 우산대 없는 우산 형태의 기하학적 건축물이다. 성당의 외벽과 조토의 종탑은 초록색의 프라토 대리석, 하얀색의 카라라 대리석, 빨강색의 시에나 대리석으로 장식되어 있다. 각각 소망, 믿음, 사랑을 뜻한다고 한다.

내부로 들어서니 이탈리아 여성이 영어로 그림들을 설명해준다. 잘 알아들을 수가 없기도 했지만 붐비는 사람들 틈에서 그녀의 목소리는 너무 조용조용했다. 남편과 나는 한쪽으로 비켜서서 미켈란젤로의 제자이자 피렌체의 대표적 화가 겸 건축가인 조르조 바사리가 시작하고 페데리코 주카리가 완성한 프레스코 천장화인 〈최후의 심판〉을 올려다보았다. 바티칸 시스타나성당에 있는 미켈란젤로의 그것과는 달리 둥근 돔 내부가 높아서인지 제대로 볼 수가 없었다. 돔으로 올라가는 계단이 있는데, 자그마치 464개나 된다. 올라가기를 포기했다. 붐비는 사람들 틈을 비집고 다니기에 많이 지쳐 있었기 때문이다.

돌아서 나오다가 대성당 입구에서 지도와 책갈피 두 장을 샀다. 나는 여행지에서 기념될 만한 것을 잘 산다. 책갈피는 간단하고 값이 싸면서도 그 도시의 특징을 작은 지면에 담뿍 담고 있다. 책을 읽다가 끼어놓았던 책갈피를 들어 여행했던 도시를 떠올려보는 맛이 달다.

대성당 앞에는 산조반니세례당이 있다. 동쪽으로 황금

빛 청동문이 있는데, 이탈리아 조각가 로렌조 기베르티가 48년이 걸려 만든 '낙원의 문'이다. 좌측은 위에서 아래로 천지창조, 노아, 이삭, 모세, 다비드의 주제가 양각되어 있다. 우측은 카인과 아벨, 아브라함, 요셉, 여호수아, 솔로몬 왕과 시바 여왕의 주제가 양각되어 있다. 미켈란젤로가 '이 문은 천국으로 들어가는 입구에 세워두면 잘 어울리겠다'고 격찬하여 '천국의 문'이라고도 한다.

아, 무엇보다도 피렌체에서 빼놓을 수 없는 것은 '단테와 베아트리체의 사랑 이야기'다. 피렌체에서 태어난 단테는 아홉 살 때 집에서 얼마 떨어지지 않은 성당에서 어머니와 함께 기도하는 베아트리체를 만난다. (지금 '단테의 집'은 시에서 공식 운영하는 박물관으로 사용되고 있다.) 베아트리체는 단테가 추구한 예술적 영감의 원천이었고, 그 그리움은 대서사시 〈신곡〉의 모태가 되었고, 르네상스 시대정신의 출발점이 되었다. 하여, 베아트리체가 죽었을 때 단테는 삶의 희망을 상실한 채 긴 세월 방황했다. 피렌체 시민과 정부는 시인의 귀환을 종용했지만 단테는 낯선 도시 라벤나에서 눈을 감았다. 할 수 없이 피렌체에서는 단테의 '빈 무덤'을 만들었고, 묘비에 "가장 위대한 시인을 찬양하라, 우리를 떠났던 그의 정신이 귀환하도다."라고 기록했다.

피렌체에서 나는 다빈치를 만나고, 미켈란젤로를 만나

고, 라파엘로를 만났다. 단테를 만나고, 베아트리체를 만나며, 보카치오와 마키아벨리를 만났다. 내게 무슨 예술 혼이 있어 '스탕달 신드롬'에 빠지기야 하겠는가마는 피렌체를 걸어 다니는 동안 무엇엔가 된통 홀려 있는 기분이었다.

나폴리 (폼페이, 카프리섬)

어쩌자고 하늘이 저렇듯 파란 걸까. 구름마저 유유자적하네. 폐허의 도시에 퍼진 햇발은 오히려 비현실적이지만 그래서 꿈을 꾸고 있는 것 같다. 화산 폭발로 도시 하나를 통째로 삼켜버린 베수비오산은 언제 그랬느냐는 듯 시치미를 뚝 떼고 우리를 굽어보고 있다.

폼페이는 베수비오산의 남동쪽 나폴리만 기슭에 자리잡은 항구도시이자, 캄파니아평야의 관문으로 농업과 상업의 중심지였다. 기원전 5세기 무렵부터 번영했으나 79년에 베수비오산이 폭발, 장장 18시간 동안 두께 5~7미터의 화산재가 흘러내려 폼페이는 감쪽같이 묻혀버렸고, 3만여 명의 삶은 흔적도 없이 사라져버렸다.

누구의 분노였을까. 화산 폭발은 자연을 파헤치고 사치가 극에 달한 폼페이 사람들을 향한 신의 분노가 아니었을까. 그때 살아남은 사람들은 고향 폼페이에 대해서 절대 말하지 않는다고 한다. 저주받은 도시 폼페이 출신이라는 것을 알리기 싫어했기 때문이다.

사라진 도시 폼페이는 천년의 세월도 더 지나 18세기에 이르러 발굴되기 시작했다. 처음에는 그 장소가 어떤 곳이었는지도 모른 채 작업을 시작했는데, 발굴을 시작한 지 15년이 지난 1763년에야 폼페이였음을 밝혀주는 '폼페이 공동체'라는 비문이 발견되었다. 초기 발굴 작업은 주로 박물관에 진열할 보물을 찾는 사람들에 의해 마구잡이로 파헤쳐졌다. 1787년 현지를 방문한 괴테도 발굴 작업이 너무 무질서하다고 한탄했다고 한다.

만일 화산이 폭발하지 않았다면 2천 년 전의 이 도시가 그대로 존재할 수가 있었을까. 오히려 화산 폭발이 있었기 때문에 그대로 보존될 수 있었다고 한다. 어느 학자는 '하나의 도시를 완전무결하게 보전하는 방법으로 도시를 화산재로 덮는 것보다 더 좋은 방법은 없다'고까지 말했단다. 폼페이는 그때 미래의 인류인 우리에게 무엇을 경고하고자 오랫동안 땅속에서 침묵을 지키고 있었던 것일까.

폼페이는 3킬로미터 성벽으로 둘러싸인 타원형 도시였다. 스타비아나 문과 베수비오 문을 잇는 대각선상에 중심 도로인 스타비아나 가도가 나 있다. 가도 왼쪽에 지금 우리가 서 있는 포럼이 있다. 이곳이 종교·경제·재판·시민 생활의 중심인 공회당이었다고 하는데, 이런 곳에서의 연설

토론 방식에서 '포럼디스커션'이 유래했다고 한다. 포럼을 중심으로 사방에 신전, 식료품 시장, 모직물 제조공장, 극장 등이 포진하고 있으며 남쪽에는 상업거래소, 집회장으로 사용되었던 바실리카가 있다. 가도 오른쪽으로는 그 유명한 원형투기장, 체육훈련장 등이 있다.

폼페이는 향락의 도시였다. 부호들은 양어장을 갖고 있었는데, 특히 뱀장어 키우는 것을 부호의 척도로 삼았다. 심지어 로마의 네로 황제는 아끼는 뱀장어의 지느러미에 금으로 만든 고리를 달아주며 각별한 애정을 쏟았다. 뱀장어는 공격적인 성향으로 악명이 높았고, 오래 묵은 뱀장어는 그 크기가 어른 키만 했고 몸통도 커서 괴물 같았다. 노예가 어떤 실수만 저질렀다 하면 뱀장어의 먹이로 양어장에 던져졌다. 노예는 사람이 아니었다. 시장에서 사온 가축이었고, 아무렇게나 죽여도 상관없는 주인의 소유물이었다. 영국 작가이자 칼럼니스트인 로버트 해리스의 소설 〈폼페이〉를 보면, 양어장에 던져진 노예 이야기가 나온다.

"세계전쟁 때 나치나 일제가 한 짓도 끔찍한데, 그 옛날 사람들은 더 참혹하게 사람들을 다뤘나 봐요."

"물론 그랬지. 법이라고 해봐야 권력자들을 위한 것이었으니까." 남편의 얼굴도 밝지 못하다.

우리는 스타비아나 도로와 교차하는 '아본단차' 거리로

걸어 들어갔다. 남편과 나는 가이드나 다른 관광객들의 걸음을 따라붙을 수가 없었다. 사람들이 붐벼 빨리 걸을 수가 없기도 했지만 무엇보다 이곳에 도시를 형성하고 살던 사람들의 자취가 눈앞에 아롱대고 발목을 잡았기 때문이다. 가이드가 어떤 지점에서 한참 설명을 하고 있거나 다른 장소로 옮겨갈 즈음에 남편과 나는 겨우 그 장소에 도착하곤 했다. 남편은 사진을 찍느라고 더 더딜 수밖에 없었다.

야외극장인 '오데온'은 그때 벌써 또렷하게 육성을 전달할 수 있는 거리인 33.3미터를 과학적으로 측정해서 건축되었다. 야외 오페라는 밤에만 열리는데, 소리는 밤에 청중에게 잘 전달되기 때문이란다. 폼페이에는 온천도 많았고, 공중목욕탕도 많았다. 거리는 돌길이다. 그때는 마차가 교통수단이었기 때문에 가운데 길은 크고 작은 돌을 이를 맞춰 평평하게 깔아놓았단다.

'성性'도 '문화'라고 해야 하나. 어지간히 성행했던 모양이다. 가이드는 남근 모양의 돌을 이정표로 박아 사창가 위치를 알려주는 좁은 골목으로 우리를 안내했다. 칸칸이 작은 방으로 나뉘어져 있고 돌침대가 놓여 있고 체위를 나타내는 희미하게 바랜 벽화가 새겨져 있다. 화대가 포도주 3잔인데, 1잔은 세금으로 냈다고 한다.

이탈리아는 마실 물이 귀한 나라다. 물에 석회질이 들어 있어서 마실 수가 없다. 음식점에서 물값으로 40유로를 따로 냈을 정도다. 그런데 이 폼페이에 지금 만들어놓은 것처럼 돌로 만든 공동 상수도는 또 뭐람. 맞아, 소설 〈폼페이〉는 폼페이의 수도교에 대해서 아주 자세히 설명을 했지. 평균 물의 높낮이가 90미터당 5센티미터도 안 되는 낙차로 흘러가는 세계에서 가장 긴 이 수도교는 '공학이 이루어낸 가장 위대한 업적 중 하나'라고. 이렇게 물이 풍부했던 폼페이에 비가 내리지 않은 날이 78일이나 계속 되었고, 화산 폭발의 징후가 여기저기 나타나기 시작했다. 갑작스럽게 물이 끊기고, 수도관에서 유황 냄새가 났다. 뱀장어에게 내쳐져 죽은 노예는 주인이 아끼던 (노예 다섯 명의 값과 맞먹는) 붉은 숭어를 잘못 관리했던 게 아니었다. 실은, 숭어가 유황 냄새를 맡고 죽은 것이었다.

가이드는 출토품을 전시해놓은 건물로 우리를 안내했다. 건물 벽은 모두 유리로 되어 있어 안이 환히 들여다보였다. 그릇들과 술병들이 선반 칸칸이 빼곡하게 들어차 있는데, 충격적인 장면은 사람들의 주검이다. 화산재 속의 시체가 분해되어 생긴 구멍에 시멘트를 부어 '신체 주형'을 뜨는 기법으로 죽을 때의 모습 그대로를 재생해놓았다. 모로 눕거나 다리를 웅크렸거나 엎드려 있거나… 그때의 고통스러운 비명과 신음이 들려오는 듯 시체는 아직도 몸을 뒤틀고 있었다. 참담하고 황망한 마음이다.

그 옛날 부호들이 살았던 대저택들을 돌아본 후 언덕길을 걸어 내려오는데, 길가에 이름 모를 풀꽃들이 잘 가라, 손을 흔든다. 세월은 흐르고 사람들이 사는 세상 또한 멸망을 거듭하고 변하기도 하지만, 꽃이 피고 지는 진리는 변하지 않는 모양이다.

폐허의 도시를 떠나 허니문의 섬 카프리로 가기 위해 폼페이역에 도착했다. 이탈리아에 도착하자마자 가이드는 소매치기를 조심하라고 했었는데, 역 앞에서 가이드는 한술 더 떠서 '가족 사기단'을 조심하란다. 아이를 안고 있어도 아이는 끈으로 떨어지지 않게 묶어 어깨에 걸치고 아이 엉덩이 아래 숨겨진 손으로 소매치기를 한단다. 가이드는 일정한 주거지가 없는 '집시 가족 사기단'이 많으니 조심하라며, 화단에 걸터앉아 있는 한 가족을 눈짓으로 가리킨다. 아이들은 쾌활하게 뛰어놀고, 그를 바라보는 엄마 아빠의 표정은 우리네와 별반 다르지 않다.

기차 안이다. 의자가 마주 앉게 되어 있는데, 이탈리아 남자가 남편 무릎 위의 카메라를 보더니 건너편 대각선에 있는 사람을 눈으로 가리키며 저들이 '집시 사기단'이니 조심하라고 일러준다. 섬 여행에 대한 기대로 설레던 마음이 푹 가라앉는 듯했지만, 그런 것도 여행의 일부려니 했다.

카프리섬은 나폴리만 입구, 소렌토반도 앞바다에 위치한다. 기원전 29년 로마 황제 아우구스투스가 카프리를 방문한 후 그 아름다움에 반해서 훨씬 큰 규모의 이웃 섬을 포기하면서까지 나폴리로부터 사들인 섬이다. 영국 찰스 황태자와 다이애나 비의 허니문 장소로도 유명한 관광지다.

연중 온난한 기후 덕분에 850여 종의 다양한 꽃과 식물과 과일나무가 자라고 있고 해양식물도 많다. 가로수뿐 아니라 주택 마당이나 뒤뜰의 나무에도 오렌지가 주렁주렁 매달려 있다. 또 하나 많이 볼 수 있는 게 올리브나무다.

지중해가 가까울수록 물은 점점 더 심한 석회물인데, 그 물에 잘 자란단다. 이탈리아에서는 올리브를 '신이 준 선물'이라고 한다. 올리브가 석회질을 분해시켜 석회물이 하수구에 막히는 것을 막아준다. 나무로는 가구를 만들고, 열매로 기름을 짜고 비누를 만든다. 어른의 손바닥만 한 올리브 비누가 4장에 우리 돈으로 만 원이다. 지중해 사람들은 비교적 장수하는 편인데, 건강식품의 하나로 손꼽히는 올리브유가 일조를 한다고 알려져 있다. 건강을 지키는 비법의 다른 또 하나는 성격이다. 좀처럼 스트레스를 받지 않는단다. 언제나 오늘 하루를 열심히 살고, 내일은 오늘의 최선이 그 결과로 나타난다고 생각한다.

"건강을 지키려면 마음을 느긋하게 가져야겠어요."

"그러게." 벌써 대답부터 느긋해진 남편이다.

나폴리 항구에서 지중해를 마주하고 있노라니, '오페라 무대 장치'를 공부하고 있다는 현지 가이드도 흥분했나 보다. 〈돌아오라 소렌토로Torna A Surriento〉를 소리 높여 열창한다. 파바로티가 따로 없네. 마치 그가 오페라 무대에 선 듯했다. 칸초네 중 나폴리에서 발생한 것을 '나폴레타나'라고 한다. 이탈리아의 알프스를 넘어올 때 들었던 〈오 솔레 미오〉가 나폴레타나의 왕이라고 하면, 이 곡은 여왕이란다.

영화 〈일 포스티노Il postino〉(1994)의 촬영지가 바로 카프리섬이다. 칠레 작가 안토니오 스카르메타의 소설 〈파블로 네루다와 우편배달부〉를 영화화한 것인데, 사랑과 자유를 노래하는 칠레의 민중시인 파블로 네루다와 우편배달부 소년의 우정을 통해 네루다의 시 세계에 눈을 떠가는 어린소년의 이야기를 그렸다. 이 섬은 실제로 네루다가 한동안 살았던 곳이기도 하다. 일상에서 만나는 보통 사람들, 사물들의 평범하고 소박한 모습, 주변에서 마주치는 동식물들, 매일 식탁에 오르는 채소와 과일, 심지어 돌멩이까지도 따사로운 정감으로 시를 쓴 네루다는 카프리섬을 많이 닮았다.

카프리섬의 정상은 몬테솔라, 해발 600미터 높이다. 리프트 타는 곳까지 버스로 좁고 심하게 구불대는 언덕길을 올라가야 한다. 창밖은 잘 드는 칼로 단칼에 베어놓은 듯

한 낭떠러지다. 버스가 올라가다가 내려오는 버스라도 만나게 되면 그만 등골이 오싹한다. 가이드 말로는, 두 버스와의 간격이 깻잎 5장 정도의 차이라나, 말도 안 돼.

1인용 리프트를 탄다. 내가 앞서가고 남편이 뒤를 따른다. 허공을 둥둥 떠간다. 의자처럼 편안한데도 남편에게 말도 부칠 수가 없이 나는 얼어붙는다. 발아래로 아득히 작은 마을이 지나간다. 예쁜 집들, 올리브농장, 언덕, 절벽, 숲, 키 작은 풀들, 갈아놓은 밭, 어느 집 뒤뜰에는 꽃밭도 가꾸었다, 그리고 하늘, 그리고 바다. 참, 이런 곳에도 사람이 사네. 사람들의 살아가는 모습이 하냥 정답다.

불과 십여 킬로미터밖에 떨어져 있지 않은 베스비오 화산이 터져 폼페이가 가뭇없이 사라지도록 역사상 유례가 없는 대폭발이었는데, 지금 우리가 내려다보고 있는 저 푸른 바다가 그 불길을 막아주었던가. 카프리섬은 말짱한 채 오늘도 따사한 햇볕을 쪼이고 있는 병아리 같은 부드러움으로, 포근함으로 정감을 불러일으키며 우리를 맞고 있다.

로마

'모든 길은 로마로 통한다.' 일상에서 무심코 사용했던 그 말이 로마에 오니 순순히 풀린다. 정말로 모든 길이 로마로 통하고 있고, 모든 길에서 로마제국의 유물, 유적을 쉽게 만날 수 있다. 로마인의 숨결과 영혼이 과거로부터 현재를 거쳐 미래로 영원히 이어질 것 같다. 괴테는 로마에서 "나는 마침내 세계의 수도에 도착했다."는 말을 남겼다.

통째로 박물관의 도시라는 로마의 바티칸시국에 들어섰다. 세계에서 가장 작은 독립국이자, 교황청이 있는 도시국가다. 소수의 스위스 근위병이 창과 칼을 들고 지키고 있다. 스위스는 가난한 나라였다. 로마로 용병을 내보내 가족을 돌봐야 했다. 다른 나라 용병은 바티칸을 버리고 가버렸지만 스위스 용병만은 지금까지 남아 있다. 용병이 입고 있는 빨간색의 화려한 옷은 미켈란젤로가 디자인했다.

한강이 서울을 가로지르듯, 테베레강은 로마를 가로지르며 흐르고 있다. 우리의 건국신화에 곰이 있는 것처럼, 로마의 건국신화에는 늑대가 있다. 숙부에 의해 강에 버려져 늑대의 젖을 먹고 자라다가 훗날 로마를 건설하고 왕이 된 로물루스의 전설이 있다. 테베레강은 로마의 건국신화를 안고, 로마의 한복판을 흐르고 있다.

바티칸박물관을 관람하기 위해서는 2시간쯤 줄을 서야 한다. 허구한 날 이렇게 사람이 많다고 한다. 대체 그림에 대해서 무엇을 안다고 아득히 먼 이곳까지 날아와 대열에 참여하고 있나, 이런 생각이 들 때쯤 우리는 박물관에 들어섰다. 이곳은 바티칸궁의 1400개가 넘는 방 중에서 일부를 활용해 여러 교황이 수집한 미술품, 고문서, 자료뿐 아니라 르네상스 작품을 비롯해 고대로부터 현대에 이르는 걸작들을 한곳에 모은 서양미술의 보물 창고다.

아래층부터 하나하나 훑어본다. '훑어본다'고 말하는 게 옳은 것이, 작품이 너무 많아서 일별하는 것만으로도 머리가 아프기 때문이다. '동물의 방'을 지나 '뮤즈의 방'으로 들어간다. 미켈란젤로가 가장 좋아했다는 '그리스의 영웅 아이아스' 토르소가 있다. 아이아스는 아킬레우스의 방패와 갑옷을 놓고 오디세우스와 경합을 벌인다. 오디세우스가 특유의 말재주로 사람들을 구슬려서 방패와 갑옷을 차지하게 되자 이에 화가 난 아이아스는 수치감으로 자결한다. 아이아스의 근육질 몸에 머리와 팔과 무릎 아래가 없는 토르소의 모습은 그의 고통을 더욱 고통스럽게 보이게 했다.

'원형의 방'에는 붉은색 큰 욕조 같은 조각품이 있다. 네로 황제의 황금 궁전 터에서 옮겨온 것이다. 폭군으로 기억되고 있지만 그는 노예를 해방시켰고, 감세정책을 펼쳤고, 매관매직의 폐단을 없애려 노력했다. 예술에도 상당한 조예가 있었다. 그가 폭군이 된 이유는 아버지를 죽인 어머니 때문이고, 자신의 스승인 스토아학파 철학자 세네카를 원로원 반란의 핵심 인물로 몰아 자결하게 한 후 느낀 심적 동요 때문이었다. 로마에 반란이 일어나자 자신이 아끼는 노예에게 부탁해서 스스로 생을 마감한 비운의 황제다.

교황의 서거나 사임 이후 새로운 교황을 선출하기 위한 전 세계 추기경들의 모임인 콘클라베가 열리는 시스티나성당으로 가기 위해 우리는 촛대의 복도, 아라찌의 복도, 지도의 복도를 지났다. 셀 수도 없는 조각품과 올려다보는 것만으로도 목이 떨어질 것만 같은 천장화를 보면서.

시스티나성당은 발 디딜 틈 없이 사람들로 북적였다. 가이드가 앞서서 뚫어주는 길을 따라 걸어갔다. 미켈란젤로의 천장화 〈천지창조〉와 벽화 〈최후의 심판〉을 사람들에 밀리면서 본다. 미켈란젤로는 둥근 천장에 그림을 그리기 위해 올라간 발판 위에서 고통스러운 자세를 참고 잠잘 시간도 없이 기본적인 식사만을 받아가며 4년간 작업했다. 그림의 각 부분이 회반죽으로 덮인 상태에서 물기가 마르기 전에 물에 녹인 안료와 함께 그리는 기법을 사용했기 때문에 신속하게 작업을 해야만 했다. 배가 턱에 닿을 만큼 웅크린 채 일을 하다 온몸에 종기가 생기기도 했고, 고개를 뒤로 젖히고 작업을 하다 물감 세례를 받은 것도 한두 번이 아니었다. 그랬으리라, 긍정하는 내 말이 왜 이렇게 공허할까. 너무 엄청나서 그럴 것이다. 작품에 등장한 인물이 343명이나 된다. 작품 완성 후 그는 23년간이나 붓을 잡지 못했다. 미켈란젤로의 두 명작을 사람 멀미를 참으면서나

마 관람할 수 있었다는 것은 행운이다.

드디어, 성베드로대성당이다. 네로 황제의 박해를 받아 순교한 사도 베드로가 잠든 언덕에 4세기 콘스탄티누스 대제가 건조한 성당이 기원이며, 16세기 교황 니콜라우스 5세가 이곳을 크게 다시 짓도록 했다. 라파엘로, 미켈란젤로 등이 설계에 참여했단다. 성당 안으로 들어서면 우선 그 화려함과 웅장한 규모에 압도된다. 중앙 통로의 길이가 약 186미터, 폭이 140미터, 높이는 46미터이고 제대에서 돔까지의 높이는 137미터다. 로마에서 가장 높은 건물이다. 44개의 크고 작은 채플, 즉 제대들과 395개의 조각품이 곳곳에 배열되어 있다. 135개에 달하는 모자이크 그림들이 벽면에 장식되어 있어 그 자체로도 완벽한 미술관인 셈이다.

뭐니 뭐니 해도 성베드로대성당의 명물은 두 가지다. 내부에 들어서서 오른쪽으로 향하면 미켈란젤로의 〈피에타 조각〉이 보인다. 십자가에서 내린 그리스도의 시신을 무릎 위에 놓고 애도하는 마리아를 표현했다. 저것이 대리석이 맞나, 의심이 갈 만큼 대리석은 여인의 맑고 투명한 말긋말긋한 피부 같다. 예수의 손등과 발등의 못 자국, 근육, 핏줄 등 손톱마저 선명하다. 성모의 옷자락, 옷 주름 등이 생생하게 표현되어 있다. 밀가루 반죽으로 만든다 한들 저렇듯 살아 있는 것처럼 만들지는 못할 것을. 불가사의다.

왼쪽 통로를 올라가면 13세기 말 조각가 아놀포 디 캄피오가 만들었다는 〈성 베드로 청동상〉이 있다. 발가락에 입을 맞추면 죄를 용서받고 복을 얻는다는 전설로 인해 오른발이 다 닳아 있을 정도다. 베드로는 그리스도교에 대한 탄압이 시작되자 로마에서 도망쳐 나오다가 예수를 만났다. 그가 "주여, 어디로 가시나이까?" 물었더니, 예수는 "다시 십자가에 못 박히러 로마로 간다. 네가 네 백성을 버린 탓이니라." 답했다. 이 말을 듣고 베드로는 로마로 돌아가 순교했다. 그는 스승인 예수와 같은 방식으로 죽을 자격이 없다고 주장한 탓에 십자가에 거꾸로 매달려 처형되었다.

대성당을 나오니 광장이다. 거대한 타원형으로 대성당을 가운데에 두고 양쪽으로 284개의 트래버틴 대리석 기둥이 둘러서 있는 회랑이 있다. 대성당은 그리스도의 몸이요, 양쪽 회랑은 그리스도의 양팔을 상징한 것이라 한다. 이 광장을 설계한 바로크 조각의 거장 베르니니는 이곳에 오는 모든 이들을 종교나 민족, 언어, 관습 등을 초월하여 양팔을 벌려서 하나님의 집에 초대한다는 그리스도의 참모습을 보여주고 싶었다고 한다. 성베드로대성당과 광장은 하늘에서 내려다보면 '천국의 열쇠' 모양이라고 한다.

바티칸을 빠져나와 스페인광장으로 간다. 좀 생뚱맞긴 하지만 부근에 스페인의 교황청대사관이 있다고 해서 붙여진 이름이다. 전 세계에서 이곳을 찾기 위해 일부러 로마 여행을 한다는 사람이 있을 만큼 꽤 유명하다. 바로 영화 〈로마의 휴일Roman Holiday〉(1953)의 주 무대가 바로 여기다. 광장에는 완만한 언덕을 이용해서 만든 137개의 계단이 있는데, 앤 공주(오드리 햅번 분)가 오른손에는 장미 한 송이를 들고 왼손에 든 아이스크림을 먹으며 앉아 있던 곳이다. 가이드가 장미 한 송이를 손에 쥐어주면서 중앙분리대 끝에 앉아보라고 한다. 졸지에 나는 오드리 햅번이 된다.

로마에서 볼 수 있는 바로크 양식의 마지막 걸작품이라는 '트레비분수' 앞에 선다. '처녀의 샘'이라고도 하는데, 전쟁에서 돌아온 병사들에게 물을 준 한 처녀의 전설을 모태로 만들어서 그렇단다. 나폴리궁전의 벽면을 이용한 조각을 배경으로 한 분수는 너무나 아름답다. 분수에 동전을 던지라고 가이드가 속삭인다. 1개를 던지면 로마에 다시 올 수가 있고, 2개를 던지면 사랑하는 사람을 만나며, 3개는 사랑하는 사람과 결혼을 할 수 있다고 한다. 사람들이 등을 돌리고 서서 오른손에 동전을 쥐고 왼쪽 어깨 너머로 던지면서 소원을 빈다. 재미 삼아, 아니면 정말 그러기를 바라는 마음에서인가. 매일 3천 유로의 동전이 분수 속으로 다이빙을 한다. 매일 밤 로마시는 동전을 수거해 문화재 복원과 보호에 그 돈을 쓰고 있다고 한다.

보스케토호텔에 짐을 푼 것은 밤 9시 30분. 오래간만에 된장찌개에 김치, 배추볶음, 시금치무침으로 식사를 한 후 밤거리를 산책했다. 백년은 족히 넘어 보이는 올리브나무가 언덕에 줄을 섰다. 낮은 키에 가지가 사방으로 펴져 있어 우산 같다. 늑대처럼 사납게 생긴 커다란 개 다섯 마리가 떼를 지어 몰려오더니 무슨 급한 볼일이 있는 것처럼 바쁘게 우리 곁을 지나 어디론가 사라진다. 피렌체에서 로마로 오는 길에 가이드가 "지뢰를 조심하세요."라고 말했다. 깜짝 놀라 멈칫했더니 "개똥이요." 하면서 하하대며 웃었다. 이 거리의 쇼윈도는 밤에도 불이 켜져 있다. 액세서리, 핸드백, 구두, 옷 등이 패션의 나라답게 패셔너블하다.

호텔로 돌아오니 대형 TV에서 요즘 새로 시작한 한국드라마 〈신이라 불리는 사나이〉가 나오고 있다. 여주인은 일흔이 넘었다는데 곱다. 고생이라고는 해보지 않은 사람처럼 나긋나긋하지만, 로마에 정착한 지 15년. 험하고 힘든 삶을 살았단다. 자정 너머 잠들어서 새벽 4시에 일어나 1시간 30분 거리에 있는 시장에 가서 직접 장을 봐다가 식사 준비를 한단다. 조금 전에 먹은 한국식 저녁도 그 덕분이다. 종업원은 대부분 조선족이고 매니저가 이탈리아인이다. 알고 보니 베네치아를 안내해준 가이드가 그녀의 아들이란다. 열심히 살고 있는 그녀의 가족에게 경의를 표한다.

피사

'안녕, 내 이름은 피노키오야.' 고만고만한 가게들이 골목길을 따라 어깨를 잇대고 있는데, 가게마다 원뿔 모양의 모자에 빨간 옷을 입은 코가 긴 인형이 있다. 모자에 스프링을 달아 아래위로 몸을 흔들면서 피노키오의 고장에 온 것을 환영해주고 있다. 아침부터 이탈리아 서해안을 따라 북상하여 도착한 곳은 바로 피사Pisa다.

귀엽고 재치 있는 피노키오를 만들어낸 작가는 카를로 로렌지니다. 어머니 고향인 콜로디에서의 유년 시절을 잊지 못했던 듯, 카를로 콜로디라는 필명으로 활동했다. 태어난 곳인 르네상스의 중심지 피렌체보다 한적한 시골 마을 콜로디가 유년의 그에게는 더 많은 영향을 주었던 것 같다.

누구에게나 유년의 뜰은 있는 법이다. 대부분 어린 시절을 보낸 고향을 뜻하겠지만 그렇지 않을 수 있다. 그 대상이 자연일 수 있고, 기억으로 남아 몸과 마음이 곤곤할 때 한두 번 꺼내 위로를 받고 싶은 글이나 말일 수도 있다. 자라는 데 어떤 영향을 받은 사람일 수 있고, 한 편의 동화일 수도 있다. 서울에서 태어나 서울에서만 이만큼 나이를 먹은 나는 고향을 서울이라 말하기가 망설여진다. 내게 서울은 늘 시끄럽고, 이웃을 모르고, 경쟁적이고, 잘난 사람들이 가득하고, 가난한 사람들에게 서러움을 주는 도시였다.

그러한 내게 다만 한 곳, 기억에 남는 유년의 뜰이 있다. 6·25전쟁이 나던 해 여름의 끝에 우리는 북쪽으로 피난을 갔었다. 사실, 그건 피난이 아니라 서울에서 먹고살 수가 없어서 부농인 외갓집을 찾아갔던 것이다. 그 한적한 시골에서 보았던 하늘, 구름, 언덕, 쨍한 햇볕, 깨밭, 두둑, 송아지, 멍석, 달빛, 하늘하늘 날아오르던 모깃불 연기, 그 내음…. 외갓집에서 지냈던 석 달이 내겐 고향으로 남아 있는 게 틀림없다. 지금도 그때의 그곳이 따뜻하게 떠오른다. 나는 가끔 생각한다. 손자 한결이에게 내가 유년의 뜰로, 고향으로 남아 있기를 빈다. 따뜻함으로, 부드러움으로, 힘들 때 떠오르는 대상으로 그렇게 남아 있으면 좋겠다.

'피사의 사탑'은 피사대성당에 있는 종루다. 12세기에서 14세기에 걸쳐 건립된 8층의 둥근 탑으로, 공사 중에 지반이 내려앉아 기울기 시작했다. 1년에 1밀리미터 정도씩 기울어 현재 5.5도 기울어져 있다. 더군다나 머리에 6톤이나 되는 무거운 종을 이고 삐딱하게 서 있으니, 아무렴 허리 아프겠네. 피사 사람들은 더도 덜도 말고 지금 그대로만 있어 달라고 빈단다.

피사는 사탑으로 유명하지만 예로부터 문예의 중심지로 번창했으며, 르네상스 말기의 물리학자·천문학자·철학자인 갈릴레오 갈릴레이도 14세기에 지어진 유서 깊은 피사

대학에서 공부했다. 어느 날, 갈릴레오가 성당에서 신부의 설교가 진행되는 동안 천천히 그리고 일정한 속도로 움직이는 샹들리에에 사로잡힌다. 그는 자신의 맥박을 이용하여 샹들리에가 최고점에서 방향을 바꿀 때를 기준으로 진자가 왕복하는 데 걸리는 시간을 쟀다. 그 관찰을 통해 그는 진자 운동이 짧은 원주각을 이루든 긴 원주각을 이루든 상관없이 한 차례 왕복하는 데 걸리는 시간이 항상 똑같다는 것(진자의 등시성)을 발견했다. 그는 '지동설'을 주장하다가 교황청의 종교 재판으로 종신금고형을 받았다. "그래도 지구는 돈다."라는 명언을 남긴 그는 엄중한 감시 하에 피렌체 교외의 자택에서 고독한 여생을 보냈다.

이탈리아의 한 조그만 도시 피사에서 갈릴레오의 자취를 떠올려보는 것으로도 오늘 내 여행은 경이롭다. 물론 피노키오를 만난 것도, 사탑을 눈여겨보게 된 것도. 아쉬운 마음으로 발길을 돌린다.

밀라노

로마가 '세계사의 중심, 박물관의 도시'라면, 나폴리는 '자연이 살아 숨 쉬는 도시', 베네치아는 '물의 도시'이며, 피렌체는 '문화와 예술의 도시'다. 이제 우리는 이탈리아 여행의 마지막 도시인 '경제와 패션의 중심' 밀라노로 간다. '밀라노 패션쇼'뿐만 아니라 세계에서 네 번째로 큰 밀라노대성당과 유럽 오페라의 중심인 스칼라극장, 레오나르도 다빈치의 〈최후의 만찬〉으로도 유명한 전통과 현대가 어우러진 곳이다. 정치색이 강한 로마와는 달리 이탈리아의 경제를 쥐었다 폈다 하는 힘을 갖춘 도시다.

피사 관광 후 4시간여 만에 밀라노에 도착하니 저녁때로 날이 어두워지고 있었다. 내일 스위스로 떠나야 하는 우리에게 밀라노는 많은 시간을 내어주지 않았다. 밀라노 여행의 시작과 끝은 고딕 건축의 결정체, 완공하는 데 600년이나 걸렸다는 '밀라노대성당'이다. 두 손을 겹친 기도의 손처럼 첨탑의 끝이 뾰족뾰족하지만 우람하면서도 우아하게 하늘을 향해 치솟아 있다. 대성당은 길이가 148미터이고 가장 넓은 곳의 측면 부분이 91미터나 된다.

밀라노대성당은 이탈리아어로 '두오모 디 밀라노Duomo di Milano'인데, 대성당이라고 모두 '두오모'라고 부르지는 않는다. 그 도시의 수호성인을 모시고 있고, 주교 신부가 미사를 집전하고 있는 성당만을 칭한다. 로마 성베드로대성전(바실리카 디 산 피에트로)은 웅장하고, 피렌체대성당(카테드랄레 디 산타 마리아 델 피오레)은 단아하고, 피사대성당(카테드랄레 디 피사)는 단순 소박하고, 밀라노대성당은 화려하다는 게 내 나름대로의 시각이다.

우리는 스칼라극장 앞에 선다. 18세기에 지어진 오페라 극장으로 베르디와 푸치니가 오페라를 초연했던 곳이다. 파파로티도 이곳에 서면 등에서 땀이 난다고 했다. 오페라의 여신 마리아 칼라스가 노래를 불렀고, 우리나라 오케스트라 지휘자 정명훈 씨가 기립박수를 받은 곳이다. 세계 최고의 성악가들이 공연하는 곳이며, 단 한 번이라도 이 무대에 서본 적이 있다면 항상 그의 경력 맨 처음에 '스칼라 공연'이라는 말이 붙을 정도로 권위 있는 극장이다.

두오모광장과 스칼라광장을 연결해주는 교차로에 밀라노의 중심 쇼핑몰이 있다. 천정은 글라스로 빛을 비추게 되어 있어 한밤에도 대낮 같은데, 유리천정에는 세계를 상징하는 프레스코화풍으로 그림이 그려져 있어 휘황찬란하기까지 했다. 고급 쇼핑센터, 나 같은 사람은 못 들어본 브랜드가 더 많은 옷가게, 7성급 호텔, 레스토랑, 바 등이 있다. 이탈리아 TV에서 이 거리에 있는 어느 바에서 동양인이 주문을 할 때와 현지인이 주문을 할 때 서로 다른 가격을 제시하는 모습을 방영한 적이 있다고 한다. 이른바 이탈리아식 바가지. 성급히 그 거리를 빠져나온 것은 주눅이 든 마음 탓도 있지만, 시간이 별로 없었다. 불행 중 다행이었다.

밀라노에서 가장 산책하기 좋은 곳으로 스포르체스코성이 있는 셈피오네공원이라고 했다. 사람들은 천천히 걸어서 그 공원을 돌아다녀 보라고 했지만 웬걸, 거대한 중세 르네상스 요새인 스포르체스코성조차도 말 타고 지나가면서 산천을 보듯 대충대충 훑어보고 나와야 했다.

스위스

밀라노를 떠나 기네스북에 등록돼 있는 세계에서 제일 긴 철도 터널인 고타르를 달려 국경에 도착했다. 이탈리아-스위스 국경을 넘자 가이드가 재빨리 요들송을 부른다.

"오늘이래요 내일이래요 오늘 내일 오늘 내일이래요"

모두가 허리를 잡고 웃었다. 요들송과 스위스의 자연은 최상의 앙상블이요, 명콤비다. 그 나라의 노래는 그 나라를 대변한다. 이탈리아의 칸초네, 프랑스의 샹송처럼.

인터라켄Interlaken은 독일어로 '호수 사이'라는 뜻으로 툰호와 브리엔츠호 사이에 있는 산간 도시다. 흰색 아니면 베이지색의 벽, 빨간색의 지붕을 인 2층집들이 자연 속에 폭 파묻혀 있다. 스위스는 호수가 2천여 개나 된다. 호수, 마을, 언덕이 스위스의 풍광이다. 아늑하고 따뜻하고 정겹고 평화롭다. 눈 쌓인 산이 눈 녹은 앞산의 봉우리와 봉우리 사이로 하얀 얼굴을 내민다. 스위스에서 며칠 머물다 가면 침침한 눈, 흐리멍덩한 머릿속, 주름 잡힌 얼굴이 말끔히 사라져버릴 것 같다. 에메랄드빛을 내며 반짝거릴 것 같다.

'유럽의 지붕'이라는 얼음산 융프라우에 가기 위해 인터라켄역에서 등산 열차를 기다린다. 16년간의 장기 공사를 통해 완성한 철도는 최대 경사도가 25도로 9.3킬로미터를 오르는 데 50분이 소요된다. 약 2킬로미터는 완만한 초원이지만, 나머지 7킬로미터는 모두 아이거와 묑크의 산허리를 뚫은 터널이다. 아이거(해발 3970미터), 묑크(4099미터), 융프라우(4158미터)는 알프스의 3대 봉우리다.

열차도 올라가기 힘이 드나 보다. 기적 소리는 요란한데 부들부들 떨기도 한다. 녹아 흐르던 눈이 그대로 얼음폭포를 만들어 등산 열차가 올라가는 길은 또 다른 풍광을 연출한다. 드문드문 눈 쌓인 산에 주택이 보인다. 열차도 숨이 차서 끌끌끌 계속 혀를 차는 이 높은 곳에도 사람이 사나 보다. 눈 위에 짐승 발자국도 보인다. 열차가 서고 한 떼의 스키어들이 올라탄다. 그들은 며칠에 걸려 스키를 타고 산을 내려온다고 한다. 말하기도 숨이 차니 가이드가 사탕 하나씩 물라고 한다. 열차 바퀴 소리도 들리지 않고 사람들의 말소리도 10리 밖에서 들려오는 듯 가늘고 힘이 없다.

융프라우요흐역에 기차가 선다. 으흐흐, 이 역은 해발 3454미터 높이에 있다. 얼음궁전은 빙하 30미터 아래에 위치한 거대한 얼음의 강에 동굴을 뚫어서 만들었다. 천장과 바닥과 양옆 벽이 모두 얼음이다. 얼음 터널이고, 냉동고다. 가슴이 울먹울먹, 머리가 어찔어찔하다. 나는 그런대로 견뎠는데 남편은 혼 빠진 사람처럼 비틀대더니 기어코 젊은 사람의 부축을 받고서야 얼음집을 통과했다.

1996년에 문을 연 스핑크스 테라스에 서면 알레치 빙하는 물론 묑크, 아이거 등 알프스 연봉의 절경이 한눈에 들어온다. 발밑에 끝없이 펼쳐진 만년설의 거대한 얼음 강도 보인다. 1천만 년 전에 형성되었다는 알레치 빙하는 현재 원래 넓이의 3분의 1로 줄어들었고, 지구 온난화에 따라 점점 그 크기가 줄어들고 있다고 한다. 우리가 서 있는 융프라우 지역은 빙하 지대로 2001년에 세계자연유산으로 지정되었다. 단순히 자연이 아름다워서가 아니라 과학적인 보호 가치가 높아서 그리되었다고 한다. 빙하 지대 고유의 여러 가지 지형을 포함하고 있고, 알프스 특유의 다양한 생태를 잘 보여주고 있기 때문이고, 인간의 직접적인 간섭 없이 다양한 생태계의 진화가 이루어지는 공간으로 생태 천이의 좋은 예가 되고 있기 때문이라고 한다.

다시 인터라켄역이다. 오후 6시 15분, 방금 올라갔다 내려온 융프라우 그 봉우리가 서서히 어둠에 잠겨가고 있다. 참으로 엄청난 곳을 다녀왔다는 느낌이다. 여행에의 호기심이나 설렘, 열정이 가라앉으니 나른한 피로가 온몸으로

"오늘이래요 내일이래요 오늘 내일 오늘 내일이래요"
모두가 허리를 잡고 웃었다.
요들송과 스위스의 자연은 최상의 앙상블이요, 명콤비다.

스며든다. 키르코프 면세점에서 손자 한결이의 장난감으로 융프라우 등산 열차를 샀다.

프랑스

피사의 사탑처럼 파리 하면 붙어 다니는 게 에펠탑이다. 프랑스 건축공학자이자 설계자인 에펠의 이름에서 따왔다. 에펠은 불후의 작품인 에펠탑을 건설해 '철의 마술사'라는 찬사를 받았으나 재료가 '철'이라는 것으로 공사가 시작되기 전부터 예술성과 공업성, 추함과 아름다움을 놓고 시비가 끊이지 않았다. 소설가 기 드 모파상, 에밀 졸라, 알렉상드르 뒤마, 작곡가 샤를 구노 등 프랑스를 대표하는 유명 예술인들은 '파리의 수치', '흉물스러운 철 덩어리', '천박한 이미지'라며 비판에 앞장섰다고 하지. 특히 모파상은 가장 끈질기게 에펠탑에 반감을 가졌단다. 그는 종종 탑의 2층에서 점심을 먹었는데 누가 그 이유를 묻자 그곳이 파리에서 탑이 보이지 않는 유일한 곳이기 때문이라 답했단다.

어즈버, 혹평하던 예술가들은 가고 철탑은 남아 파리의 상징물이 되었네. 전문가들은 철탑이 지난 120여 년 동안 약 7000톤의 자체 하중 때문에 약간 오그라들기는 했지만 앞으로 200여 년 동안은 큰 문제가 없을 것이라 진단했다.

밤 9시. 관광객들이 뱅뱅 돌아가며 줄을 서 있어서 언제 들어가나 했는데, 그래도 차례가 오고 에펠탑을 오른다. 높이가 320미터에 달하나 5층까지밖에 오를 수가 없다. 파리는 매연 발생률이 적고 공기가 좋아서 흰색 셔츠를 3일씩 입어도 더러워지지 않는단다. 그래서일까. 개선문과 센강, 그 너머 외곽까지 한눈에 내려다보인다. 밤을 밝히는 불빛들이 별빛 같기야 하랴마는 어둠 때문에 더욱 찬란한 파리의 야경은 나를 들뜨게 했다. 말로만 듣던, 사진이나 그림으로만 보던 파리 아니던가.

센강에서 크루즈 관광을 하면서 바라본 에펠탑도 다시 한 번 나를 들뜨게 했다. 밤 9시, 10시에 에펠탑은 전신에 황색 다이아몬드를 붙여놓은 듯 찬란한 등이 켜진다.

배는 이제 밤의 미라보다리를 지난다.

미라보 다리 아래 세느 강이 흐르고
우리들의 사랑도 흘러간다
허나 괴로움에 이어서 오는 기쁨을
나는 또한 기억하고 있나니
밤이여 오라 종은 울려라
세월은 흐르고 나는 여기 있다

– 기욤 아폴리네르, 〈미라보 다리[Le pont mirabeau]〉 중에서

개선문은 프랑스 국경일을 기념하는 행사나 축제 퍼레이드 등의 출발점이기도 하다. 1805년 이탈리아와 오스트리아 연합군을 물리친 오스테를리츠 전투를 기념해 나폴레옹의 명으로 공사를 시작했지만 정작 그는 개선문 완성을 못 보고 생을 마감했다. 개선문 아래로 행진할 수 있는 사람은 영웅뿐이었다. 4년간의 독일 지배에서 벗어난 1945년, 샤를 드골 장군이 이 개선문 아래로 행진했다.

개선문 가까이에 샹젤리제 거리가 있다. 동쪽으로는 공원이 있지만, 서쪽으로는 원래 귀족들의 저택이 많았으나 현재는 호텔, 레스토랑, 카페, 극장, 영화관, 상점들 그리고 대통령 관저로 사용되는 엘리제궁을 비롯하여 항공사, 해운회사, 자동차전시장, 고급 의상실 등의 건물이 많다. 마로니에, 플라타너스 등의 가로수가 울창하다.

프랑스 현지보다 한국에서 더 유명하다는 샹송이 있다. 바로 〈오 샹젤리제Les Champs Elysees〉다. 샹젤리제 거리를 걷는 내 기분은 노랫말과는 정반대였다. 왠지 주눅이 들어 인사는커녕 누군가 말을 걸까 봐 겁났고, 원위치로 빨리 돌아가고 싶었다. 그래서 일찌감치 어느 건물 앞 탁자에 앉아 오가는 사람을 바라보기만 했다.

샹젤리제 거리 동쪽 끝에서 중세 사형집행 장소였던 콩코르드광장과 17세기에 조성된 정원인 뛸르히가든을 지나면 루브르박물관이 나온다. 루브르박물관은 1만 8천여 평이나 되는 공간에 로마의 조각품부터 다빈치의 〈모나리자〉에 이르기까지 3만 5천여 점의 방대한 컬렉션을 소장하고 있다. 만약 작품 하나를 일별하고만 가는 데 5초가 걸린다면 모두를 일별하는 데 48시간 하고도 30여 분이 더 걸린다는 계산이 나온다. 하물며 예술작품을 일별한다는 것은 말이 안 되는 이야기다. 더군다나 바닷가에 모래알처럼 많은 관광객이라니! 게다가 루브르박물관은 옛 궁전을 개방해 만들었기 때문에 건물 자체가 아름다운 작품인 것을.

그냥 스치고 지나가기에는 우리는 너무나 먼 길을 왔다. 거리로서의 먼 길이 아니다. 거장들의 작품을 볼 수 있는 기회가 많지 않다는 뜻에서다. 우리네 삶에서 여행이란 아무리 뜻이 있어도 그리 호락호락한 게 아니라는 얘기다. 먹고, 놀고, 마시고 하는 소소한 일상사가 삶의 전부가 아님을 여기 와서 깨닫는다. 많은 사람들 틈에 끼어서라도 예술작품 앞에 서 있다는 것만으로도 가슴 뛰는 행복을 느낀다. 무리를 해서라도 자꾸 여행을 떠나고 싶다.

많은 작품을 일별하는 것만으로는 기억에 남는 게 없을 것 같아서 몇몇 작품 앞에서만 오랫동안 감상했다.

첫 번째는 단연 레오나르도 다빈치가 피렌체의 부유한 상인 조콘다를 위해 그의 부인을 그린 초상화 〈모나리자La

Gioconda〉다. '모나'는 이탈리아어로 유부녀에 대한 경칭으로 쓰이고, '리자'는 그 부인 이름이다. 다빈치는 이 작품을 그릴 때 악사와 광대를 불러 20대 중반의 부인을 항상 즐겁고 싱그럽게 함으로써 정숙한 미소를 머금은 표정을 표현할 수 있었다고 한다. 도난과 훼손을 이유로 방탄유리 안에 갇혀 있지만, 여전히 신비한 미소를 띠고 있다. 불멸의 매력은 저 멀리 극동에서 온 나를 붙잡고 있다.

두 번째는 그리스와 소아시아반도에 둘러싸인 에게해 북서부의 작은 섬 사모트라케에서 발굴한 〈날개를 단 사모트라케의 승리의 여신〉이다. 줄여서 '사모트라케의 니케(그리스 신화에 나오는 승리의 여신)'라고 알려져 있다. 이 거대한 대리석 조각(높이 3.28미터)은 머리와 팔 부분이 없다. 그럼에도 헬레니즘 시기를 대표하는 조각으로 일컫는다. 기울어진 날개, 오른발을 앞으로 내밀어 허리를 조금 뒤튼 자세, 왼발의 위치, 바람이 불어 여신의 다리를 휘감은 듯한 옷의 표현은 마치 날아오르는 듯하다. 얇은 옷감은 마치 물에 젖은 듯 신체의 곡선을 따라 물 흐르듯 흐르고 있다. 젖무덤도 볼록하고 배꼽도 보인다. 매력적이다. 대리석으로 된 뱃머리 위에 서서 바람을 가르고 옷자락을 펄럭이며 승리의 날갯짓을 했을 니케의 아름다운 모습에 싸움에서 이긴 전사들은 더욱 열광했을 것 같다.

완벽한 균형미와 섬세한 표현으로 '미의 전형'으로 알려진 조각품 〈밀로의 비너스〉, 외젠 들라크루아가 프랑스 '7월 혁명'의 모습을 그린 유화 〈민중을 이끄는 자유〉, 안토니오 카노바가 희곡 〈프시케와 에로스의 사랑 이야기〉에 나오는 한 장면을 주제로 만든 조각 〈에로스의 키스로 되살아난 프시케〉, 미켈란젤로가 교황의 무덤을 장식할 용도로 만든 조각 〈죽어가는 노예〉와 〈반항하는 노예〉 …. 루브르 박물관을 나서는데 이 충만된 기분은 무엇일까.

몽마르트르는 '순교자의 산'이라는 뜻으로 표고 131미터의 야트막한 언덕인데, 주변으로 거리의 예술가들이 모여 있다. 지금은 예전의 보헤미안적인 느낌을 잃고 상업적인 면만 남았다는 악평을 받고 있지만, 20세기까지만 해도 목가적이고 서정적인 아름다운 언덕이었다. 적어도 내게는 책에서 읽고 사진으로 본 몽마르트르는 가보고 싶은 고향 같은 곳이었다. 근처에 화가 빈센트 반 고흐가 동생 테오와 함께 살았던 '고흐의 집'이 있고, 다다이즘의 대표 시인 트리스탕 차라가 살았던 '차라의 집'이 있으며, 프랑스 국민 오페라 작곡가 조르주 비제가 살았던 '비제의 집'이 있다.

가장 오래된 카바레 '아사생'에는 피카소, 모딜리아니, 아폴리네르, 세잔, 르누아르 등 프랑스 예술가들이 단골로 드나들었다. 그리고 몽마르트르 언덕에는 스탕달, 드가, 모로, 졸라의 묘지가 있다. 또 하나, 몽마르트르 언덕에는 '물랭루주'가 있다. 19세기에 개장하여 사교춤 캉캉으로 유명세를 탄 프랑스 카바레의 대명사다. 옥상에 있는 빨간[Rouge] 풍차[Moulin] 장식 때문에 붙은 이름이란다.

풍속화가 로트레크는 귀족 집안에서 출생했음에도 귀족 사회의 허위와 위선을 싫어했고, 사회에서 소외된 사람들인 서커스와 광대, 댄서, 가수, 매춘부를 즐겨 그렸다. 그중 물랭루주는 로트레크가 가장 즐겨 그린 대상이었다. 그가 그린 물랭루주의 상업적 용도로 사용되던 포스터는 포스터를 예술의 경지로 끌어올린 것으로도 유명하다. 로트레크가 그린 〈물랭루주에서의 춤〉이 있다. 미국 필라델피아 미술관에 소장되어 있지만, 그림에는 아일랜드의 시인 윌리엄 버틀러 예이츠도 등장한다. 예이츠, 참으로 좋아하는 시인이다. 그런데 어떻게 해서 프랑스의 유명한 카바레 물랭루주에 그가 앉아 있었을까.

나 일어나 지금 가리, 이니스프리로 가리
거기 윗가지 엮어 진흙 바른 작은 오두막을 짓고
아홉 이랑 콩밭과 꿀벌통 하나
벌 윙윙대는 숲속에 나 혼자 살리

– 윌리엄 예이츠, 〈이니스프리의 호도[The Lake Isle of Innisfree]〉 중에서

지금도 생각난다. 1980년대 초, 극작가 오혜령 씨가 위암을 이겨내고 쓴 글(아마도 '일어나 비추어라'인 것 같다)을 읽다가 글 속에 등장하는 예이츠의 시를 접하고는 그만 그 시에 매료되었다. 그때 우리 가족은 단독주택에 살았다. 겨울이었고 마루에 연탄을 때는 무쇠 난로가 있었고, 그 위에 올려놓은 큰 주전자에서는 뜨거운 김이 모락모락 올라왔었다. 분합문으로 눈 쌓인 마당을 내다보며 그 시를 되풀이해서 웅얼거렸다. 웅얼거리다가 큰 소리로 읊기까지 했다.

이니스프리는 예이츠가 유년시절을 보낸 '마음의 고향'인 슬라이고 근처에 있는 '호수 속의 작은 섬湖島'이다. 지금도 해마다 예이츠여름학교가 열리고, 예이츠기념관과 예이츠 묘지가 있는 작은 어항인 슬라이고는 아일랜드의 과거 문화유적들이 산과 강, 바다와 호수 등과 함께 어우러져 늘 아름다운 자태를 드러내고 있는 곳이다. 예이츠는 요양 차 프랑스에 왔다가 파리에서 사망했는데, 제2차 세계대전이 끝나고 나서야 유언대로 슬라이고에 안치되었다고 한다.

이렇게 나이 먹어서 농장을 일구어 하늘과 흙과 이슬과 서리와 벌레와 바람과 살려고 소싯적부터 예이츠의 시를, 가슴에 농장에 대한 씨앗 하나를 그리움처럼 품고 있었던 게 틀림없다. 그러니 몽마르트르 언덕에 대한 악평은 이제 그만했으면 좋겠다. 몽마르트르 언덕으로 올라가는 계단에는 흑인과 백인과 황인들이 서로 어우러져 기타를 치고 춤을 추고 노래를 부른다. 흥과 낭만이 흘러넘친다. 노래를 못 부르면 어떠하며, 춤을 못 추면 어떠하리. 흥이 절로 나는걸. 나와 남편도 계단을 오르다 말고 많은 관광객들 사이를 비집고 어깨를 들먹이고 손뼉을 친다.

층계를 다 올라 사크레쾨르대성당 앞에 선다. 대성당은 프랑스가 프로이센과의 전쟁에서 패한 뒤 침체된 국민의 사기를 고양시킬 목적으로 세웠단다. 대성당 전체가 새하얀 트래버틴 대리석으로 되어 있어 그리 크지 않지만 토실토실 살찐 아기처럼 아담하고 예쁜 파리의 랜드마크다.

'화가들의 골목'으로 가려고 성당 옆 왼쪽으로 돌아서는데 거리의 악사가 하프를 켜고 있다. 하프 음색의 우아함과 부드러움은 말할 것도 없거니와 악사의 진지한 표정과 몸태가 여행객의 피로를 한껏 풀어준다.

골목은 좁다. 레스토랑, 카페, 소소한 물품을 파는 가게가 즐비하다. 옷차림과 머리 모양과 웃음과 말소리와 몸짓이 현란할 정도인 여러 인종으로 넘쳐난다. 우리 부부도 그 중에 하나가 되어 섞여서 걷는다. 가게도 기웃기웃하고, 머플러나 엽서 등을 만지작만지작해보고, 사람들의 표정이나 옷차림을 흘깃흘깃 쳐다보고, 요술을 부리는 사람 앞에서 여러 관광객 틈에 끼어 같이 웃어도 본다. 즉석으로 그림을 그려주는 길거리 화가들도 꽤 많다. 느슨한 이 마음, 느긋한 이 걸음이 곧 몽마르트르 언덕일 게다.

파리는 세계의 다른 나라 수도와 비교하여 좁은 편에 속하지만 (서울 면적의 6분의 1 정도다) 둘레 36킬로미터의 환상도로(옛 성벽의 자취)에 둘러싸인 낭만적인 도시다. 정치·경제·교통의 중심지로 '꽃의 도시'라고 불리며, 프랑스 사람들은 스스로 '빛의 도시'라고도 부른다. 200여 인종이 섞여 살고 있어 인종 전시장 같지만 그 다양성은 오히려 다방면의 문화·예술·과학의 발달을 가져왔다고 본다.

아일랜드 출신 극작가 사무엘 베케트, 에스파냐 출신 화가 피카소, 폴란드 출신 작곡가 쇼팽과 물리학자 퀴리 부인, 체코 출신 소설가 밀란 쿤데라 등이 활동했다. 독일 사회주의 창시자 마르크스, 소련 공산당 창시자 레닌, 러시아 혁명가 트로츠키의 망명지였다. 중국 정치가 저우언라이周恩來과 덩샤오핑鄧小平, 베트남 민족운동 지도자 호치민胡志明 등 아시아의 젊은 지식인들이 공부하며 새로운 세상을 꿈꾼 곳이다. 미국 소설가 헤밍웨이가 만년에 쓴 파리 생활에 대한 회고록 〈파리는 축제 중〉을 보면, "젊었을 때 파리에서 살아본 행운이 있다면, 평생 어디를 가든지 파리는 항상 당신과 함께 머무를 것입니다. 파리는 생동감이 넘치는 향연의 장이기 때문입니다."라고 나온다.

영국

유로스타 테제베[TGV]를 탔다. 프랑스 파리와 영국 런던 사이의 도버해협을 해저터널로 오가는 최대 시속 300킬로미터의 고속 열차다. 양국 간 거리인 49.94킬로미터를 2시간 30분 만에 주파한다. 우리나라 KTX도 1994년에 프랑스 테제베로 차량 도입 계약을 체결하여 2004년에 경부·호남선을 개통했었다. 창문을 모두 닫아 밖이 안 보일 뿐 KTX와 비슷한 유로스타 테제베는 미끄러지듯 소리 없이 달려 오전 9시 30분에 영국 런던 세인트판크라스역에 도착했다.

역 밖으로 나오니 현지 가이드가 첫인사를 건넨다.

"날씨가 좋은데요."

"날씨가 안 좋은데요?"

날씨가 흐려 어두침침한 하늘을 쳐다보며 대꾸를 했다.

"비가 오지 않으면 좋은 날씨입니다."

하기야, 비가 오는 날이 1년의 반에 이르며 런던의 안개는 유명하지 않던가. 지명 자체가 '호수의 도시'를 뜻하는 켈트어 '린딘[Llyn Din]'이다.

런던은 서유럽 여행을 끝내는 마지막 종착지다. 제임스 본드가 등장하는 영화에서, 아니 런던을 배경으로 하는 모든 영화에서 이곳이 런던임을 상징처럼 보여주는 곳이 두 곳이 있다. 템스강과 웨스트민스턴교를 사이에 두고 대각으로 마주 보는 거대한 회전 관람차 런던 아이와 국회의사당이다. 특히 세계 최초로 의회민주주의를 실현한 곳이자 영국 정치를 상징하는 건축물인 국회의사당은 하늘을 찌를듯한 고딕 양식의 뾰족뾰족한 건물 지붕이 날카로운 인상을 준다. 죽기 전에 꼭 봐야 할 세계 건축 1001 중에 하나란다. 대체 밖으로 난 저 유리문은 몇 개나 되나. 방의 수가 무려 1000개라고 하니 창문은 적어도 1000개는 될 터이다. 창문도 지붕처럼 좁고 길쭉길쭉하다. 본래 웨스트민스터궁전이 있던 자리였다는데 화재로 인해 국회의사당이 들어섰다고 한다. 국회의사당 북쪽으로 빅벤Big Ben이라는 높이 95미터의 시계탑이 있다. 종의 무게가 13톤에 달하는데도 건축된 1859년부터 지금까지 단 한 번도 틀린 적 없이 국제 표준시간을 정확히 알리고 있다고 한다. 종이 울리면 런던 전체에서 시간을 맞춘다고 할 정도다.

서울의 한강 다리가 28개인데, 서울보다 면적이 2.5배 더 큰 런던의 템스강 다리는 35개다. 그중 런던의 상징으로 꼽히는 다리가 있으니 바로 타워브리지다. 1894년에 완공된 이 다리 양옆으로 세운 탑이 국회의사당처럼 고딕 양식으로 뾰족뾰족하다. 개폐형으로 선박이 지나갈 때마다 다리 가운데가 열리도록 되어 있다. 타워브리지를 배경으로 사진 찍는 것만으로도 런던에 왔다는 인증샷이 되려나. 남편과 나도 다리 난간에 기대어 사진을 찍어본다.

타워브리지에서 얼마 떨어지지 않은 곳에 런던브리지가 있다. 외관으로는 별 볼일 없는 것처럼 보이지만 이 다리는 1750년 웨스트민스터교가 생길 때까지 템스강을 건너는 유일한 다리였다. 〈런던 다리가 무너지네London bridge is falling down〉라는 영국 동요로 우리에게 익숙한 다리다. 정말 다리가 무너졌다 세워졌다 반복했다. 로마인이 최초로 다리를 세웠다 금세 무너진 이후 색슨족이 다시 목조다리를 건설했으나 홍수로 떠내려갔고, 1176년 돌다리로 재건이 되었지만 다리 아래에 급류 현상이 일어나는 문제가 발생했다. 이후 1831년 대리석으로 된 다리를 놓게 되었으나 폭이 너무 좁아 개축을 하게 되었다. 이런 과정을 거쳐 지금의 런던 브리지는 1973년 되어서야 완성되었다고 한다. 노래에서 런던 다리가 '무너지네, 무너지네'가 반복될만한 것이다.

드디어, 대영박물관이다. 희귀하고 가치가 높은 역사 문화를 망라하는 800만 점 이상의 유물과 민속 예술품을 소장하고 있는 세계 최초의 국립 공공 박물관이다. 1759년 개관 이래로 무료입장을 실시하고 있다.

대영박물관은 바티칸박물관, 루브르박물관과 더불어 세계 3대 박물관이라 불린다. 이곳도 바티칸이나 루브르처럼 관광객으로 붐비려나 걱정했는데 의외로 뜸한 편이다. 소장품이 대부분 고고학이나 민속학 자료들과 고미술품, 고문서들이다. 전시품도 고고학 자료, 인쇄 제본의 견본, 여신상, 미라, 석상 등이 대부분이다. 그렇다고 시시하지만은 않다. (전쟁과 침략으로 뺏어온 것들이겠지만) 이집트, 그리스·로마, 중동, 아시아 등지의 유물이 전시되어 있어 고대 인류의 문화유산을 한자리에서 살펴볼 수 있다. 이 여행의 기록으로 남기고 싶은 곳은 대영박물관이 소장하고 있는 이집트 유물 컬렉션의 4퍼센트만 전시되어 있다는 이집트관이다.

'가장 위대한 정복자, 진리의 수호자인 태양왕'으로 불리는 고대 이집트의 파라오 람세스 2세는 피부가 하얗고 붉은빛이 감도는 금발이었다는데 그의 흉상도 놀랍도록 젊고 아름답다. 눈매 입매가 살아 있는 사람처럼 뚜렷하고 생기가 돈다. 스스로 신이 되고 싶어 했던 그에 대해 장편소설을 쓴 프랑스 소설가 크리스티앙 자크는 서문에서 "그의 존재는 그 자체로 서구 문명의 정신적 어머니라고 할 수 있는 파라오 시대 이집트의 힘과 위대함의 화신이다."라고 썼다.

람세스 2세의 흉상 앞에 넋 놓고 서 있다가 돌덩이 하나를 무심코 지나친다. 그냥, 하나의 비문이 새겨진 비석이거니 했다. 로제타석인 줄 모르고. 여행이란, 책이나 말로만 전해 듣고 섣부르고 얕고 아리송하게만 알고 있던 역사적 사실을 좀 더 정확하게 알아가는 과정이 아닐까. 지극히 흥미롭고 경이롭기까지 하고 말이다.

1799년 프랑스 나폴레옹의 이집트 원정군이 진지를 구축하다가 나일강 하구의 로제타 마을에서 비문이 새겨진 현무암 비석을 발견했다. 당시에는 아직 고대 이집트의 히에로글리프(상형문자)를 해독할 수 없었다. 비잔틴제국의 유스티니아누스 황제가 신전 폐쇄령을 내리면서 상형문자를 알던 사제들마저 사라졌기 때문에 이 세상에서 완전히 망각되어버렸던 문자였다. 1822년 프랑스의 이집트학자 샹폴리옹이 처음으로 해독에 성공했다. 고대 이집트의 왕 프톨레마이오스 5세를 위한 송덕문頌德文으로 이집트 상형문자(신성문자), 속용문자(간이화된 민중문자), 그리스 문자로 새겨져 있었다. 이 문장의 해독은 고대 이집트의 문명 세계를 밝혀내는 인류 문화사의 가장 중대한 사건이었다고 한다. 1801년 영국과의 전쟁에서 진 프랑스군은 이집트에서 발굴 수집한 골동품들을 모두 영국군에게 양도할 수밖에 없었다. 로제타석이 대영박물관에 있는 이유다.

〈연못이 있는 정원〉이라는 벽화 앞에 선다. 기원전 14세기경 이집트 18왕조의 정치가였던 네바문의 무덤에서 발견되었다고 해서 '네바문의 정원'이라고도 한다. 남색과 노란빛이 감도는 갈색이 선명한 벽화는 아름다움을 추구했던 당시 이집트인들의 미적 감각이 그대로 살아 있는듯하다.

조금 더 걷자니 이번에는 해골과 신체의 뼈들이 모두 조각조각이 되어 모여 있다. 미라도 있다. 금방 화재의 현장에서 꺼낸 듯 새까맣다. 눈 코 입이 뚜렷한 얼굴이 위를 향하고 있다. 배 아랫부분을 천으로 살짝 덮어놓았다. 아프리카 서북부의 사하라 지방과 같은 건조한 지역에서 발견되는 천연적인 것과 달리, 동북부 이집트 등지에서는 아랫배에 송진과 나뭇조각을 채워 넣은 후 방부제와 향유를 사용하여 미라를 인공적으로 만들었다고 한다.

나, 이제, 서울로 돌아간다. 우리를 맞이하는 것은 아무것도 바뀌지 않은 힘들고 피곤한 일상일지라도 돌아가서 다시 북적대고 살며 그 속에서 삶의 보람을 찾아내리니. 나, 이제, 서울로 돌아가리라. 여행은 돌아오기 위해 떠나는 것이다.

경북 울진 · 울산

2012

열한 번째 여행 이야기

울산 아지매들이 있는 길

후포항으로 가는 길이다. 울산 아지매들을 찾아가는 길에 잠시 들러보고 싶어서다. 동해의 모래톱에 갈매기 떼가 원무를 추며 장관을 이룬다. 멀리 보이는 바다는 잔잔한데, 해안을 핥는 파도가 만만치 않다. 우리 부부는 여행할 때 보온병을 갖고 다닌다. 휴게소나 숙박하는 데서 뜨거운 물을 담아놓으면 요긴하게 사용할 수 있다. 포말을 일으키는 파도를 바라보며 마트에서 산 일회용 커피를 타서 마신다.

"집 떠나오기를 잘했어. 속이 다 후련하네."

바다를 마냥 바라만 보던 남편이 내뱉듯이 말한다. 농장 일에 절었던 남편은 피곤이 풀리는 듯 기지개를 켜며 밝은 표정을 짓는다. 앉아서만 또는 서서만 일하면 앉아서 해도 다리가 아프고 서서 해도 어깨와 허리가 아프듯 한 가지 일에 매달리다 보면 심신이 다 아프다. 그럴 때는 자세를 바꿔 일하고 다른 일을 해보는 것도 피로를 푸는 데 도움이 된다. 이를테면 지금처럼 여행을 떠나는 것이다. 겨울로 접어들었다고 해도 농장에는 아직도 할 일이 많이 남아 있다. 남편이 만사 제쳐놓고 울릉도와 독도에 갔다 오자고 떠난 길이었다. 실은, 결혼 39주년이기도 했다.

어제 새벽 4시에 서울을 떠난 버스가 강릉에 도착한 것이 오전 8시경, 파도가 심해 배가 뜨지 못한단다. 다음 날 묵호항에서 떠나는 배를 타든지, 타고 온 버스를 타고 서울로 되짚어가든지 양자택일하라고 했다. 여행객들이 울릉도에 8일째 묶여 있다는 말도 하면서. 울릉도는 전에 다녀왔지만 독도는 처음이라 마음이 어린애처럼 설레었는데….

남편과 나는 동해안 쪽으로 자유롭게 여행하기로 방향을 틀었다. 충북 음성에 있는 농장으로 가서 다시 우리 차를 타고 온 곳이 울진 백암온천이다. 멀고도 먼 길을 가다가 쉬고 가다가 내려서 구경하고 도착한 것이 밤 9시, 늦은 저녁을 먹고 온천장에 여장을 풀었다.

아침 일찍 백암산을 올랐다. 산은 통째로 소나무숲이다. 삼림욕에 좋다는 피톤치드 발산량을 비교하면 소나무가 편백나무를 뛰어넘는단다. 남편과 나는 누가 먼저랄 것 없이 코를 킁킁거리며 걷는다. 산길이 온통 솔잎으로 덮여 있다. 아직은 산과 숲에 가을이 남아 있다. 여름의 땡볕과 폭우를 견뎌낸 시절의 그윽함이다. 판화가 이철수 선생도 〈길가 탱자 열매〉에서 '매서운 추위 겪지 않고는 향기 토하지 못한다'고 하지 않던가.

울산 아지매들은 재작년 서유럽 여행길에서 만난 (우리보다 훨씬 젊은) 두 쌍의 부부들이다. 넘어질세라 부축해주고, 아침이면 먼저 인사 건네주고, 가게에서 물건을 살 때나 화장실에서 줄이 길게 늘어서면 자신들은 빠지고 우리를 앞세웠다. 남편과 내가 사진을 찍노라면 어디선가 달려와 "같이 서세요, 찍어드릴게요." 했다. 여행 마지막 날, 그들의 방에서 밤늦도록 정담을 나누며 '우리, 언제, 어디서 다시 만날 수 있겠느냐'고 헤어짐을 아쉬워했다. 여행 후에 기억에 남는 게 그때 함께했던 사람들이라면, 그중에 첫 번째로 꼽고 싶은 게 울산 아지매들이다. 보고 싶었다.

전화기 너머에서 들리는 대구루루 구르는 소리에 그들의 모습이 눈에 보이는 듯했다. 오랜만의 재회라 나 역시 들뜬다. 울진에서 울산까지는 먼 거리라며 조심해서 오라고 거듭 당부를 한다. 유럽 여행에서 그랬던 것처럼.

후포항은 꽁치, 오징어, 고등어, 대게, 가자미, 도루묵 등

동해에서 나는 모든 어종의 집산지다. 하역, 분류, 경매, 운송까지 매우 신속하게 처리되고 있다. 우리가 후포항에 도착했을 때, 선착장의 집채 같은 어선에서 오징어와 대게를 끌어올리고 있었다. 노란색 플라스틱 바구니에 갓 건져낸 오징어와 대게가 금세 가득 차는데, 장정 둘이 들어도 어깨가 한쪽으로 기울고 다리가 휘청한다. 시멘트 바닥에 쏟아 놓으면 여자들이 일목요연하게 장방형으로 줄을 세워 늘어놓는다. 오징어는 두 눈을 부릅뜨고 물총을 쏘듯 입에서 1미터도 넘는 물을 뿜어 올리고, 대게도 그 큰 발을 어기적거리며 줄에서 이탈하려고 꿈틀댄다.

그건 생애의 맨 밑바닥, 죽음에서 벗어나 다시 바다로 되돌아가고 싶은 필사의 몸짓인 게다. 몸으로 바닥을 치고 때리는 것. 맞아, 저게 바로 육탁肉鐸이다. 수행하는 사문이 중생들을 깨우치기 위해 치는 목탁과는 다르다. 시인 배한봉은 그의 시 〈육탁〉에서 '생애에서 제일 센 힘은 바닥을 칠 때 나온다'고 했다. 더 이상 내려갈 수가 없는 바닥인데 어떤 방법으로든 바닥을 치며 솟아올라야 살지 않겠는가. 고양이에게 쫓기던 쥐가 더 이상 도망갈 수 없을 때가 바로 바닥이다. 그때 쥐는 돌아서서 사력을 다해, 그러니까 제일 센 힘으로 고양이에게 달려들 수밖에 없다. 인간이나 고양이의 육탁은 그래도 살아날 수 있는 희망이 있다. 그러나 시멘트 바닥을 치고 있는 저 오징어나 대게의 육탁에는 희망이 없다. '그냥 고기'일 뿐이다.

너랑 나랑 먹고 있는 이 비프스테이크 말이야. 이것도 한때는 풀밭에서 뛰놀던 숫송아지였지. 하지만 지금은 그냥 고기야. 그뿐이야. 그냥 고기일 뿐이지.

미국의 소설가요 저널리스트요 사회운동가인 잭 런던의 소설집 《불을 지피다[To Build a Fire]》에서 〈그냥 고기[Just Meat]〉라는 단편 소설에 나오는 장면이다.

울산 아지매들을 만나면 술안주로 하려고 그 자리에서 쪄주는 대게를 묵직하게 사들고 후포항을 떠났다. 얼마 지나지 않아 앞선 트럭 두 대에 돼지가 운신할 수 없게 빽빽하게 실려 가고 있는 것이 보인다. 우량품이라는 뜻일까, 아니면 팔린 돼지라는 뜻일까. 돼지마다 잔등에 빨간색 도장이 주홍글씨처럼 찍혀 있다. 유난히 살이 뒤룩뒤룩 찐 돼지들은 서로 어깨와 몸통을 비벼대고 있다. 푸른 바다를 끼고 달려가고 있는 돼지들이 더욱 슬퍼 보였다. 푸른 바다, 그게 유죄였다. 삶은 어디서나 어떤 것에나 마찬가지다. 결국에는 그냥 고기로 남는 것.

문밖 몇 걸음만 걸으면 수평선에서 솟아오르는 해돋이

를 볼 수 있는 민박집에, 두 아지매들은 남편들과 함께 싱싱한 생선회와 해물탕 그리고 오징어파전 등으로 저녁상과 술상을 근사하게 차려놓고 우리를 기다리고 있었다.

아지매들의 남편은 현대중공업에서 25년간 같이 일하고 있는 직장 동료인데 아주 사이좋은 형제지간 같고, 아지매들은 아주 사이좋은 동서지간 같다. 남남끼리 만나 그리되기가 어디 쉬운 일인가. 내 남편을 만형으로, 나를 만동서로 끼워줄 수 없냐고 농담 삼아 질투어린 진담을 건네기까지 했다. 한 집은 딸만 둘, 다른 한 집은 딸 둘에 막내로 아들 하나 있단다. 두 집 다 아들 낳기 위해 고심했던 얘기, 아이들 교육 얘기, 직장 얘기, 두 집에서 같이 다녔던 여행 얘기… 밤늦도록 소소하지만 사랑스런 일상의 이야기들이 안주로 올라왔다. 대리기사를 불러 그들이 민박집을 떠난 후에도 오래도록 반가움과 정겨움의 흔적이 남아 있었다.

이튿날 새벽, 남편과 나는 해돋이를 더 잘 보기 위해 둘째와 막내가 (우리가 첫째, 두 집을 두 살 차이로 둘째와 막내로 부르기로 했다.) 가르쳐준 대로 걸어서 1시간 걸리는 봉수대로 가기로 했다. 바다를 낀 울산의 새벽바람은 매서워 뺨과 손이 시렸지만, 낯선 고장이 주는 설렘으로 마음이 부풀었다. 언덕을 올라 바다를 마주하고 섰다. 현대조선소의 거대한 컨테이너 선박 여러 채가 바로 눈 아래 정박해 있고, 아득한 수평선에 새벽 꽃노을이 곱다. 우리가 서 있는 바위 틈새로 억새가 머리를 흔들어 새벽 풍경은 더욱 아름다워라. 하늘과 바다를 일직선으로 그은 수평선에 해가 솟는다. 처음에는 윗부분만 조금 보이더니 조금 더, 조금 더… 한 번 보이기 시작한 해는 순간순간 빠른 속도로 솟아오르고 있다. 해는 핏빛 하늘 사이로 둥실 떠오른다.

막내네에 모여 아침을 먹고, 막내네는 따로 외출하고 둘째네 안내로 현대중공업을 둘러보았다. 기계, 크레인, 선박의 부품들이 모두 육중하다. 바닷물을 막아 선박을 수리하거나 다 만든 선박을 진수하기 위해 이용하는 독[dock]도 여러 곳이 있다. MBC에서 방영하고 있는 인기 드라마 〈메이퀸〉(2012)을 바로 이곳에서 촬영하고 있단다.

얼마 떨어지지 않은 곳에 '대왕암'이 있다. 신라 문무왕의 수중 왕릉이다. 문무왕은 김유신과 함께 백제, 고구려를 멸망시키고 중국 당나라 세력을 몰아내어 삼국 통일을 이룩했다. 죽어서도 나라를 지키는 용이 되고 싶었던 그는 유언대로 이곳 대왕암에 수장되었다. 정식 명칭은 '경주문무대왕릉'이다. 사적 제158호. 문무왕의 왕비 역시 죽어서 왕을 따라 호국룡이 되어 그 넋이 울산을 향해 하늘을 날아 동해 대왕암 밑으로 잠겼다는 전설도 내려온다. 대왕암

다시 만나서 반가웠고, 함께한 시간이 즐거웠기에
이제 이렇게 헤어져도 따뜻해진 마음으로
한참 동안은 그리움을 참을 수 있을 것 같다.

발치에는 작은 바위섬 10여 개가 경호하듯 바다 쪽을 향해 지켜보고 있다. 천년 세월 변하지도 않고 그리하고 있다.

울산시는 이곳을 대왕암공원으로 조성했는데, 현대중공업에서 철다리를 놓아 육지에 있는 바위와 연결해놓았다. 1906년에 설치된 울기등대가 있고, 용굴·탕건암·할미바위 등 기암괴석이 많고, 수령 100년이 넘는 아름드리 해송 1만 5천여 그루가 있어 울산을 상징하는 쉼터 구실을 하고 있다. 칼로 자른 듯 판판한 거대한 바위 한 면에 예쁜 바구니에 꽃을 담아 매달아놓은 듯 갖가지 색깔의 꽃들이 바위 틈새를 비집고 화사하게 피어 있다. 가을이 지나가버린 초겨울 날에 화사한 꽃무리들이라니, 믿을 수가 없지만 믿을 수밖에 없다. 선인장 종류인지 두툼한 잎에 진주홍색 꽃이 피어 있는가 하면, 벌개미취 같은 연보라색 꽃도 피어 있다. 동백도 피어 있고, 메꽃과 털머위꽃도 예쁘다. 하하, 철책 너머 양지 바른 풀숲에 누런 고양이 한 마리가 많은 사람들의 발소리에도 아랑곳없이 낮잠을 즐기고 있다.

둘째네가 해녀가 직접 잡은 해산물을 맛보자며 우리를 바닷가로 인도했다. 돌계단을 밟고 내려가니 저 앞에 해녀가 바닷속으로 거꾸로 들어가는 모습이 보인다. 자맥질 할 때마다 물갈퀴가 있는 발이 앞과 뒤로 엇갈려서 흔들렸다.

해녀가 입는 잠수복은 두 가지로 나뉜단다. 하나는 재래

복인 '물옷'이고, 다른 하나는 개량복인 '고무옷'이다. 물옷은 면으로 제작하고 옆트임도 있어서 물의 저항을 최소화하면서도 물속에서 활동하기 좋게 되었단다. 1970년대부터 보급된 고무옷은 작업할 때 추위를 막아주어 작업 시간이 1시간 내외이던 것이 5시간을 훨씬 넘어서고 수심 21미터가 넘도록 더 깊이 내려갈 수 있으며 몸을 신축성 있게 조여서 공복감을 느끼지 않게 한단다. 소득 면에서 월등히 증가하자 급속도로 고무옷 사용이 늘었다. 반면에 부작용도 생겼다. 식사를 하고 바로 조업에 임했을 때는 구토 증세를 일으키는 일이 있어 해녀들은 식사 건너뛰기가 예사였는데, 그것이 위장 장애와 혈압 상승의 요인이 되어 해녀들의 건강을 괴롭히고 있단다. 요즘에는 해녀를 쉽게 찾아보기 힘들어졌는데, 이곳 역시 그 수가 적은데다가 70세 이상의 고령자가 절반 이상이라고 한다. 해녀도 사라지고 있는 게 아닌가 모르겠다. 스마트폰에 밀린 유선전화처럼, 인터넷서점에 밀린 골목 책방처럼.

우리는 플라스틱 바구니를 엎어 즉석으로 상과 의자를 만들어서 해삼과 멍게를 안주 삼아 간단한 술상을 펼쳤다.

"오메, 쇠주가 왜 이리 달다냐? 자기가 못 마시면 나라도 대신 마셔야지. 호호."

단숨에 한잔 꺾으며 둘째 울산 아지매가 애교스럽게 말

했다. 운전을 위해 애써 참고 있는 그녀의 남편은 그 모습에 심술이 날만도 한데 이내 눈과 입이 미소로 가득하다.

"나도 내조의 여왕이거든요."

둘째를 따라 소주잔을 높이 들었다가 훌쩍 마셔버렸다. 아, 좋다!

어느새 해녀의 얼굴이 바다 위로 드러나 보인다. 해산물을 잡아 해안가로 헤엄쳐올 모양이다. 해가 지려나. 하늘가에 붉은 기색이 어리는듯하고, 햇빛이 물결에 굴절되어 수평선까지 눈부신 은색의 윤슬이 길을 내고 있다.

"여기는 현대에서 번 돈을 현대에서 도로 가져가는 도시입니다."

처음에는 무슨 말인가 했다. 설명을 듣고 나서야 울산이라는 하나의 큰 도시가 온통 '현대 타운'임을 알았다. 현대중공업, 현대자동차, 현대백화점, 현대예술공원, 현대한마음회관, 현대호텔, 현대고등학교, 현대가 철다리를 놓아준 대왕암공원 ….

"딴은 그러네요. 그럼 이 도시를 개명해야 하겠어요, 현대광역시 현대구 현대동으로요."

우리는 다 함께 웃었다.

"여기 편백나무가 많은 호수공원이 있어요, 호수 둘레를 운동 삼아 걸을 겸 그리로 가요."

둘째네는 우리 부부를 위해 오늘 하루를 온전히 봉사하는 날로 정한 사람들처럼 굴었다.

명덕호수공원. 30년생 안팎의 편백나무 6천 그루가 호수 둘레를 따라 산책로 양쪽에 줄지어 서 있다. 숲길이 3킬로미터나 된다. 산사처럼 고즈넉한 하오, 맑고 잔잔한 호수 위로 햇빛이 따사하게 내려앉는다. 편백나무를 측백나무라고도 하고 서양에서는 싸이프러스 나무라고도 한다. 고흐의 그림에도 이 나무가 등장한다. 생레비정신병원에 입원해 있을 때 그린 것인데, 고흐에게 싸이프러스 나무는 정신적인 위안, 마음의 번민을 덜어주는 희망의 상징과도 같은 나무였다고 한다. 고흐의 〈싸이프러스 나무가 있는 길〉에서 두 사람이 어깨를 나란히 정답게 걸어 내려오듯 우리도 편백나무가 울울창창한 길을 걷는다.

막내네 아파트로 돌아왔는데, 그때까지 그이들은 외출에서 돌아오지 않았다. 얼굴 보며 인사하지 못해 아쉬운 마음으로 세워두었던 우리 차에 올라타자 둘째네가 견인하듯 앞에서 조심스럽게 우리를 서울로 가는 진입로까지 안내했다. 다시 만나서 반가웠고, 함께한 시간이 즐거웠기에 이제 이렇게 헤어져도 따뜻해진 마음으로 한참 동안은 그리움을 참을 수 있을 것 같다.

터키 8개 도시

2013

열두 번째 여행 이야기

천년의 시간을 가로질러

오전 9시 30분 터키행 비행기에 올랐다. 7박 9일의 긴 여정이다. 작년 이맘때 받은 큰 수술로 아직 몸이 시원치 않아 염려가 좀 되지만 나의 깡다구를 믿고 떠나본다.

소설가 박범신의 터키 여행기 《그리운 내가 온다》를 비행기 안에서 다 읽었다. 그는 '나를 찾아 떠나는 것은 길을 따라 흐를지언정 유랑이 아니다. 나를 찾는 것이야말로 충만한 삶으로 가는 첩경이며 머무는 인생이 된다. 흐르면서 머물고, 고독하나 자애로워지고, 낯설지만 먼 것들이 저절로 다가와 나에게 합쳐지는 것, 내게 여행은 그러한 것이다.'라고 했다.

남편과 함께할 나의 터키 여행은 과연 어떤 것이 될까.

이스탄불

아타튀르크공항에 도착한 후에도 얼마 동안 도무지 감이 잡히지 않고 얼떨떨하고 멍해지기까지 한 것은 11시간의 비행 때문만은 아니다. 비잔틴제국, 콘스탄티노플, 오스만제국 … 나라나 도시 이름만으로도 중세 속으로 걸어 들어가는 듯했다. 또한 도무지 읽을 수도 들을 수도 없는 완강한 터키만의 언어와 글 때문이다. 까만 머리, 희지도 검지도 누렇지도 않은 피부, 부리부리한 눈, 높은 코, 두리두리한 터키인의 몸매 때문이다. 히잡, 차도르, 헤자브를 입은 여성들의 낯선 모습 때문이다. 게다가 대낮임에도 흐린 것도 맑은 것도 아닌 음침한 날씨 때문이다.

이스탄불은 동과 서, 과거와 현재, 성聖과 속俗이 만나는 도시다. 이곳에서 나고 자랐으며 일곱 편의 장편소설 중 여섯 편의 배경을 이곳으로 할 정도로 '이스탄불의 작가'라 할 수 있는 오르한 파묵은 이스탄불을 '비애'라는 단어로 묘사한다. 그는 '거대한 역사 옆에 존재하는 빈곤, 외부의 영향에 열려 있음에도 불구하고 내향적인 마을, 공동체의 삶을 마치 비밀처럼 지속시키고 있다는 것, 외향적인 기념비와 자연의 아름다움 뒤에 일상생활의 허름하고 깨지기 쉬운 관계'라고 했다.

가이드는 재래시장이라지만 내가 본 실체는 달랐다. 그

랜드바자르는 과일이나 채소 등 소소한 생활용품을 팔고 서민들로 북적대는 시장이 아니었다. 미로 같은 통로만 60여 개에 5천여 개의 상점이 있고 입구만 해도 20여 군데가 있다. 비잔틴 시대부터 동서양의 교역 중심지 역할을 담당해온 세계에서 가장 크고 오래된 시장이다. 천장은 돔으로 덮여 있다. 보석, 피혁, 카펫, 양탄자, 도자기, 머플러, 시계, 그릇, 옷감 등이 진열되어 있는 상점 문 앞에는 주인이 나와 서서 관광객들을 빨아들일 듯 쳐다보고 있다. 터키인들은 선량하다고 하나 왠지 겁이 났다. 미처 다 돌아보지도 않고 그랜드바자르를 벗어났다. 광장으로 나오니 리어카에 옥수수와 군밤을 놓고 팔고 있다. 군밤 열 개가 든 한 봉지에 6리라, 우리 돈으로 3천 원이나 되는데, 그랜드바자르에서 얼었던 마음을 상쇄하기라도 할 듯 얼른 집어 들었다.

비잔틴제국의 마지막 황제 콘스탄티누스 11세가 죽고 이슬람교도에게 저항하던 기독교도인들은 그들에게 황금을 내어줄 수 없다며 성 밖으로 모두 버렸다. 밤이 되면 물에 잠긴 금들이 달빛에 반짝이듯 황금색으로 변했다. 황금색의 뿔처럼 생긴 길고 좁은 강줄기 같은 바다라고 해서 금각만[金角灣, Golden Horn]이라 한다. 천혜의 항이자 자연적인 방어 요충지대다. 금각만에서 흘러오는 물길은 유럽과 아시아 사이에 있는 마르마라해와 보스포루스해협을 만난다. 마르마라해는 서남쪽으로 다르다넬스해협을 거쳐 에게해로, 보스포루스해협은 북쪽으로 흑해로 통한다.

보스포루스해협 크루즈를 위해 호텔을 떠난 것은 오전 6시, 아직 동트기 전이었다. 에미노뉴 부두에는 배 여러 척이 새벽바람을 맞으며 흔들흔들 몸을 떨고 있고, 광장에는 고양이 대여섯 마리가 두어 마리의 개와 함께 도무지 사람을 무서워하지 않고 어슬렁거리고 있다. 새의 날개 같은 가로등이 아직 깨어나지 못한 새벽의 광장을 밝히고 있다.

터키 땅의 97퍼센트가 아시아, 3퍼센트가 유럽에 속해 있으면서도 터키인들은 자기네 나라가 아시아에 속해 있다고 말하지 않는다. 600년 넘는 오랜 세월 동안, 오스만제국이 유럽 동남부 지역과 아프리카 일부에 걸쳐 영토를 갖고 있었기에 많은 부분이 이미 서구화되어 있었고, 아타튀르크 초대 대통령의 개혁도 유럽식 제도와 문화를 가져와 이룬 것이어서 현재의 터키는 아시아보다 유럽에 가깝다고 할 수 있다. 아이러니하게도 터키는 유럽연합[EU] 가입을 희망해왔으나 아직 준회원국으로 남아 있다. 다른 회원국과 달리 이슬람 국가라는 점 외에도 오스만제국의 역사 때문에 유럽인들의 반대가 만만치 않기 때문이란다.

이스탄불은 보스포루스해협으로 유럽과 아시아로 나뉘고, 금각만으로 신시가지와 구시가지로 나뉜다. 말하자면 옛것과 새것, 동양과 서양이 공존하는 도시다. 이스탄불의 유럽 쪽은 국제적인 비즈니스의 도시이고, 아시아 쪽은 주로 주택가다. 이스탄불 사람들은 아시아 지구에 있는 집에서 아침을 먹고, 유럽 지구의 회사로 배를 타고 출근한다.

동이 트려는 붉은 하늘을 배경으로 갈매기가 날아간다. 우리가 탄 배는 미끄러지듯 바다를 가른다. 때로는 거친 파도 때문에 기우뚱거리면서 양쪽 해안의 경치를 아름답게 펼쳐보였다. 하늘, 구름, 숲, 궁전, 별장, 학교, 좁고 긴 장방형의 유리창이 촘촘한 건물들, 해안가에 정박되어 있는 크고 작은 배들, 그대로 파노라마다. 아, 저 멀리 동이 트고 있다. 오스만제국 때도, 그 이전의 비잔티제국 때도, 또 그 이전의 그리스 때도, 그 이전의 페르시아 때도 변함없이 저기 저 바다에서 해는 떠올랐을 것이다. 나는 지금 바람처럼 구름처럼 옛날과 오늘을, 동양과 서양을 넘나들고 있다.

'차이'라고 부르는 홍차를 마시며 창밖에 펼쳐지는 풍경에 취해 있는데 별안간 들려오는 소리, 가이드가 마이크를 잡고 노래를 부른다. 〈위스퀴다르〉는 오스만제국 때부터 구전으로 내려오는 터키의 전통 민요다. 우리에게도 조금은 귀에 익은 노래다. 위스퀴다르는 이스탄불의 아시아 지구에 있는 작고 아름다운 그리고 조용한 마을 이름이다.

'카르데쉬 율케(형제의 나라), 칸 카르데쉬(피를 나눈 형제)',

오스만튀르크의 역사를 자랑스럽게 생각하는 터키 사람들이 동맹국 고구려의 후예인 우리를 부를 때 쓰는 말이라고 한다. 2002년 한일 월드컵 때는 3·4위전에서 한국과 터키가 맞붙었는데, 우리나라 국민들이 터키 팀에도 응원의 박수를 보내주어 한국에 대해 매우 우호적이라 한다. 노무현 대통령이 2005년에 한국 대통령으로는 처음 터키를 방문했을 때 〈위스퀴다르〉를 부른 것도 한국을 각별하게 생각하는 터키인들을 염두에 둔 것이었다.

배는 1시간 30분 만에 떠났던 부두로 돌아왔다.

이스탄불은 오랜 세월 비잔틴제국과 오스만제국의 수도였다. 그래서 궁전이 여럿이다. 톱카프궁전도 그중에 하나로, 15세기부터 비잔틴제국을 무너뜨린 오스만제국의 왕들이 거주하던 곳이다. '톱'은 '대포'를 뜻하고, '카프'는 '문'이라는 뜻이다. 궁전 입구 양쪽에 대포가 배치된 데에 따른 이름이다. 궁전은 보스포루스해협과 마르마라해, 금각만이 합류하는 지점이 내려다보이는 언덕 위에 세워져 있다. 해안은 조류가 격하고 북풍을 정면으로 받는 곳이라 여간 공격하기가 쉽지 않은 곳이다.

오스만제국의 황제 메흐메트 2세는 비잔틴제국의 수도 콘스탄티노플(이스탄불의 옛 이름)을 함락시킬 때 금각만에 쳐놓은 장정 팔뚝만 한 쇠줄을 뚫지 못해 고전했다. '사공이 많으면 배가 산으로 간다'지만, 메흐메트 2세는 거대한 배를 산 위로 밀어 올려 우회해서 금각만의 쇠줄 너머에 배를 떨어트린 후 공격하는 전술을 폈다. 일본 소설가 시오노 나나미는《전쟁 1. 콘스탄티노플 함락》에서 메흐메트 2세를 '턱없는 야심에 도취된 풋내기, 잘 봐줘도 선대 술탄이 남긴 영토를 현상 유지하면 다행인 그릇'이라고 썼다.

톱카프궁전 안으로 들어가는 첫 번째 문은 '황제의 문' 또는 '술탄의 문'이라 한다. 문 바깥쪽에 메흐메트 2세가 이 궁전의 건축을 1478년에 완공했다고 써 있다. 이 문으로 가는 길에 귈하네공원이 있다. 장미정원을 뜻하지만 3, 4월이면 튤립 축제를 연다. 터키의 국화는 튤립이다. 사원의 장식이나 도자기에 튤립이 많이 그려져 있는 것도 그 이유다.

두 번째 문인 '경의의 문' 안에 제2중정이 있다. 왼쪽에는 조정의 주요 업무가 논의되던 디완 건물이, 오른쪽에는 거대한 황실 주방인 부엌 궁전이 있다. 맙소사! 부엌에서 만들어진 음식은 200여 명의 사람이 줄을 서서 손에서 손으로 접시를 전달하는 방식으로 식탁에 올려졌다고 하니, 뜨거운 것도 다 식었겠네. 더군다나 그 많은 사람들의 손을 거친 음식이 하나도 흐트러짐 없었다면 얼마나 많은 고통 속에서 숙련을 거듭했을 건가. 궁전의 부엌에서는 하루에 양 200마리가 소비되었다고 한다.

세 번째 문은 '지복至福의 문'이다. 군주와 측근만이 통과할 수 있는 문으로 과거부터 궁전의 중요한 행사를 열었던 장소다. 제3중정에는 후궁들이 거처하는 하렘이 있다. 일가친척 이외의 남성이 출입할 수 없는 구역으로, 약 250개의 방이 있고 이곳에서 거주하던 여성은 1500명이나 되었다고 한다. 한 마리의 수컷과 여러 마리의 암컷으로 구성된 물개의 번식 집단 형태를 하렘harem이라 하는데, 인간의 하렘도 진배없다. 왕후귀족뿐 아니라 부호의 가정에서도 하렘이 성행했는데, 노예를 시켜 하렘의 여자들을 돌보거나 단속하도록 했다. 가이드는 왕의 부재중에 일이 터져 아기를 낳게 되면 구별하기 위한 것이라고 했다. 그건 우스갯소리, 하렘의 여인들을 돌보는 이들은 모두 거세수술을 받은 환관이란다. 왕은 보통 비밀 통로를 통해 원하는 여자의 방으로 곧장 찾아갔다고 하는데, 왕의 사랑을 받지 못한 수많은 여자들에게 하렘은 감옥 같은 곳이었을 게다.

오스만제국의 또 다른 술탄 왕궁인 돌마바흐체궁전은 웅장한 돔 모양의 바로크와 로코코 양식으로 19세기에 지어졌다. 돌마바흐체는 해변이었던 자리를 메우고 정원을 조성하였다고 해서 '가득 찬 정원'이란 의미를 갖고 있다. 보스포루스해협을 향하고 있는 궁전의 문이 흰색의 레이스처럼 수를 놓아 만든 듯 정교하고 자잘한 무늬가 촘촘히 박혀 있어서, 눈앞으로 넘실대는 쪽빛 바다와 어울려 가히 환상적이다. 정원에는 마른 가지에 금방 꽃들이 피어날 듯 예쁘게 조성되어 있다.

프랑스 베르사유궁전을 모방해 초호화판으로 건축한 궁전은 화려하고 아름다운 멋 때문에 오스만제국 시절 술탄 일부가 톱카프궁전에서 이곳으로 거처를 옮기기도 했다. 터키의 초대 대통령 '무스타파 케말'도 사용했다. '건국의 아버지'라는 뜻의 '아타튀르크'라는 칭호를 선사받아 그 이름으로 더 유명한 그가 이 궁전에서 서거한 지 75년이 지난 지금까지 궁전의 시계는 모두 그가 사망한 시각인 9시 5분을 가리키고 있다. 정원에도 4층 시계탑이 있는데 그 역시 마찬가지다. 궁전 안의 시계는 자그마치 156개나 된다.

비닐로 만든 신발 커버를 신고 중앙에 깔린 붉은 카펫만을 밟으며 걸어야 한다는 주의를 받으며 궁전으로 들어섰다. 돌마바흐체궁전은 현재도 영빈관으로 사용하고 있다. 13년에 걸쳐 5백만 오스만 황금 파운드라는 비용(황금 35톤을 살 돈이라고 한다)을 들여 지은 이스탄불 최초의 유럽 스타일 궁전이다. 총 14톤의 금과 40톤의 은을 사용, 샹들리에 36개, 크리스털 촛대 58개, 당대 유명 화가들의 그림 60여 점, 화병 280개, 방 285개, 홀 43개, 하맘 6개, 화장실 68개 … 돌마바흐체궁전의 이 규모를 어찌 감당할까.

오스만제국 때도, 그 이전의 비잔티제국 때도, 또 그 이전의 그리스 때도,
그 이전의 페르시아 때도 변함없이 저기 저 바다에서 해는 떠올랐을 것이다.
나는 지금 바람처럼 구름처럼 옛날과 오늘을, 동양과 서양을 넘나들고 있다.

처음 들어본 '하맘'은 공중목욕탕과 비슷한 개념인데, 단순히 몸을 씻는 장소가 아니라 사교와 교제의 장소란다. 하렘에 갇혀 있던 왕궁의 여자들은 하맘에 가는 것을 큰 즐거움으로 여겨, 그곳에서 먹고 마시며 수다도 떨고 마사지도 받으며 하루 종일 지냈다. 오늘의 여성 전용 사우나탕이나 찜질방과 비슷하달까. 이곳의 하맘 입구에도 휴식할 수 있는 방이 있다. 벽은 이집트에서 특별히 수송해온 대리석으로 꾸며져 있고, 이탈리아 베니스의 유리 제조로 유명한 무란산의 아름다운 샹들리에가 있고, 보헤미안 크리스털의 파란색 벽등이 있다. 정말 하맘은 '문화'라고 칭할 만큼 우아하고 화려하다. 터키에서 목욕 문화가 발달한 것은 그 영향 때문일 것이고, 오스만제국의 이슬람 영향으로 자신의 몸을 닦는 것을 중요하게 생각하기 때문일 것이다. 각 집마다 욕실이 잘 갖춰진 것은 물론, 전국에 온천탕이 300여개 이상 있으며 공중목욕탕인 하맘도 많이 발달해 있다.

뫼비우스 띠 같이 생긴 말발굽 모양의 크리스털 계단이 양쪽에서 2층으로 올라갈 수 있게 되어 있다. 영국 빅토리아 여왕에게서 선사 받았다는 750개의 전구로 장식된 샹들리에가 천장 중앙에 매달려 있다. 그럼으로써 수십 톤의 금장식으로 천장을 덮은 연회장과 아래층까지도 휘황찬란한 불을 밝힐 수가 있다. 왕족이 누렸던 부귀영화가 샹들리에에 집합되어 있는듯하다.

17세기 초에 지어진 블루모스크는 궁전이 아니다. '술탄 아흐메트 1세 사원'이라 하는, 터키에서 가장 웅장한 규모의 이슬람 사원이다. 일반적으로 이슬람 사원에는 첨탑이 4개인데 블루모스크에만 6개다. 아흐메트 1세가 사원을 지으라고 했을 때 '알튠(황금)'으로 만들라고 했는데, 건축가가 '알트(6개)'로 잘못 알아들어서 그리되었다고 한다.

블루모스크에 들어갈 때는 남자와 여자 모두 긴바지를 입어야 하고, 신발은 벗고 들어간다. 첫 번째로 무슬림 남자가 앉고, 두 번째는 종교 없는 사람이 앉고, 세 번째는 무슬림 여자가 앉는다. 우리 부부도 그들 틈에 끼어들었지만 앞에서 하는 소리는 하나도 들을 수가 없다. 2만 1043장의 푸른색 이즈니크산 수공예 도자기 타일로 꾸며진 내부의 벽과 돔 그리고 250개가 넘는 화려한 스테인드글라스의 문양 때문에 햇빛이라도 들어오는 날에 내부는 눈부시도록 현란할 것 같다. 화려한 내부 장식을 감탄하며 바라보다가 조용히 사원을 빠져나왔다. 영광과 호화의 한 시대는 갔지만 아직도 블루모스크에는 그대로 흐르고 있는듯했다.

영국의 역사가이자 신학자인 토인비가 터키를 '살아 있는 옥외 박물관'이라고 했다더니, 정말 터키는 발길 닿는 곳은 어디나 박물관이었다.

사프란볼루

사프란은 피지 않았어도 사프란볼루에는 사프란을 그려 넣은 상점이 많다. 붓꽃의 일종인데, 언뜻 보면 우리의 꽃 무궁화 같고 크기는 그보다 작고 도톰하다. 흰색, 핑크, 노랑, 보라 등 색깔도 다양하다. 사프란의 꽃술은 10만 배로 희석해도 그 색과 향을 내기 때문에 고대 로마 시대부터 고급 요리의 향료나 왕실 의상의 염료, 불면증과 우울증의 천연 약재 등으로 사용되어 왔다. 1그램의 사프란 꽃술을 얻기 위해서는 500여 송이의 꽃이 필요할 정도로 금보다 비싸고 귀하단다. 중세부터 이 일대 농가에서는 집단으로 사프란을 재배하는데, 가을에 꽃이 피면 작은 마을을 온통 뒤덮어 장관을 이룬단다. 그 매혹적인 자태가 (더불어 소득도 올려주어서) 마을 사람들의 사랑을 받았음직도 하겠다. 그래서 마을 이름을 사프란볼루라고 했겠지만 말이다.

이 마을에는 사프란보다 더 유명한 것이 있다. 전통 목조가옥 약 2천여 채가 옛 모습을 간직한 채 남아 있어서, 우리의 안동 하회마을처럼 사프란볼루 전체가 유네스코 세계문화유산으로 지정되었다. 지금도 이곳 사람들은 흙벽에 나무로 된 창틀, 적갈색 지붕을 얹은 목조가옥에서 생활하고 있다. 내부에 베란다를 만들어서 2층이 1층보다 조금 앞으로 튀어나와 있는 것이 특징이다. 가로가 좁고 세로가 긴 장방형 창문마다 십자형의 창틀이 있다. 지진 때문이란다. 황토색 벽에 작은 창문을 여러 개 만들어놓은 것이 정겹다. 실크로드 경유지인 이 마을은 옛 상인들이 긴 여정 중에 잠시 짐을 풀어놓고 휴식을 취했던 곳이라 한다.

이스탄불을 떠나 네 시간 더 걸려 도착한 사프란볼루는 이미 날이 어두워오고 있었다. 글쎄, 밝은 대낮보다는 어스름한 저녁이 오히려 이 마을을 더 몽환적으로 보이게 한다. 전봇대에 매달린 가로등이 골목을 비추고 있어, 그저 무작정 구석구석을 누비고 싶게 만들었다. 터키의 2월 초 날씨는 비가 오다 그치고, 눈이 오다 그치고, 햇빛이 나다 마는 축축한 날씨다. 울퉁불퉁한 돌길에 미끄럽기까지 해서 남편과 나는 본의 아니게 손을 잡고 살살 걸어 다녔다.

관광객을 맞이하는 데 능숙한 상인들은 그때까지도 상점마다 환히 불을 밝히고 있다. 아기자기한 기념품들을 파는 상점 앞에서 걸음을 멈췄다. '악마의 눈'을 샀다. '나자르 본주우'라고도 하는데, 푸른 유리에 눈이 그려져 있는 터키의 부적이다. 파란색 눈이 가장 센 악마의 것이기에 다른 악마들이 그 눈을 보고 줄행랑을 쳐서 자신을 지켜준단다. 예로부터 악마의 눈은 질투나 시기 등이 담긴 시선을 의미한다. 갓난아기는 많은 사람들로부터 사랑과 칭찬을 받아 악마의 타깃이 되기 쉽다고 믿어서, 아기가 태어나면 악마의 눈으로 만든 소품을 많이 선물한다.

앞면 전체가 유리로 되어 있는 다른 가게 안에서는 주인이 긴 과자 같은 것을 가위로 깍두기만 한 크기로 토막토막 잘라내고 있다. 어깨춤을 춰가면서. 그 옛날 장터에서 만난 엿장수처럼 흥에 겹다. 15세기부터 만들어온 터키 전통 디저트 젤리인 '로쿰'이다. '터키시 딜라이트'라고도 하는데, 글자 그대로 터키인의 기쁨이다. 로쿰은 설탕과 전분으로 만들어 장미수나 레몬즙으로 맛을 내고 피스타치오, 헤즐넛, 호두, 레몬, 박하 등을 넣기 때문에 맛과 향이 유별나다.

영국의 중세학자이자 작가인 C. S. 루이스는 판타지 소설 〈사자와 마녀와 옷장〉에 로쿰을 등장시켰다. 제2차 세계대전이 한창이던 때 네 명의 아이들이 런던의 공습을 피해 어느 저택에서 지내러 왔다가 옷장을 통해 마녀가 지배하고 있는, 겨울이 영원히 지속 되는 세계 '나니아'에 들어가게 된다. 셋째는 마녀가 주는 로쿰의 달콤한 맛에 반해 세 형제를 배반하고 마녀 편에 서게 되는데 …. (2005년에는 〈나니아 연대기: 사자와 마녀와 옷장〉이라는 영화로도 만들어졌다.)

앙카라

터키 여행은 매일 매일이 뜀박질이다. 숨이 가쁘다. 새벽에 일어나 비몽사몽 간에 밥을 먹고 숙소를 떠나야 했다.

앙카라는 1923년 터키공화국이 세워졌을 때 이스탄불을 대신해 수도로 지정된 곳인데, 우리에게는 이번 여행 일정이 빠듯해서 경유지일 뿐이다. 그렇지만 빼놓고 갈 수 없는 곳이 있다. 바로 '한국공원'이다. 동트기 전인데 숲속에 둘러싸여 있는 한국공원의 한국관이 황금빛으로 빛났다. 가이드 말로는 한국관은 늘 불이 켜져 있다고 하는데, 터키인들의 한국 사랑의 뜻이라고 한다. 경주 불국사의 다보탑을 본떠 만든 '터키 한국전쟁 참전 기념탑'이 있다.

터키는 한국전쟁 때 미국, 영국, 캐나다에 이어 네 번째로 많은 (대부분 자원병인) 1만 5천여 명의 군대를 파견했고, 3216명의 사상자가 날 정도로 열심히 전투에 임했다. 또한 유일한 이슬람국가였다. 교리에 따라 사람이 죽으면 하루 안에 매장을 하고 한 번 매장하면 다른 곳으로 옮기지 않는다. 부산 영도구에 위치한 UN참전용사묘지에는 전사자 유해를 대부분 본국으로 이장해서 빈 묘로 남아 있는데, 터키군의 유해만 그대로 묻혀 있다. 터키인들은 부모가 태어난 곳과 묻혀 있는 곳을 모두 자신들의 고향으로 간주한다. 이런 이유로 젊은 터키인들도 한국을 아버지가 묻혀 있는 고향, 바로 형제의 나라로 여긴다는 것이다. 어찌 보면 부모 자식 간의 사랑도 한국과 터키가 많이 닮아 있는듯하다. 너무 이른 아침이라 한국공원은 문이 열려 있지 않았다. 일별로 그러나 애틋한 감정을 안고 그 앞을 떠난다.

카파도키아로 가는 길에, 바다냐고 물었더니 투즈호수란다. 동서남북 사방이 고원으로 둘러싸인 아나톨리아 중부 내륙에 호수라니, 믿을 수가 없어 묻고 또 묻는다. 터키에서 두 번째로 큰 호수인데, 면적이 1642제곱킬로미터로 제주도보다 조금 작다. 염도 32.4퍼센트로 세계에서 가장 염도가 높은 소금호수 중 하나다. 터키 내에서 소비되는 양의 70퍼센트 정도가 이곳에서 채집되고 국가가 관리한다.

하늘과 호수가 맞닿은 신비하고 이국적인 풍경으로 유명하다. 특히 여름철이면 높은 기온과 염분이 만나 생기는 적조현상으로 인해 핑크빛으로 변한 호수를 감상할 수 있다. 지금은 2월 초라 풀이 자라기에는 엄두도 낼 수 없는 추위이지만, 차에서 내려 새파란 하늘이 내려 앉아 있는 하늘만큼 새파란 호수를 배경으로 남편과 나는 사진을 찍었다.

가게 앞에 염전을 찍은 엽서를 걸어놓고 팔고 있고, 커다란 자갈 같은 소금덩이를 쌓아놓고 판매하고 있다.

“아무리 염전이 있어도 그렇지, 관광객들한테 어떻게 소금을 팔려고 그러죠?”

“이곳 사람들의 생활필수품이기도 하겠지.”

괜한 걱정을 하며 그곳을 떠난다.

카파도키아

'사람의 생각으로는 미루어 헤아릴 수 없이 이상하고 야릇함.' 그랬다. 사전적 풀이처럼 '불가사의'라고 되뇌어보지만 이상야릇함만 증폭될 뿐 도저히 불가해한 곳이다. 카파도키아는 우리나라 면적의 4분의 1만 한 아나톨리아 고원지역으로, 수백만 년 전 에르지에스산과 하산산의 화산 폭발로 화산재가 그 너른 땅에 수백 미터 높이로 굳어 응회암 지대가 되었다. 이후 몇 차례의 지각변동을 거치며 비와 바람에 쓸리고 풍화되고 지하수나 빗물 등에 침식되어 기이하고 불가사의한 세계 유일의 환상적인 지형과 풍광으로 다시 태어나 우리의 입을 다물지 못하게 하고 있다.

카파도키아는 아시리아, 히타이트, 프리기아, 리디아의 고대 국가도시를 거쳐 한때 페르시아의 지배를 받았고, 이어 오스만제국의 지배를 받는다. 4세기에 로마인의 탄압을 피해 기독교인들이 이 계곡으로 숨어들어와 살기 시작해서, 7세기에 이슬람교국인 오스만제국에 점령되면서 이곳으로 이주한 기독교인의 수는 더욱 늘어났다. 11세기 에는 인구가 7만 명에 달했다. 이곳은 역사적, 자연적으로 중요한 만큼이나 종교적으로도 무척 중요하다. 예루살렘이 기독교의 발생지라면, 카파도키아는 기독교의 중심지다. 수많은 성인들이 배출되었거니와 교회와 수도원도 부지기수다.

'으흘라라'가 아니라 '으흐 라라'라고 해야 하겠다. '으흐' 하고 비명을 지를 만큼 놀랍고, 곧 이어 '라라'라고 춤을 추고 싶을 만큼 아름다운 곳. 나 같은 사람, 나이 들고 약해 보이는 사람에겐 무리라는 듯 나무계단을 100개쯤 내려가야 하니 조심하라고 가이드가 당부한다. 아래를 내려다보니 아득하다. 으흘라라 계곡은 '제2의 그랜드캐니언'이라고 하지만 규모가 훨씬 작아 오히려 정답다.

수도원이라고 쓴 팻말을 보고 계단을 벗어나 동굴로 가는 흙길을 걷는다. 동굴이 문처럼 장방형으로 뻥 뚫려 있다. 허리를 구부리고 더듬더듬 내려서니 또 다른 동굴로 이어진다. 천장에 프레스코화가 그려져 있지만 떨어져나간 곳이 많고 색이 바래서 무슨 그림인지 정확하게 알 수가 없다. 몇 개의 원으로 되어 있는데 제일 가운데 있는 원 안에 사람이 그려져 있다. 예수 같다. 다른 원 안에는 천사들 같은데 날개가 있는 흰옷을 입고 예수를 보호하듯 빙 둘러서 두 손으로 떠받치고 있다. 그래, 수도처가 맞다. 기독교인들은 로마 군인들의 탄압을 피해 이곳에 은신처를 마련했는데, 멜렌디즈천이 흐르고 있어 물을 쉽게 구할 수가 있고 협곡 안에 동굴을 만들면 겉에서는 눈에 띄지 않아 은신처로는 그만이었을 것이다. 슈뷸류교회, 아츠알트교회, 뱀의 교회, 코가르교회 등 36개나 되는 교회의 흔적이 동굴 안에 남아 있다. 깎은 듯 가파른 바위에 문처럼 동굴이 뚫려 있고, 동굴로 들어가는 길도 나 있다. 지금도 동굴 안에는 수도사들이 기도를 드리고 있을 것만 같아 동굴로 들어가는 그 길은 저벅저벅 걸으면 안 될 것 같다. 누군가가 말한 것처럼 '억겁의 비경을 간직한 은둔의 성지'다. 14킬로미터에 달하는 그림이 있는 바위 병풍을 펼쳐 놓은 것 같다.

계곡에서 얼마 떨어지지 않은 곳에 있는 데린쿠유는 그냥 평범한 시골 마을 같다. 넓은 공터에는 아이들이 신나게 뛰어놀고, 집 앞에는 어른들이 모여 지나가는 우리들을 웃으며 바라본다. 겉으로 보기에는 평화로운 시골 마을인데, 세상에나, 땅속에 도시가 형성되었다니 믿을 수가 없다.

카파도키아에는 200여 개에 달하는 지하 도시가 있는데, 그중의 하나가 바로 데린쿠유 지하 도시다. 신앙을 지키기 위해 도피한 기독교인들의 은신처로 사용했다. 깊이 85미터의 지하 8층, 수용 인원이 3만 명에 이르는 대규모 도시다. 교회, 학교, 공동 부엌, 회의 장소, 식량 저장소, 심지어 마구간과 포도주 제조장까지 갖추고 있는 진정한 의미의 자급자족 공동체다. 땅속 깊이 구멍을 파서 우물을 만들고 지하수를 식수로 이용해 구멍을 통해서 각 층에 물을 공급했다. 이 구멍이 환기구의 역할도 했다. 아, 그래서 데린쿠유는 '깊은 우물'이라는 뜻을 갖고 있구나.

엎드려서 고개 숙이고 어깨를 좁혀 계단을 오르내리고, 미로처럼 사방으로 뚫려 있는 동굴을 걷고 걷다가 한 번 빠지면 아래로 곤두박질칠 것 같은 깊은 우물을 들여다보고, 외부의 침입을 받으면 통로를 막아버릴 수 있는 맷돌 같은 거대한 둥근 돌도 만져본다. 이것만으로 적을 방어할 수 없는 긴급한 상황이 벌어졌을 때 다른 동굴로 긴급 피난을 가기 위해 9킬로미터나 되는 터널도 미로처럼 뚫어놓았다. 이 모든 힘은 단순히 적으로부터 살아남기 위한 전략이었을까, 신앙의 힘이었을까. 가이드는 십자가 형태의 돌기둥을 가리키며 죄인을 다루던 곳이라고 했다. 지하 도시에 살던 사람들이 무슨 잘못을 저질렀을까. 공동체 삶에서 자신만을 위한 게으름이라도 폈던 것일까. 신앙생활의 규범을 제대로 지키지 않았던 것일까. 일행 중 한 사람이 얼른 돌기둥에 두 팔을 쭉 펴고 머리를 바짝 기댔다. 어어, 정말 죄인 같잖아. 그런데 웃고 있네.

지상으로 나오니 마을이 지극히 평화롭게 보인다. 아마도 어둡고 좁고 가파르고 위험한 곳을 벗어났기 때문이리라. 이번에는 하늘로 솟은 돌기둥 도시다. 데린쿠유의 지하 도시가 인위적이라면, 파샤바의 돌기둥 도시는 괴력난신[怪力亂神]이다. 이성적으로 설명하기 어려운 불가사의다.

돌기둥이 송이버섯 모양이다. 버섯갓만 없다면 죄수의

얼굴을 보지 못하도록 머리에 씌우는 용수를 얹어놓은 것 같다. 파샤바는 비 온 후 죽순처럼 이런 버섯 모양의 돌기둥이 우뚝우뚝 하늘을 향해 솟아 있다. 하나만 있기도 하고 두 개가, 세 개가, 서너 개가 모여 있는 것도 있다. 화산 분출로 생긴 화산재가 응회암 용암층을 형성하고, 용암이 식으면서 지표면에 수많은 절리節理가 생겨났다. 그 절리에 빗물이 침투하고 바람과 강물 등에 의해 침식과 풍화현상이 일어나 버섯바위와 같은 기암괴석이 생겨났다.

버섯바위는 높아서 눈을 들어 쳐다보기가 아득한데, 바위마다 구멍이 뚫려 있다. 사람이 살던 흔적이다. 창문이 있고, 베란다도 있고, 난간도 있다. 터키 국기를 문 앞에 내건 곳도 있다. 지금도 사람이 살고 있는 집인듯하다. 이슬람의 탄압과 박해를 피해온 기독교인들은 이 같은 바위에 동굴을 만들어 그 안에 교회와 수도원을 세웠다.

파샤바 계곡을 '수도사의 골짜기'라고도 부른다. 세상과 동떨어져 신앙생활을 할 것을 주장했던 성 시메온이 이곳에 거처했기 때문이다. 그를 시메온 스틸리테스라고도 부르는데, 속세를 피해 수도에 전념하기 위하여 야외에 스틸로스(기둥)를 세우고, 그 위에 앉아서 평생을 보냈단다. 파샤바 계곡은 그 황량함, 적막함으로 인해 수도 장소로 지극히 알맞은 곳이었을 것이다. 버섯 같은 돌기둥은 자신의 목숨을 걸고 신에 대한 믿음을 지켰던 사람들을 품에 안고 위험으로부터 그들을 지켜낸 이 골짜기의 수호신이다. 많은 이야기를 품고 있을 버섯 기둥은 도무지 말이 없다. 그 완강한 침묵은 골짜기에서 살다 간 사람들의 아픔이라든가 슬픔, 아니면 숭고함이라든가 거룩함 등을 함부로 말할 수 없음에서일레라. 파샤바, 잊지 못할 괴기함, 잊지 못할 숭고함, 잊지 못할 시공의 그 무한함.

날개가 없으면서 하늘을 날 수 있는 것에 뭐가 있을까. 연기, 구름, 안개는 날개 없는 건 맞지만 하늘을 나는 건 아니지, 그냥 떠돌 뿐이지. 그럼, 그게 좋겠다. 카파도키아의 열기구 그리고 날아다니는 마법의 양탄자.

1783년 인류 최초로 열기구를 만들어 띄운 프랑스 발명가 몽골피에 형제는 '연기'에서 아이디어를 얻었다. 장작 불길과 함께 하늘로 치솟아 올라가는 뜨거운 연기를 보고 '연기를 큰 주머니에 담으면 주머니도 하늘로 올라갈 수 있지 않을까' 생각했다. 파카도키아의 열기구는 장작 대신에 LPG를 이용해 풍선 속을 가득 메우고 있는 공기를 데운다.

새벽 5시에 호텔에서 출발했다. 열기구는 바람 영향을 많이 받아서 뜨지 못하는 날이 많은데다가 일출 무렵에 시작되는 안정적인 기류가 운항에 가장 적당하니 그 전에 서둘러야 한다고 가이드가 엄포를 놓는다.

너른 들판이 파르스름한 새벽 이내에 푹 잠겨 있다. 찬 기운이 몸을 떨게 한다. 괴기한 바위와 심하게 주름진 산들이 사방을 둘러싸고 있어 더욱 으스스하다. 저 풍선이 우리를 싣고 정말로 떠다닐 수 있을까, 괜한 걱정이 앞선다.

"괜찮을까? 조금 겁나네요."

"괜찮아, 남들 다 타잖아."

"그래도 … 저 열기구가 우리를 태우고 가다가 팡 터져버리면 어쩨요?"

등산할 때 아무리 높고 험한 산이라 해도 정상에 올라가야 등산했다고 말하던 남편과 나다. 여행할 때도 마찬가지다. 그 성향이 있어 아무리 위험한 길이라도 마다하지 않았는데, 웬일인지 열기구만은 겁이 난다.

열기구는 풍선 부분인 엔벌로프, 공기를 데우기 위한 버너, 사람과 장비를 싣는 바스켓으로 이루어진다. 바스켓 안에는 가스통과 소화기, 고도계, 승강계 등이 준비되어 있다. 들판에 누워 있는 풍선에 대형 선풍기 2대가 바람을 불어넣고, 장정 4명이 가스통에 연결된 호수로 가스 불을 뿜어댄다. 풍선이 하도 커서 하루 종일 걸려도 못 다 채울 것 같다는 엄한 걱정을 하고 있을 찰라, 거대한 풍선이 서서히 몸을 불리며 일어나고 있다. 알록달록한 색채가 예쁜 거대한 풍선은 20명 넘는 승객을 태우고 땅을 차고 올랐다.

하늘을 난다. 우리가 탄 풍선을 비롯해서 수많은 풍선들이 둥실둥실 떠돈다. 땅과 평행으로 날다가 높이 떠오르기도 하고 낮게 내려앉기도 하면서 산을 넘고 들을 지나 땅 위의 풍광뿐만 아니라 산 정상까지 파노라마처럼 펼쳐 보인다. 우리가 걸어서 갈 수 없었던 곳까지 플래시로 어두운 곳을 밝히듯이 구석구석을 샅샅이 오르며 훑고 내리며 훑는다. '뾰족한 바위'라는 뜻을 지니고 있는 우치히사르, 야외 박물관 젤베, 천연의 바위 성채가 있는 오르타히사르, 도자기 마을인 아바노스, 낙타바위나 성모마리아바위 등 독특한 모양의 바위를 만날 수 있는 데브렌트, 분홍빛 바위가 많아 이름도 아름다운 로즈 밸리, 물이 흐르다 그대로 얼음이 되어버린 양 빙하 같은 계곡, 총 맞은 듯 구멍이 뻥뻥 뚫려 있는 종유석이나 고깔 같은 모양의 바위, 늙은 호랑이가 엎드려 있는듯한 거대한 산맥 …. 그냥 '장관壯觀' 이라고 해도 되겠는지. 우리는 끝맺지 못한 문장 끝의 말줄임표에서 오히려 많은 것을 읽어낸다. 풍선을 타고 둥실둥실 바람에 실려 '주유周遊 카파도키아' 하고 있는 이 마음도 그냥 '장관'이라고밖에 표현할 수가 없다.

풍선이 땅에 무사히 내려앉자 장정들이 뛰어와 우리를 하나하나 바구니에서 내려준다. 탁자에 놓인 컵에 샴페인이 담겨 있다. 풍선 투어가 힘들고 위험했던 것은 틀림없다.

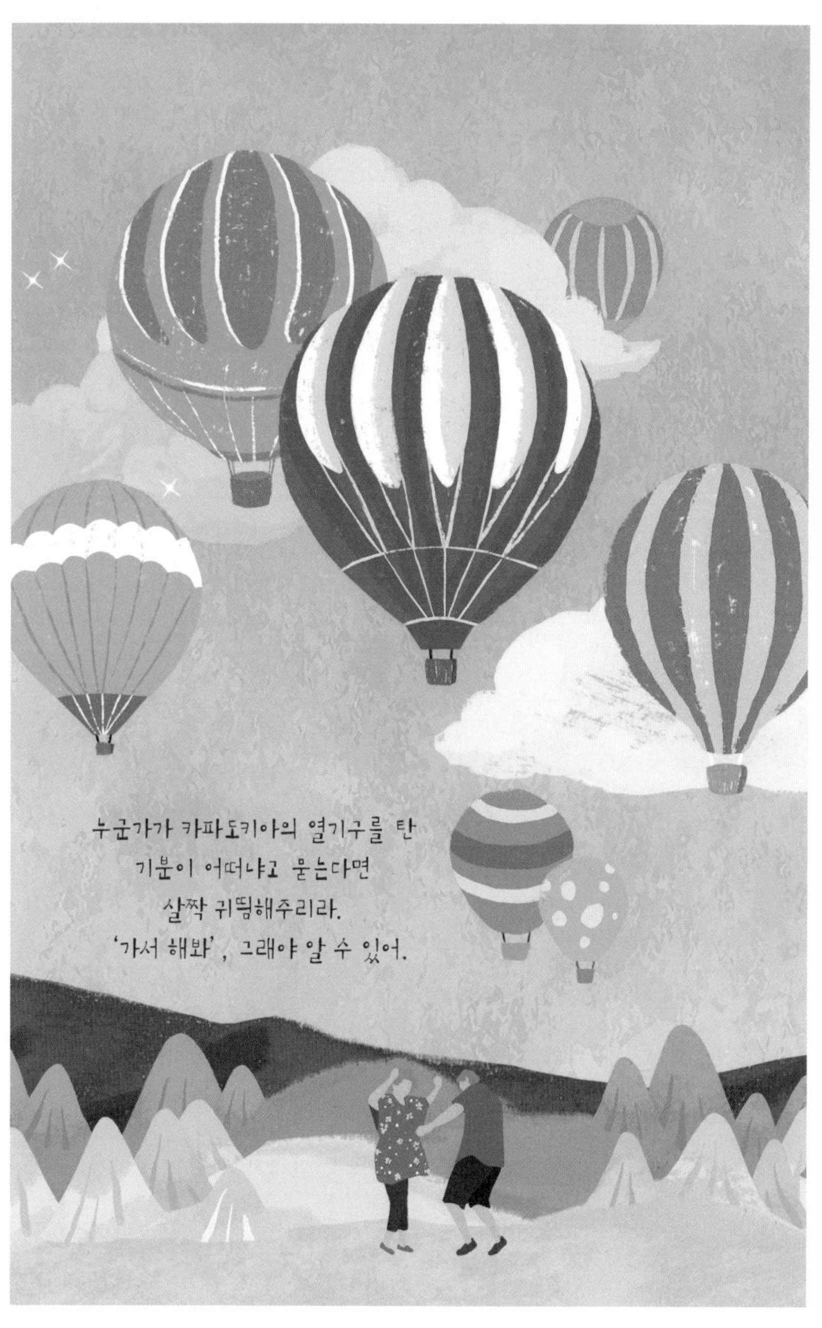
누군가가 카파도키아의 열기구를 탄
기분이 어떠냐고 묻는다면
살짝 귀띔해주리라.
'가서 해봐', 그래야 알 수 있어.

그러니까 무사 착륙을 축하해주는 샴페인을 준비한 것이겠지. 그리고 또 하나, 'BEEN THERE, DONE THAT'이라고 쓰여 있는 풍선 투어 인증서를 받았다. 그래, 누군가가 카파도키아의 열기구를 탄 기분이 어떠냐고 묻는다면 살짝 귀띔해주리라. '가서 해봐', 그래야 알 수 있어.

때로는 진짜 같은 거짓말이 필요할 때가 있다. 허튼 웃음이라도 웃어야 속이 풀리는 세상에 살고 있으니까. 날아다니는 양탄자는 이 시대의 허튼 웃음이다. 일상으로부터의 일탈 같은 것. 〈신바드의 모험〉에서 주인공이 양탄자를 타고 높이 솟은 사원의 첨탑을 아슬아슬하게 날아다닌다든지, 인도의 세 왕자들이 하늘을 나는 양탄자, 보고 싶은 것을 볼 수 있는 망원경, 어떤 병에 걸렸든 냄새만 맡으면 병이 낫는 사과를 구해 누로니할 공주의 남편이 되려고 경쟁하는 〈하늘을 나는 양탄자〉 이야기는 얼마나 신나는가.

양탄자는 터키의 대표적 특산품으로 터키인들의 삶과 문화와 역사가 그 무늬와 색깔에 고스란히 들어 있다. 터키에서는 양과 목화를 많이 키우는데, 그것도 양탄자의 재료로 쓰이기 때문이다. 여행을 하다 보면 겨울을 겨우 벗어나는 추운 계절인데도 언덕을 하얗게 덮고 있는 양떼들을 볼 수 있다. 작은 키의 마른 나무들이 많은, 끝없이 너른 들판을 가리키며 가이드가 목화밭이라고 말한다. 터키의 조상은 유목민이다. 유목민들에게 양탄자는 마루와 벽이 되었고, 커튼이나 말 안장도 되었다. 그리고 양탄자는 하루 5번 기도를 드리는 이슬람교도들의 기도용으로도 쓰인다.

〈동방견문록〉으로 잘 알려진 이탈리아의 여행가 마르코 폴로는 터키를 여행한 후 양탄자에 대해 '기하하적 문양이나 동물 문양이 세계에서 가장 아름답다'고 극찬을 아끼지 않았다. 끝없이 연결된 매듭 모양의 기하학적 무늬는 지혜와 불멸을 의미한다. 독일 르네상스 회화의 대표자인 한스 홀바인은 그의 그림에 터키의 기하학적 문양의 양탄자를 자주 사용했기 때문에 유럽에서 이 양탄자를 '홀바인 카펫'이라 부른다. 마리 앙투아네트와 루이 16세의 초상을 그린 프랑스의 화가 피아트 소바주도 〈터키산 양탄자로 장식한 탁자〉를 그렸다. 마당 가운데에 키 작은 꽃을 심어 아름다운 무늬를 만들어놓은 꽃밭을 '양탄자꽃밭'이라 한다. 맞아, 터키의 양탄자 무늬는 화려하고 아름답거든.

양탄자 마을인 헤레케에 들렀다. 원기둥 모양으로 말아 한 구석에 놓아두었던 양탄자를 장정이 양쪽에서 들고 와 마루에 깔아놓는다. 굴려가며 펴는 대로 조금씩 드러나는 기하학적 매듭문양과 고운 파스텔 색깔에 매혹되어 입을 다물 수가 없다. 하나를 굴려 펴고 둘을 굴려 펴고 셋을 굴려 펴고 …. 크기와 문양과 색깔이 서로 다른 양탄자가 바닥에 깔릴 때마다 사람들은 탄성을 지른다.

다른 방에는 서너 명의 여인들이 앉아 직접 양탄자를 짜고 있다. 베틀마다 세로로 연한 아이보리색 날줄이 건드리면 '팽'하고 튕겨나갈 듯 팽팽히 걸려 있는데, 여인들이 날줄 몇 가닥을 손 안에 드는 작은 기구로 모아 쥐고 염색된 실을 가로로 옭아매며 무늬를 넣고 있다. 그 다음에 들쭉날쭉 나와 있는 올을 특수 가위로 고르게 잘라낸다. 무늬가 얼마나 정교한가는 그 양탄자가 얼마나 촘촘하게 짜여졌는가에 달려 있고, 또 올을 얼마나 짧게 잘라내느냐에 달려 있다고 한다. 염색은 자연염료만을 사용한다. 사프란에서 노란색을, 오디에서 연두색을, 인디고에서 남색을, 도토리 껍질에서 밤색의 염료를 얻는다.

양탄자를 하나 사면 품질보증서가 따른다. 재료, 짠 사람 이름, 디자인 제목, 크기, 일련번호, 매듭수 그리고 100퍼센트 수공업이라는 것까지 들어 있다. 양탄자를 짜는 여인들은 아주 어릴 때부터 짜서 숙달이 된 사람들이라는데, 양탄자 하나 짜는 데 2~3년이 걸린다고 한다.

안탈리아

코니아를 거쳐 안탈리아로 향하고 있다. 끝날 것 같지 않은 너른 들판이 계속된다. 터키에서 실크로드는 카파토

키아에서 시작해서 지금 우리가 가고 있는 코니아에서 끝난다. 코니아에는 중앙아시아를 연결하던 실크로드상의 대상 숙소인 카라반 사라이가 있다 카라반 사라이는 양쪽 문설주나 문 전체가 육중한 돌로 이루어져 무겁거나 어둡거나 했다. 상인들은 많은 상품을 낙타에 싣고 이곳을 드나들었을 테니 문이야말로 육중하지 않으면 안 되었을 것 같다. 코니아에서 안탈리아까지는 해발 3300미터의 토로스산맥을 넘어야 한다. 걸리는 시간은 4시간 30분.

가문비 숲이 계속되고 있다. 가문비는 크리스마스트리로 사용하는 나무다. 토로스산맥의 가운데를 버스가 달리고 있다. 양쪽 산에 눈이 쌓여 있는가 하면 어느 틈에 한쪽만 눈이 쌓여 있고, 한쪽은 눈이 녹아서 검은 흙산을 드러내고 있다. 눈과 가문비는 크리스마스와는 불가분인데, 그럼 이 지역은 크리스마스와 무슨 관련이라도 있는 걸까.

산타클로스는 '세인트 니콜라스'에서 유래되었다고 한다. 네델란드어인 산테 클라스가 영어 발음으로 산타클로스가 된 것. 성 니콜라스는 지금 우리가 가고 있는 안탈리아 근처에서 태어났다. 자선심이 많았던 사람으로 대주교가 되어 남몰래 많은 선행을 베풀었다. 특히 이웃에 사는 가난한 자매가 돈이 없어 시집을 못 가고 있는 것을 가엾게 여겨 아무도 모르게 금 주머니를 굴뚝으로 떨어뜨렸는데,

그것이 신기하게도 벽에 걸어둔 양말 속으로 들어가는 바람에 크리스마스 때 양말을 걸어두는 유래가 되었단다.

논에 구획이 나 있는 걸 보니 이 근처에서는 농사를 짓고 사나 보다. 산에 옹기종기 집들이 모여 있고, 집 앞에서 큰길로 뻗어 있는 좁은 길까지 우리와 다를 게 없는 생활의 모습이다. 그러나 여행이란 완결되지 않는 동경이고, 그 대상을 알 수 없는 것에 대한 갈망이라고 했던가. 낯선 곳에서의 낯선 사람들의 삶은 여행자의 눈에 신비스럽게만 보인다. 노을이 지고 있다. 하늘의 구름은 진한 주홍으로 물들어 있고, 들판의 나무숲은 불에 타는 듯 붉다. 빨간색 지붕이, 장방형 창문이, 촘촘한 주택들이 나타났다. 지중해와 에게해가 만나는 터키 최대의 휴양 도시, 안탈리아다.

'하드리아누스의 문'은 고대 로마의 하드리아누스 황제가 안탈리아를 방문한 기념으로 세운 문이다. 고대 그리스에서 발달한 건축 양식인 이오니아식 기둥이 받치고 있는 3개의 대리석 아치로 꾸며져 우아하고 경쾌하다. 하드리아누스는 로마제정의 최성기 때 가장 유능했던 오현제五賢帝 중 한 사람이다. 그는 어디에나 자기 이름이 들어가는 걸 좋아했던 모양이다. 브리타니아, 지금의 영국 그레이트브리튼에 변경의 방비를 튼튼히 하기 위해 장대한 방위선을 설치해놓고는 '하드리아누스의 성벽'이라고 명했다.

안탈리아는 원래 성으로 둘러싸여 있었으나 근·현대가 되면서 성 밖으로도 도시가 형성되어, 성 안은 전통문화를 보호하기 위해 옛날의 모습을 유지하고 있는 구시가지로, 성 밖은 근·현대 도시가 형성된 신시가지로 나뉜다. 지중해에 떠 있는 섬 같아서 그런가, 2월 초의 겨울인데도 예전에는 요새였을 성벽에 키 작은 나무들과 풀과 이끼가 푸르다. 하드리아누스의 문을 통과해서 구시가지로 들어선다.

구시가지인 칼레이치를 걷노라니 야자수, 오밀조밀한 목조가옥, 골목길, 아주 오래된 집이 보인다. 활짝 열어놓은 문으로 보이는 마당에 손님이 쉬어가기 좋게 아담한 탁자와 의자가 놓여 있다, 그런 건물이 여관이요 호텔이고 펜션이다. 성벽에 허리를 걸치고 아래를 내려다보니 지중해 푸른 물이 성벽을 떠받치고 있는 절벽의 발밑에서 넘실댄다.

안탈리아는 천혜의 자연환경, 굴곡 많은 역사를 지니고 있다. 여러 제국이 점령하면서 다양한 유적들이 풍부하게 남아 있다. 고대 헬레니즘과 비잔틴 유적, 로마 시대의 유적, 오스만제국의 건축물, 또 하나 빼놓을 수 없는 게 이블리미나레다. 13세기에 만들어진 높이 38미터의 적갈색 첨탑은 이슬람 사원으로 탑 정면의 푸른 타일이 유명하다. 한 시간 남짓 칼레이치를 걸었다. 말 없음이 오히려 할 말이 많은데 말을 할 수 없는 경우를 뜻하는 게 아닐까. 남편과 나는 아득한 고대의 어느 도시를 걷고 있는듯했다. 말없이.

레이치 선착장에서 지중해 크루즈를 위해 배를 탔다. 포세이돈호 입구에는 그 이름에 걸맞게 근육질의 포세이돈이 삼지창을 들고 서 있다. 세 갈래의 창은 각각 비와 바람과 구름을 상징한다. 여차하면 바다와 육지를 그 삼지창으로 들어 올려 자신의 힘을 과시할 것 같다.

만년설인가, 아득한 곳에 토로스산맥이 눈을 덮고 엎드려 있다. 배가 한참을 떠가도 어디에서나 보인다. 근엄하다고 해야 할까. 우아하다고 해야 할까. 지중해 기슭과 나란히 뻗은 산맥의 길이가 장장 800킬로미터다. 쪽빛 바닷물이 햇볕에 반사되어 밤하늘의 별처럼 반짝이는데, 절벽에서는 두 줄기 폭포가 세차게 바다를 향해 떨어져 내리고 하얀 포말이 그대로 다시 절벽을 향해 뛰어오른다.

포세이돈호에서 내리니 마음씨 좋게 생긴 남자가 우리나라 호떡같이 생긴 빵을 성벽같이 높이 쌓아 머리에 이고 '1달러'를 외친다. 머리에 이는 게 우리나라와 같다.

파묵칼레

'목화의 성' 혹은 '백색의 천국'이라 부를 수밖에 없다, 하얗다 못해 푸른, 은근하게 푸른, 펼쳐놓은 옥색 명주 보자기 같이 푸른, 뚝 하고 바닷물 밑으로 잠수해버린 하늘같이 푸른, 파묵칼레의 온천수가 그렇다는 얘기다. 뭉글뭉글 피어오르는 뭉게구름 같기도 하고, 다랭이논 같기도 하고, 층층으로 거대한 촛농이 흘러내리는 것 같기도 하고, 좁은 계곡으로 아우성치며 내리는 세찬 장맛비 같기도 하다.

파묵칼레, 대체 어떻게 생겨난 도시일까. 칼슘 산화물이 함유된 침전물이 쌓여 천연적으로 형성된 도시라고 한다. 고대 도시의 명칭은 '신성한 도시'라는 뜻의 히에라폴리스. 무릇 신은 고통과 그것을 극복할 수 있는 힘을 함께 준다고 했다. 석회수는 음료수로 사용할 수가 없고 평생 석회수가 섞여 있는 영국의 공짜 수돗물을 마시고 산 사람들의 발목이 비대해지는 증상이 있다는 얘기가 있다. 저렇듯 맑고 푸른색이 도는 물이 나쁜 물이라는 게 믿어지지 않는다. 석회수가 있는 곳에는 올리브나무가 많은데, 연꽃이 흙탕물을 맑게 해주듯 올리브나무가 석회수를 맑게 해주기 때문이다. 파묵칼레에도 올리브나무가 많다. 그러니까 석회수가 고통이라면 올리브나무는 그 고통을 치유해주는 힘이다. 바다의 신 포세이돈이 물을 선사했다면 사랑의 신 아프로디테는 올리브나무를 선사했다고 치자.

파묵칼레의 석회질 온천수는 피부염, 류머티즘, 관절염에 좋다고 한다. 한두 번 그 물에 발을 담근다고 아픈 곳이 낫기야 하겠는지. 그래도 우리는 저마다 바지를 무릎까지 걷어 올리고 옥같이 푸른 물에 발을 담근다. 몹시 미끄럽다. 남편이 내 손을 잡아주고 걷고 있지만 한 사람이 넘어지면 둘 다 넘어질 판이다. 한발 한발 떼어놓기가 겁이 난다. 살살 걸으면서도 시선은 새처럼 멀리멀리 날아간다. 시선이 닿는 곳마다 희다 못해 푸른 석회붕이 지금 이 순간에도 석회수가 철철 폭포처럼 흘러내리는 모양으로 굳어 있다. 실제로 계단에 미온의 온천수가 고여 있어 크고 작은 풀장이 널려 있지만 1997년부터 출입을 통제하고 있다. 석회붕은 석회를 함유한 물이 솟아 넘쳐 흐르면서 오랜 세월 침전되고 응고되는 과정을 거치면서 암석화된 것이다. 그 위에 계속 침전이 진행되어 마치 계단처럼 몇 겹이 되는 석회붕을 만들었다. 아직도 매년 1밀리미터 정도씩 증가한다고 하니, 지금 쌓여 있는 석회붕은 대략 1만 4000년 전부터 조금씩 쌓여져 만들어진 것이라고 보면 되겠다.

파묵칼레가 히에라폴리스로 불리던 시절에는 주로 왕족과 귀족들의 휴양 도시로 번영했다지만, 물이 효험하다는 소문에 병을 치유하려는 수많은 환자들이 몰렸고 그만큼 사망자 수가 많았던 모양이다. 대규모 공동묘지가 유적의 하나로 남아 있다. 무덤 수가 대략 1200기나 된단다.

낮게 떠도는 먹구름이 일부러 연출해낸 듯 고대 도시를 더 고대답게, 더 웅장하게, 더 위풍스럽게 만든다. 1354년

대지진으로 도시 전체가 사라졌으나 아폴론신전, 원형극장, 공동묘지, 성필립보순교기념교회, 도미티아누스의 기념문 등이 무너진 돌벽 그대로 쌓여 있어 이곳이 번영했던 도시임을 무언으로 전해준다. 역사는 그렇게 흐르고 흐른다.

에페수스

밀밭, 목화밭, 갈대숲이 있는 평화로운 농촌 마을의 한 골목을 지나고 있는데 어느 집 지붕 위에 술병이 놓여 있는 게 보인다. 우리 집에 과년한 딸, 나이 많은 아들이 있으니 '사 가시오'라는 뜻이란다. 술병이 엎어져 있는 것은 딸이고, 서 있는 건 아들이다. 술병이 엎어져 있는 집에 남자가 찾아가 병을 돌로 깨고 양가 부모가 상견례를 한다. 그때 홍차와 에스프레소가 나오는데, 남자가 마음에 안 들면 커피에 소금과 후춧가루를 넣는다네. 재미있는 풍속이다.

에페수스는 기원전 9세기에 건립되어 역사의 중심지로 번영했던 고대 그리스의 도시다. 또한 로마 시대에는 유럽과 아시아를 잇는 소아시아 지역 중 가장 중요한 에게해의 무역항이기도 했다. 만약 터키에서 유적지를 한 곳만 찾아간다면 에페수스를 손꼽을 정도로 장대한 유적을 만날 수 있는 유일한 곳이다. 종교적으로도 사도 바울이 전도 여행 중 가장 오래 머물렀던 곳으로 성지 순례에서도 빼놓을 수 없다. 또한 예수의 애제자 요한을 기리기 위한 '성요한성당'이 그렇고, 성당 입구에 있는 '박해의 문'이 그렇고, 1966년 교황 요한 바오로 2세가 이곳을 방문해 공식 성지로 선포한 '성모마리아교회'가 그러하며, 사도 바울이 전도 여행 중 사목을 한 교회 중 하나인 '에페수스교회'가 그러하며, 성모 마리아가 승천할 때까지 사도 요한과 함께 머물렀다는 '성모마리아의 집'이 그렇다.

에페수스에는 세계를 매혹시킨 아름다운 신전이 있다. 세계 7대 불가사의의 하나인 '아르테미스신전'이다. 기원전 4세기경에 자그마치 120년이나 걸려 완성되었다. 길이 137미터, 너비 69미터, 높이 18미터에 흰 대리석을 깎아 127개의 기둥을 이오니아식으로 세우고 지붕을 이었다. 아르테미스는 숲과 동물을 수호하며 수렵을 관장하고 처녀와 순결을 상징하는 달빛의 여신이다. 에페수스에서는 다산과 풍요의 아르테미스 신앙이 대단했던 모양이다. 사도 바울이 우상 숭배로 간주하고 금하자 에페수스인들이 격렬하게 저항했다는 기록이 남아 있다.

갑자기, 내 뒤에서 옆에서 앞에서 사진을 찍던 남편이 사라졌다. 나처럼 고대의 어느 거리를 걷고 있는 것일까. 가이드가 한참 후에 저 아래서 사진을 찍고 있다고 전해준다.

기원전 3세기 헬레니즘 시대에 지어져 로마 시대에 대대적으로 증축되었다는 원형극장을 둘러본다. 2만 4000명을 수용할 수 있을 만큼 거대하고 웅장하다. 공연, 연극뿐 아니라 종교적, 정치적, 철학적 토론과 검투사와 맹수의 싸움이 벌어지기도 했단다. 우리 일행을 스탠드에 앉혀놓고는 가이드가 누구든 무대에 올라 노래를 불러보라 했다. 오페라 가수가 따로 있나. 한 사람이 나가서 노래를 별달리 크게 부르는 것 같지 않은데도 위에까지 소리가 울려 퍼졌다. 6살짜리 꼬마도 용감하게 노래를 불러 박수갈채를 받았다.

정면 아치 위에는 행운의 여신 티케가, 내부에는 저주받은 괴물 메두사가 조각되어 있는 '하드리아누스신전'. 미와 사랑의 여신 베누스와 술의 신 바쿠스 등 신과 왕족 후예의 조각이 발견된 '트라야누스의 샘'. 사자 가죽을 어깨에 두른 헤라클레스의 부조가 있는 '헤라클레스의 문'. 수백 명을 수용할 수 있는 공중목욕탕. 하다못해 에페수스의 유적으로 버젓이 등재되어 있는 매춘소와 공중화장실 ….

이 길, 우리가 지금 걷고 있는 중앙로는 그 옛날 로마 군인 안토니우스와 이집트 여왕 클레오파트라가 즐겨 산책하던 길이라고 한다. 영화 〈클레오파트라Cleopatra〉(1963)에서 안토니우스는 악티움해전에서 옥타비아누스에게 패하자 클레오파트라 앞에서 자살하고 그녀도 스스로 뱀에 물려 죽는다. 비극적인 결말이 지극해서 오히려 아름다움으로 승화하여 오래도록 가슴에 남아 있었는데, 오늘 그들이 걷던 길을 우리가 걷는다는 게 정말, 믿어지지가 않는다.

에페수스에서 무엇보다 놀라운 건 켈수스도서관이다. 135년에 소아시아 총독(로마 집정관)이었던 켈수스를 기념하기 위해 그의 아들이 납골당과 도서관이 통합된 형태로 지은 것이다. 도서관의 앞문은 코린트식 기둥으로 화려하게 지어져 있고, 정면 맞은편에는 왼쪽부터 네 명의 여인 석상이 있다. 각각 소피아Sophia(지혜), 아르테Arte(덕성), 에노이아Enoia(학문), 에피스테메Episteme(지식)를 상징한다. 당시 이집트에서 수입해 들여온 양피지나 파피루스로 만들어진 1만 2천여 권의 책이 있었다고 한다. 몇 개의 층계를 내려가 광장을 가로질러 다시 올라야 하는데, 나는 하릴없이 오르내리며 도서관의 아름다움에 푹 빠져 있었다.

머리가 멍하고 띵할 정도로 나는 고대와 현대의 시공을 드나들며 에페수스를 걸었다. 붕붕 들뜨는 마음으로.

트로이

트로이 하면 제일 먼저 목마가 떠오른다. 그리스가 트로이를 멸망시키는 데 지대한 공을 세운 거대한 목마가 현대에 와서는 '트로이 목마'라는 컴퓨터 악성 코드의 대명사로 불리고 있으니, 오디세우스가 알면 통탄할 일이겠다. 그러나 오디세우스여, 안심하시라. 문학에서는 '엄청난 위험을 숨긴 아름다움'의 의미로 쓰이고 있으니 말이다.

트로이를 신화 속 도시로만 생각했다. 영화 〈트로이Troy〉(2004)를 보면서도 그게 신화로 만든 줄 알았다. 아킬레우스, 오디세우스, 파리스, 헬레네, 헤라, 아테나, 아프로디테 … 모두가 신화에 나오는 이름이 아니던가. 그런데 그게 아닌 것이, 트로이는 아홉 층으로 이루어진 고대 도시였다. 제1층인 기원전 3300년경부터 제9층인 로마 시대까지 멸망과 건설을 되풀이했다. 성벽, 돌로 포장된 도로, 성채로 둘러싸인 거주지, 대극장, 신전, 성전, 님파에움(신전보다 작은 사당) 등의 유적이 발굴되었다. '트로이의 헥토르'라는 글씨가 새겨진 동전도 나왔다. 고대 그리스의 시인 호메로스가 쓴 유럽 문학의 최고 서사시 〈일리아드〉와 〈오디세이〉에 기술된 기원전 1240년경의 트로이와 그리스의 전쟁 무대인 트로이는 제6층 시대에 해당한다. 소극장 오데온은 5~6세기 로마 시대에 지어진 것으로 제9층 유적이다.

트로이전쟁의 영웅 오디세우스, 그의 아내 페넬로페 이야기를 빼놓을 수가 없다. 쉴 새 없이 하는데도 끝나지 않는 일을 가리킬 때 '페넬로페의 베 짜기'라는 말을 쓴다. 오디세우스가 전쟁에 소집되어 무려 10년이 되도록 집으로 돌아오지 못하자 주위의 많은 남성들이 아름답거니와 행실이 바른 페넬로페를 가만히 놔두지 않았다. 그녀는 수많은 구혼자를 물리칠 구실을 생각해냈다. 시아버지의 수의 짜기를 시작하고 다 만들어지면 구혼자들 중 한 사람을 고르겠노라고 했다. 그러고는 낮에는 베를 짜고 밤이 되면 짠 베를 다시 푸는 일을 되풀이했다. 그녀는 이렇게 하면서 오디세우스가 돌아올 때를 기다렸다.

책에서 이 이야기를 읽으며 언감생심, 군인으로 참전하여 전사하고 안 계신 큰오빠의 교복 깃을 뜨면서 짰다 풀었다를 반복했던 내 어린 날의 뜨개질을 떠올렸다. 그러니까 내게는 '페넬로페의 베 짜기'가 낯선 말이 아니었다. 신화 같은 도시, 오디세우스와 페넬로페의 이야기 현장인 트로이를 걸으면서 다시 한 번 그날이 떠오르고, 사진 한 장 없어 아리송하기만 한 큰오빠의 모습이 그리움처럼 떠올랐다.

다시, 이스탄불

다르다넬스해협을 건너 마르마라해를 따라 다시 이스탄불로 돌아왔다. 떠났던 자리로 돌아온 셈이다. 터키의 주요 도시를 한 바퀴 돌고 온 거리가 장장 3500킬로미터다.

페리를 타고 해협을 건너는 동안 가이드가 갈리폴리반도를 보며 터키의 국기에 대해 설명했다. 그곳은 제1차 세계대전 때인 연합군과 오스만제국이 혈전을 벌였던 곳이다. 오스만제국이 큰 승리를 거두었으나, 연합군에서도 오스만제국에서도 엄청난 사상자가 발생했다. 거의 40만 명에 이른다. 터키의 국기는 빨간색 바탕에 흰색의 초승달과 별로 구성되어 있는데, 빨간색 바탕은 그때 죽은 병사들의 피를 잊지 않기 위해서란다. 초승달은 기원전 4세기에 마케도니아의 군세가 이스탄불의 성벽 밑을 뚫고 침입하려 했을 때 달빛으로 이를 발견하여 나라를 구했기 때문이라고 하고, 별은 술탄 메메트 2세가 동로마제국을 멸망시키고 콘스탄티노플을 정복하던 날 떠 있던 초승달 곁의 별을 기념하기 위한 것이라고 한다. (초승달과 별, 빨간색과 흰색은 이슬람교의 상징으로도 알려져 있다.) 터키에서는 국기를 '달과 별'이라는 뜻의 '아이 일디즈ay yildiz', 즉 월성기라 부른다.

오후 7시, 이스탄불의 야경 투어다. 낮하고는 또 다른 풍경을 볼 수 있으리라. 이스탄불의 명동이라는 이스티크랄 거리를 걷는다. 넓지도 않은 골목길 가운데로 전차 튀넬이 지나간다. 튀넬은 탁심 광장과 이스티크랄 거리를 왕복하는 도심 속 작은 전차다. 영국 런던 다음으로 세계에서 두 번째로 오래된 전차 노선이며, 세계에서 최단 거리로 운행되는 전차이기도 하다. 전차는 조는 듯 느릿느릿 움직인다. 전차가 빠른지 걷는 사람이 빠른지 헷갈릴 정도다. 달리기 내기를 하면 내가 이길 것 같다.

가이드가 데리고 간 곳은 발륵 에크메(고등어케밥) 음식점이다. 배가 그대로 음식점이다. 배부른 항아리처럼 생긴 나무술통이 식탁이고 의자다. 케밥은 터키식 샌드위치다. 고등어만큼 긴 빵 사이에 통째로 구운 고등어와 야채를 끼어 넣는다. 레몬 즙을 뿌려서 먹으면 고등어의 비린내가 나지 않는다. 내게는 고등어케밥보다 밤바다를 바라보는 맛이 훨씬 좋았다. 이스탄불에서의 마지막 밤이었다.

여행의 마지막 날 아침, 아야소피아를 관람했다. 아야소피아는 터키어로 '성스러운 지혜'라는 뜻이다. 5세기 콘스탄티누스 2세 황제가 국교인 기독교(정확히는 그리스정교로, 동로마제국을 중심으로 발전한 기독교의 한 교파)의 번영을 위해 지은 성당이다. 몇 번의 화재와 파괴와 재건을 반복했고, 지금의 모습으로 537년에 유스티니아누스 황제가 헌당했다. 높이 54미터, 지름 33미터에 달하는 거대한 돔을 가진 성소피아성당은 비잔티움 건축의 최고 걸작으로 손꼽히며, 전 세계에서 네 번째로 큰 성당이다.

900여 년 동안 교회였던 아야소피아는, 15세기 오스만제국의 술탄 마호메트 2세에 의해 이슬람 사원인 모스크로 바뀌어 500여 년간 사용되었다. 그도 성당의 완벽한 아름다움에 차마 파괴하지 못하고 모스크 개조를 선택했다. 이슬람은 인물화를 금지하기 때문에 개조 작업을 할 때 처음에는 인물화의 얼굴에만 회칠을 했으나, 18세기 중반에는 인물의 형상 전체에 회칠을 하여 아예 인물을 볼 수 없게 했다. 지금 아야소피아에서 볼 수 있는 모자이크로 된 인물화는 대부분이 1932년에 미국비잔틴학회에 의해 다시 빛을 보게 된 것이다. 그런데 1500여 년이나 된 성화가 어떻게 색감이 저리 생생할 수가 있나. 아마도 이슬람의 회칠 덕분에 그 빛깔을 고이 간직할 수 있었던 건 아닐까. 어쨌든, 제국이 바뀔 때마다 인물화의 수난도 함께한 셈이다.

20세기 초 터키공화국이 수립되자 아타튀르크 초대 대통령은 기독교와 이슬람 문명의 공존을 위해 1934년 이곳을 박물관으로 바꾸어 소중한 문화유산으로 자리 잡았다.

근대 철학의 아버지 데카르트는 '여행이란 다른 세기의 사람들과 대화를 나누는 것과 같다'고 했다. 옳은 말이다. 터키 여행을 끝내고 나니, 천년의 시간을 거슬러 올라가서 세기마다의 갈피를 들여다보고 다른 세기의 사람들과 실컷 대화를 나누어본 기분이다. 참으로 만감이 교차하네. 누구에게라고 할 것 없이 터키 여행은 내게 그냥 '테쉐퀴르에데림, 촉 테쉐퀴르에데림(고마워요, 정말 고마워요)'이다.

중화민국 타이베이 · 신베이

2017

열세 번째 여행 이야기

닮은 구석이 많은 가깝고도 먼 친구

흔히 일본을 가리켜 '가깝고도 먼 나라'라고 한다. 반면에 가까웠지만 멀어진 나라도 있다. 그것도 타의에 의해서. 바로 '대만'이다. 대만(타이완의 우리식 한자음)은 지리적 명칭이고, 공식 명칭은 중화민국Republic of China이다.

신해혁명으로 청이 망한 후 1912년 국민당에 의해 성립된 공화국으로, 제2차 세계대전이 끝날 때까지 중국 대륙을 지배했다. 우리와 마찬가지로 일제의 침탈을 겪었고 항일하면서 대한민국임시정부의 독립운동을 지원하기도 했다. 그런데 국공내전에서 소련의 지원을 받는 공산당에게 패하여 대만으로 도피하게 되고, 중국 대륙은 중화인민공화국 차지가 되었다. 그럼에도 일제에 저항하고 공산국가에 맞서는 동병상련의 우호적인 인연으로 중화민국은 1948년 우리나라가 정부 수립 후 맺은 첫 수교국이었다.

중화민국은 중화인민공화국을 공산당이 반란으로 세운 불법 단체로 간주하여 국가로 인정하지 않았고, 중화인민공화국 역시 중화민국을 자국의 일개 지방으로 간주하여 타이완성이라 불렀다. 반공주의의 선두에 섰던 우리는 중화민국을 중국 또는 자유중국으로, 중화인민공화국을 중공(중국 공산당) 또는 공산중국이라 불러왔다.

중공의 힘은 날로 커져 그 영향력이 세계에 끼치게 되었다. 1971년에 중화민국이 갖고 있던 중국 대표권과 유엔의 안보리 상임이사국 지위도 가져갔다. 많은 나라들이 중공과 수교를 맺게 되면서 명실상부한 중국이 되었다.

냉전이 종식되고 우리나라는 북방정책을 실시하며 공산권과의 외교관계 개선에 적극 나섰고, 중국과 1992년에 수교를 맺게 되었다. 각각 중화민국과 북한을 의식하지 않을 수 없었던 양국이지만, 이미 거스를 수 없는 세계적인 대세였다. 중국은 여느 나라와 마찬가지로 '하나의 중국' 원칙을 들이대며 중화민국과의 단교를 조건으로 내걸었다. (미국도 1979년 중국과 수교하면서 중화민국과 단교했다.) 우리 역시 둘 중 하나를 선택할 수밖에 없었고, 친구였던 중화민국과는 헤어져야 했다. 그들 입장에서는 한국의 배신이겠지.

아침 신문에 "트럼프의 '하나의 중국' 흔들기에 중국 발끈"이라는 기사가 났다. 중국에 있어 대만은 불편한 동거를 끝내고 반드시 수복해야 할 구겨진 자존심이다. 최근 수차례 무력 사용을 언급하면서까지 '대만 통일'을 외친 것도 이 같은 맥락에서다. 반면에 미국에 있어 대만은 중국을 봉쇄하고 무역로를 보호하기 위한 필수 거점이다. 대만의 정치적, 군사적, 지리적 중요성이 우리와 닮아 있다.

대만은 기원전 3000년부터 오스트로네시아어족 원주민들이 살고 있던 조용한 섬이었다. 1624년 동방원정을 나선 유럽 열강 중 하나인 네덜란드가 통치하기 전까지 어느 나라도 관심을 두지 않았던 땅이었다. 명, 청 시기가 되어서야 대륙에서 한족이 대량 이주했고(이들을 본성인이라 한다.) 원주민들은 아메리카 인디언처럼 삶의 터전을 내어주고 산악지대로 밀려났다. 1949년 중화민국의 실효적 본토가 된다. (이때 대륙에서 넘어온 이들을 외성인이라 한다.)

세계로부터 중국은 중화인민공화국을 가리키고 중화민국은 '중국 타이완성'이라 불리는 현실에서 중화민국 국호를 유지하는 것은 국가 정체성에 대한 큰 정쟁이 되었다. 외성인들은 중화인민공화국과의 동질성으로부터의 독립을, 본성인들은 외래 정권인 중화민국으로부터의 독립을 목소리내기 시작했다. 이들 간의 마찰은 여전히 남아 있지만, 젊은이들을 중심으로 새로운 국호인 '대만공화국Republic of Taiwan'을 한목소리로 주장하고 있다.

여행 이야기에 앞서 장황하게 중화민국, 아니 대만 이야기를 늘어놓은 것은 그만큼 이 나라가, 역사가, 우리와의 관계가 주는 형언할 수 없는 그 무엇 때문이고, '아는 만큼 보인다'는 여행 격언에 충실하고자 했음이다. 우리와 비슷한 점이 많아서일까, 애잔한 슬픔마저 더해 중화민국의 수도 타이베이로 가는 비행기에 올랐다.

첫째 날

3박 4일의 짧은 이 여정이 각별하다. 딸과 손자 한결이가 동행하는 첫 여행이기 때문이다. 마음이 마냥 설렌다.

호텔에 짐을 풀고는 바로 밖으로 나왔다. 자유 여행을 선택한 딸의 속셈은 조금이라도 시간 낭비가 없는, '하나라도 더 봐'인 것 같다. 대학생일 때부터 답사를 즐겨했던 딸은 모르는 곳, 모르는 것이 없을 만큼 지리에 밝고 고적이나 고궁, 유물, 건축, 미술 등에 훤했다. 우리 부부는 이제부터 펼쳐질 여행이 강행군일 것이라 예상하며 젊은 그들(?)에게 뒤처지지 않으려 단단한 각오를 해야 했다.

딸은 맨 앞에서 스마트폰을 들여다보며 목적지로 가는 길을 분주히 검색하며 나아갔다. 그 뒤로 손자 한결이가,

그 뒤로 내가, 그 뒤로 남편이 따랐다. 우리들의 줄 서는 순서는 흩어졌다가 다시 모이고 멀리 떨어져 걷다가 다시 모이고 했지만 대체적으로 이 대열을 유지했다. 맨 앞과 맨 끝은 가운데 사람들을 이끌고 보호해야 할 의무가 있다.

지하철역에서 이지카드(선불식 충전카드) 4장을 구매하고 처음 찾은 곳은 중정기념당이다. 이곳은 장제스蔣介石를 기리기 위해 그의 본명인 '중정中正'에서 이름을 따와 지은 건물이다. 정문에는 5개의 하얀 아치로 된 출입구가 있고 푸른색 지붕 아래 '자유 광장'이라는 글자가 새겨져 있다. 25만 평방미터의 어마어마한 넓이다. 양옆에는 연극을 공연하는 국립희극원과 각종 콘서트가 열리는 국립음악청이 있다. 연못과 정원도 함께 조성되어 있어 시민들의 복합 문화생활 공간으로 자리 잡고 있단다. 정문 우측 숲길에는 그 나이를 알 수 없는 아름드리나무가 빽빽이 들어서 있고, 꽃밭에는 코스모스와 베고니아가 한창이다. 대만의 겨울은 1월인데도 최저 기온이 영상 15도인 기후가 꽃을 피워낸다.

광장 맞은편에 있는 높이 70미터의 중정기념당이 아득하니 멀다. 건물 외관의 에메랄드 기와와 하얀 대리석 벽이 도도하고 고고하다. 서거 당시의 나이를 기려 만든 89개의 계단을 오르자니 숨이 차다. 청천백일靑天白日 문양(신해혁명 때의 국민당 상징, 중화민국 국기에 사용)의 천장 아래에 높이

6.3미터의 장제스 청동상이 부드럽게 웃고 있다. 헌정하의 초대 총통인 그의 통치 이념은 '윤리, 민주, 과학'이었다. 청동상 뒷벽에 까만 글씨로 씌어 있다. 본성인과 융합하여 사회를 안정시키고 국력을 키워 대륙 본토를 수복해야 할 당시의 시대적 과제를 생각하니 고개가 끄덕여진다. 아이러니하게도 그는 우리나라의 박정희 대통령처럼 '반공체제의 수호자', '경제성장의 영도자'라는 긍정적 평가와 함께 민주를 실천하기에는 이른 시대상을 이유로 민주주의를 짓밟은 '독재자', '공포정치'라는 부정적 평가가 공존한다.

다시 광장을 걸어 나오는데 비가 내린다. 대만은 아열대 기후, 분지형 섬의 특성상 비가 시시때때로 내리기 때문에 항상 우산을 들고 다녀야 한다.

이번에는 지하철을 타고 시먼딩西門町으로 간다. 50년간 일제의 식민지였던 만큼 지금도 곳곳에 일제의 흔적이 남아 있다. '타이베이의 명동'으로 불리는 시먼딩의 이름도 그렇다. '서쪽 문'이라는 뜻에 일본식 행정구역인 '마치町'를 합쳐 만든 지명이다. 우리나라 명동도 일제강점기 때 메이지明治와 마치를 합친 명치정이었다.

일제는 이곳에 대규모 상업 지구를 만들었다. 오랜 세월을 거치면서 부침을 거듭했고 또 날로 늘어가는 인구 때문에 중심 업무 지구를 '서쪽'에서 '동쪽'으로 옮겼지만, 지금

여행을 뜻하는 영어 단어 'travel'의 어원은 'travail(고통, 고난)'이다.
경제적으로 체력적으로 시간적으로 고통과 고난이 따르는 것은 맞지만
'인간의 독선적 아집을 깬다'는 말처럼 여행은 위대하다.

도 시먼딩은 명동 같은 로데오 거리로 번화하기 짝이 없다. 온통 영화 거리, 마사지 거리, 맛집 거리 등이다. 거리의 악사도 있고, 다양한 놀이 문화도 체험할 수 있다. 각종 상점들과 문화 공간이 빽빽이 들어차 있다. 주말과 공휴일에는 차량도 통행 금지다. 조용하고 한적한 곳으로의 여행도 좋지만 때로는 이렇게 시끌벅적한 곳에 끼어들어 나름의 풍물을 맛본다는 것도 여행의 색다른 묘미다.

배가 고픈 지금 시각이 벌써 오후 5시다. 대만은 우리보다 한 시간 느리니 우리 시각으로는 6시밖에 안 됐지만 얼마나 많이 걸었는지 모른다. 배가 고플만하다. 어깨와 어깨를 부딪치며 사람들을 뚫고 어느 음식점 앞에 선다. 그들은 영어를 (물론 우리말도) 못하고 우리는 중국어를 모른다. 모든 간판이 한자로 되어 있지만 우리 식으로 발음하는 것이 아니니 손짓 발짓으로도 통하지 않는다. 힘겹게 음식을 시켰지만 젬병이다. 딸은 이 나라에 왔으니 이 나라 음식을 즐겨야 한단다. 답사의 여왕답다. 맛도 맛이지만 향이 지레 식욕을 떨어트린다. 벌써 된장찌개와 김치가 그립다.

다시 복잡한 인간 굴속을 헤쳐 나와 지하철을 탄다. 마음 같아서는 이제 그만 호텔로 돌아가자고 말하고 싶지만 딸의 눈치로 봐서 어림없다. 곱게 따라다녀야 할 것 같다.

목필균 시인은 시 〈산사의 종소리〉에서 새벽별 쏟아져

내리는 산사에서 울리는 종소리에 '잠들었던 나무가 수런거리고 뒤란 대숲이 출렁댄다'고 했다. 그의 아름다운 시어가 무색하게도 이곳의 용산사龍山寺는 현대적인 건물들이 즐비한 시가지 한복판에 있고 근처에 각종 생활용품 상점, 한약방, 음식점 등과 길게 늘어선 야시장까지 있다. 근엄하고 정갈하고 고즈넉한 우리의 산사에 익숙한 내 눈에는 '대만의 자금성'이라 불릴 만큼 그저 화려하기만 했다. 1700년대 청나라 이주민들에 의해 세워진 가장 오래된 사찰이라지만 고상한 격이 느껴지는 우리의 천년 고찰과는 그 시간차만큼이나 거리가 너무 멀고, 불교와 도교와 토속신앙까지 한데 어우러진 용산사는 절의 풍모를 달리 보게 했다.

입구 돌비석 옆에서 한 아주머니가 신에게 바칠 꽃인지, 양란 같은 꽃바구니를 앞에 하고 앉아서 팔고 있다. 스리랑카에서는 부처께 아라리아 흰 꽃을 받쳤는데, 용산사의 저 꽃은 이름을 알 수가 없다. 식당에서처럼 묻는 데 고달플 것 같아 그냥 용산사로 들어섰다. 황금빛 벽이 켜놓은 불빛 때문에 찬란하기까지 했다. 저마다 소원을 비는 사람들로 붐볐고, 신들께 바친 꽃들이 무성했고, 향연이 자욱했고 향내가 진동했다. 한쪽 벽에서 쏟아져 내리고 있는 폭포까지 합세해서 경내가 온통 들썩거렸다.

쟁쟁거리는 용산사를 우리는 조용히 빠져나왔다. 낯선

거리의 어둠은 일찍 찾아와 더욱 짙어지고, 벌써 저 멀리 가고 있는 딸의 뒤를 더듬듯 따라간다.

보피랴오剝皮寮 거리는 18세기 전통 건축물이 있는 유서 깊은 역사문화의 거리다. '삼나무 껍질을 벗기는 집'이란 뜻인데, 중국 상인들이 배로 실어온 삼나무의 껍질을 벗기는 1차 목재가공업이 이 일대에서 발달하여 얻게 된 이름이다. 건물 1층에 긴 야외 복도가 있어 햇빛도 가리고, 비도 피할 수 있다. 돌이 깔린 복도 바닥은 여느 나무 복도를 걷듯 편안하다. 조개가 입 다물고 있듯 복도로 난 문들은 꼭 닫혀 있고 '春(춘)'이라든가 '福(복), 迎春(영춘), 納福(납복)'이란 글자가 우리의 '立春大吉(입춘대길)'처럼 문에 씌어 있다. 어두워져오는 저녁거리는 쓸쓸하기도 하고, 어디선가 옛 사람들의 수런수런 말소리가 들려올 듯 신기하기도 했다.

긴 복도를 벗어나 건물을 끼고 돌면 또 다른 건물이 줄을 잇대어 있다. 지금은 사라지고 터만 남은 상점도 있고, 옛 모습을 간직한 채 영업을 하고 있는 상점도 있다. 옛 정취를 느끼며 차를 마실 수 있는 슈잉다실秀英茶室을 지나면 일본식 목제 유리창이 있는 일상여사日祥旅社가 있다. 일종의 호스텔로 주머니가 가벼운 여행자들이 저렴한 비용으로 숙식을 해결하던 대만식 주막이다. 일제강점기 초기에 문을 연 대만 최초의 제본소도 있다. 그밖에 석탄가게였던 토탄시土炭市, 쌀가게인 송협흥宋協興, 전통 공중목욕탕인 봉상욕실鳳翔浴室 등이 옛 모습 그대로 남아 있다.

인쇄, 피혁, 제당 등 경공업 공장들이 있는 공단 지역으로 영원한 번화를 누릴듯했던 이 거리가 1980년대 들어서 개발의 축이 서쪽에서 동쪽으로 이동하기 시작해 기반 설비가 약해지고, 사람들은 좀 더 쾌적한 주거 환경을 찾아 신도시나 외곽 지역으로 떠나갔다. 보피랴오 거리는 그래서 타이베이의 옛 모습을 고스란히 간직한 채 가난한 사람들이 모여 사는 지역으로 남게 되었다. 하지만 건물은 낡았어도 옛것을 그리는 많은 사람들의 발길이 잦아지면서 역사문화의 거리로 거듭나 관광 명소가 되었으니….

시먼딩에서 먹은 저녁이 영 시원치 않은지, 이제 배도 고프고 다리도 허리도 아파서 더 이상 걸을 수가 없다. 어서 호텔로 가고 싶다. 한결이는 숫제 초입에서부터 들어오지 않고 기둥에 기대어 서서 태블릿 PC에 골몰하고 있었다.

둘째 날

오늘은 택시 투어다. 아침 9시에 정확히 택시에 올랐다.

운전사는 소박하고 느긋해 보인다. 흰 티에 검정 바지, 노란 조끼를 입었다. 조끼 잔등에는 까만 글씨로 '包車旅遊(포차여유, 대절한 차로 관광한다는 뜻)'라 씌어 있다. 타이베이는 도시 풍경만큼이나 사람들의 옷차림도 수수하다. 짧은 겨울을 제외하고는 연중 30도를 웃도는 기온과 높은 습도 때문에 옷을 차려입기에 부담스러운 탓도 있겠다.

출근길인가 보다. 한 사람 또는 두 사람이 탄 스쿠터가 거리를 메운다. 우리나라에서는 오토바이를 타면 죽음을 각오해야 한다는데, 타이베이의 스쿠터는 완전 진풍경이다. 밀물처럼 몰려오다가 신호등에 막히면 일제히 멈췄다가 다시 썰물처럼 빠져나간다. 차가 많지 않아 가능한 일이겠다.

하늘에 흰 구름, 검은 구름이 멋있는 수묵화를 그려낸다. 운전사는 가다가 서고 가다가 서면서 사진 찍을 곳을 가리켜준다. 그 장소에 맞는 포즈도 가르쳐준다. 그가 유일하게 할 수 있는 우리말이 있다. 사진 찍을 때 '하나, 둘, 셋' 하는 것. 그래 놓고는 계면쩍어 웃는 웃음이 일품이다.

운전사는 예류野柳로 들어가는 주차장에 차를 세우더니 꾸물거리는 하늘을 올려다보며 차 트렁크에서 우산을 꺼내준다. 11시 15분까지 이곳으로 오라고 1시간의 여유를 준다. 이곳 운전사들은 항상 차에 우산을 싣고 다니나 보다.

예류지질공원. 대체 어떤 풍경이 우리 앞에 펼쳐질 것인가, 궁금하고 설렌다. 우리처럼 택시 투어로 이곳에 온 사람들이 많이 눈에 띈다. 자, 걸어보자고! 오른쪽에 나무숲과 그 너머 파도가 일렁이는 바다를 끼고 우리는 여유 만만, 그러나 1시간을 의식하며 걷는다. "長城一面溶溶水 大野東頭點點山(긴 성 한쪽은 물 철렁철렁하고, 큰 들판 동편 머리에는 점점이 산이로구나)"라고 했던가.

어떻게 눈으로 보았다고 해서 저 기암괴석들의 모습을 다 설명할 수 있을까. 다만 괴석 앞에 놓인 이름표를 보면서 '아, 그렇구나!' 수긍하며 걸을 수밖에 없다. '여왕의 머리女王頭' 바위는 정말, 베를린미술관이 소장하고 있는 기원전 14세기경 고대 이집트 네페르티티 왕비의 모습과 똑같다. 세상에! 이름 부쳐준 사람에게도 경의를 표한다. 바위는 자세히 살펴보면 가녀린 여성의 목선과 높게 틀어 올린 머리 그리고 얼굴의 코와 입 부분이 정말 사람의 그것과 닮아 있다. 이 공원의 상징이라 한다. 바위의 나이는 4천 년 정도 된다는데, 현재 목 부분이 138센티미터밖에 남지 않아서 머지않아 바위가 부서지거나 사라질 것이라고 공원측 관계자들은 전전긍긍이란다. 때문에 바위 앞에는 관리인이 따로 있어 사진은 찍되 바위를 만지는 행위는 금지하고 있다. 여왕머리바위는 저기 파도치는 바다와 자주 어둠침침해지는 하늘과 때로는 폭풍우에 대항하며 그리고 가끔 찾아와 어루만져주는 관광객의 시선과 손길에 위로받으며 그렇게 오랜 세월을 살아왔구나! 기가 막히다.

붕어바위, 촛대바위, 공주바위, 생강바위, 버섯바위, 코끼리바위 …. 모두가 여왕머리바위 같은 세월을 보냈을 것이다. 해변에 있는 이 기암괴석들은 오랜 풍식작용과 염풍, 밤낮의 큰 기온 변화로 침식이 되어 독특한 형상을 만들었다고 치자. 나는 터키 여행길에서 본 파샤바 마을의 버섯 모양 바위들을 떠올리지 않을 수가 없다. 우리는 시간이 빠듯해 걸음을 재촉하여 택시가 있는 곳으로 내려왔다.

한자로 '十分(십분)'이 어찌해서 '스펀'으로 읽어야 하는지 도무지 영문을 모르겠는 채 마을 입구로 들어섰다. 철로가 아득히 먼 하늘 끝에서부터 시작해서 마을 입구를 지나 내 등 뒤로 또 어디론가 아득히 내달릴 태세로 놓여 있다.

본디 석탄을 실어 나르던 협궤 열차의 철로다. 스펀 마을은 석탄의 시대가 지나고 쇠락의 흔적만 남은 옛 탄광 마을이지만, 그래서 오히려 또 하나의 관광 명소로 많은 여행객들이 모여들고 있다. 그리움은 인간의 본성인 것 같다. 인간은 모태母胎에서의 태안泰安을 그리워하듯 아득히 먼 옛날을 그리워한다. 연인이 양쪽으로 갈라져 철로를 하나씩 밟고 넘어질 듯 위태롭게 걷던 그때, 얼마나 아름다운 시절이던가. 어디론가 꿈의 세계나 환상의 세계로 여행을 떠날 수 있을 것 같은 설렘이 있는 것이다. 철로를 가운데로 하고 양옆으로는 아주 오래된 벽돌담 2층집이 잇대어 있다.

철로변 울타리에는 별스럽게 대나무통이 주렁주렁 매달

려 있다. 저마다의 소원이 먹글씨로 씌어 있다. 대부분 한자이지만 한글이나 영어로 씌어 있는 것도 눈에 띈다. '돈 많이 벌게 해주세요, 健康(건강) ….' 대나무통은 가게 앞에도, 나무기둥에도 옷가지를 걸어놓듯 걸어놓았다.

스펀 마을은 천등天燈 마을이라고도 한다. 천등은 밑면만 없는 직육면체인데, 밑면에 등을 매달아불을 켜면 그 열기로 하늘로 날아오른다. 천등은 아홉 가지 색깔이 있다. 빨간색은 평안과 건강, 파란색은 일과 직업, 노란색은 금전과 재물, 보라색은 학업과 시험, 주황색은 애정과 결혼, 초록색은 길, 흰색은 광명, 분홍색은 행복, 다홍색은 인연을 상징한다. 소원이나 취향에 맞는 색깔을 골라 천등에 소원을 글로 쓴 후 하늘로 날린다. 쇠락의 흔적만 남아 있는 옛 탄광 마을은 이렇게 천등과 함께 화려하게 부상하고 있다.우리는 빨간색 천등을 골라 네 식구가 네 면에 각자의 소원을 써넣었다. '우리 모두 오래오래 건강하게 행복하게'라고.

운전사와 딸과 한결이가 무슨 묵계라도 했던 것일까. 어느 음식점 앞에서 발을 멈춘다. '닭날개볶음밥'이 유명하단다. 대만 글자로 쓰면 불사를 소燒, 말릴 고烤, 닭 계鷄, 날개 시翅, 쌀 포包, 밥 반飯. 우리 한자음으로는 '소고계시포반'이다. 어휴, 한자 찾아보느라 혼났네. 중국은 1960년대부터 문맹률을 낮추기 위해 자형을 간략하게 고친 '간체자'를 사용하고 있는데, 중국의 향수를 저버리지 못하는 대만은 전통적으로 써오던 방식 그대로의 '번체자'를 사용하고 있다. 소박하지만 느긋한 대만 사람들의 만만디 행동을 알 것 같다. 번체자는 도저히 빨리 쓸 수가 없기 때문이다. 이 집은 음식점이라 하기에는 좀 그렇다. 포장마차 같기도 하고 허름한 판잣집 같기도 하다. 기다리는 사람들이 빼곡하다. 한참을 기다려 종이에 싸인 닭날개볶음밥을 들고 나온다. 좁은 음식점 안은 들어갈 틈이 없어서 철로가 내다보이는 휴게실 의자에 앉는다. 볶은 밥이 양념된 닭 날개 살에 푹 싸여 있다. 남편, 딸, 한결이는 맛있다는데 나는 별로다.

어느 틈에 한결이는 여행 내내 가슴에 안고 다니던 '다스 베이더'를 철로 건널목에 내려놓고, 혼자서 뭐라 중얼중얼하고 있다. 다스 베이더는 영화 〈스타워즈[Star Wars]〉 시리즈에서 악당으로 등장한다는데, 뭐가 그리 좋은지 손에서 놓지를 못한다. 그에 더해서 엄마를 부르더니 저와 다스 베이더를 함께 사진 찍어달라고 한다. 한결이가 자란 후 다스 베이더는 어떤 기억으로 남아 있을까. 협궤 열차라든가 이 철로는 한결이의 기억에 없을 것 같다. 세대가 다르니 그렇다 치더라도, 그래도 많이 허전하다. 한 시대가 가고 쇠락의 흔적만 남은 옛 탄광 마을은 그래도 옛것을 그리워하는 사람들의 발길이 끊이지 않는데, 까만 망토를 입고 머리에 까만 헬멧을 쓰고 종횡무진 악행을 저지르고 다니는 가상의 인물이 과연 한결이의 기억 속에 어찌 남을 것인지….

진과스金瓜石 가는 길은 아름답고 평화로워서 도저히 산 속에 탄광지대가 숨겨 있을 것 같지 않다. 바다와 산과 계곡과 폭포가 산자수려하다. 멀리 보이는 높은 산에는 집들이 층층을 이루며 빼곡하게 들어차 있는데, 그것도 진풍경을 이룬다. 폐허가 된 건물이 산 중턱에 자리 잡고 있다. 아마도 옛 광부들의 숙소가 아니었나 싶다. 아름다운 경치가 그 건물을 더욱 쇠락하게 만들고 있는 느낌이다.

운전사는 황금폭포라 쓴 팻말 앞에 우리를 세우더니 또 하나, 둘, 셋을 외친다. 뒤편 산에서 몇 줄기 폭포가 쏟아져 내리고 있다. 진과스에는 많은 비가 내린다고 하는데, 광물질 섞인 물이 주변을 노랗게 만들어 물조차 황금색으로 보여 붙여진 이름이다. 황금폭포 오른쪽으로 바다가 보인다. 음양해陰陽海. 바닷물 역시 광산에서 나오는 광물질과 만나면서 노란색을 띤다. 바다의 황금을 누가 걷어갈까 봐 망이라도 선 양 구름이 잔뜩 얼굴을 찌푸리고 내려다보고 있다.

진과스는 제2차 세계대전 당시 일제에 붙잡힌 포로들이 일하던 광산이었다. 철로공사를 하던 중 우연히 금광이 발견되면서 금광촌으로 급부상하게 되었다. 금과 은의 생산량이 어마어마했다는데, 거대한 금광이 연이어 발견되자 일제는 산의 동굴과 계곡 곳곳을 파헤치기 시작했다. 금광은 여기저기서 끊임없이 발견되었고 능선을 따라 이어진 아랫마을 지우펀까지 금광 도시로 이름을 달게 되었다.

우리는 언덕진 길을 천천히 오른다. '광부의 도시락'을 파는 광공식당鑛工食堂이다. 일제강점기 때 채굴 작업을 하면서 광부들이 갱도 안에서 간단히 먹을 수 있도록 싸왔던 도시락이라고 한다. 내용물이야 그 시절과 많이 다르겠지만 우리는 또 그리움을 먹는 기분으로 식탁에 앉았다.

다시 언덕을 오른다. 마음이 절로 느긋해져 발길이 무겁지 않다. 태자빈관太子賓館이다. 1922 년에 일본의 황태자였던 히로히토의 방문을 기리기 위해 지은 것이라고 하는데, 결국 그는 방문하지 않았다. 현재 대만에 남아 있는 가장 정밀한 일본식 목조건물로 손꼽힌다. 100년 동안 아무도 살지 않았는데 누군가 지금까지 살아온 것처럼 잘 정돈되어 있고 깔끔하다. 주변 경치 또한 빼어나다. 침실, 오락실, 회의실이 잘 갖춰져 있고 연못에는 잉어 떼가 노닐고 있어 지금 어떤 귀빈이 나타난다 해도 조금도 손색이 없을 것 같다. 그런데 이 산골짜기 광산촌에 태자는 왜 오려고 했을까. 금 때문에 …. 어쩐지 마음이 언짢다.

문 앞에는 조각 세 점이 있는데, 은비늘로 싸여 있는 네 발 달린 동물이다. 살이 통통 찐 몸통으로 세 마리가 모두 엉덩이를 돌려대고 엎드려 있는 모양새인데, 꼬리만 없을 뿐 영락없는 돼지다. '運金獸(운금수)' 안내판에 씌어 있는 글자 그대로 '금을 실어 나르는 동물'이다. 앉아서 등을 부드럽게 쓰다듬어주면 금이 숨겨진 장소로 이끌어준다고 한다. 하하. 금과 은이 많이 나왔다는 광산이다 보니 사람들을 이런 식으로 현혹시키네. 어디 등을 쓰다듬어볼거나. 재미로 하는 것이겠으나 발상이 꽤 그럴듯하다.

다시 언덕을 오른다. 석탄을 실어 나르던 철로가 있는 협궤 열차 역인 것 같다. 철거덕 철거덕, 광부들은 피곤한 다리를 이끌며 이 협궤 철로를 끝없이 반복해서 오르내렸겠지. 깊은 산이 병풍처럼 둘러싸고 있다. 하늘은 잔뜩 흐려 있는데 주위는 산그늘로 인해 더욱 음산하다.

황금박물관에는 엄청난 크기의 220킬로그램짜리 황금이 있다. 유리상자의 양쪽 구멍으로 손을 넣어 금을 만져볼 수 있다. 금을 만진 손을 주머니나 가방 속에 넣으면 그 기운을 받아 부자가 된단다. 금으로 만든 조각품들도 전시되어 있다. 광부들은 때로는 한가한 시간에 모여 앉아 카드놀이를 한 모양이다. 황금으로 된 트럼프도 있다.

운전사는 우리를 다시 광산 마을이었다는 지우펀 산등성이에 내려주고 1시간 후에 마을 아래에서 만나자고 하며 오던 길을 되돌아 차를 몰고 갔다. 지우펀九份은 '9등분'이라는 뜻이 들어 있다. 청나라 초기 이곳에는 아홉 집이 모여 살고 있었단다. 당시 꽤나 궁벽한 곳이었는데, 이들은 밖에서 필요한 물건이 있으면 한꺼번에 장을 봐서 아홉 집이 사이좋게 나누어 사용했다고 한다. 그래서 생긴 이름이다.

오가는 사람이 어깨를 부딪칠 만큼 좁은 골목, 가파른 비탈길을 따라 줄잡아 360여 개의 돌계단이 있고, 길 양옆으로 시대극의 배경으로 쓰였을듯한 옛 건물들이 처마를 맞대고 빼곡히 들어서 있다. 80~90년 정도 되었다는 낡은 목조건물을 둘러싸고 있는 수많은 홍등이 현란한데 좁은 골목이나 층계참에는 식당, 카페, 기념품점 등이 즐비하다.

취시애도就是愛陶라는 도자기 판매점 앞에는 젊은 사내가 직접 손으로 백자 달항아리를 빚고 있다. 결연한 입매, 진지한 태도, 온몸을 흐르는 결기가 금방 아기를 낳을 듯한 임산부의 고통과 희열이 스며 있다. '승편희원昇平戲院'이라는 옛날 극장이 있다. 지우펀의 전성기 때는 영화 관람객으로 입추의 여지가 없었다고 한다. 1986년 극장은 문을 닫았고 세월의 풍파에 건물도 무너져 내려 지금은 이끼 가득 낀 돌에 새긴 간판과, 아마도 극장에서 상영한 마지막 영화였을 〈연연풍진戀戀風塵〉(1986) 제목처럼 바람 속의 먼지가 되어 사라져버리고 빛바랜 포스터만이 세월의 무상과 부대낌을 말없이 전해주고 있다. 더 이상 금이 나오지 않아 역사 속으로 사라진듯했지만 지우펀은 사라진 역사를 되새김하고 싶은 관광객들로 황금시대였던 그때를 방불케 하고 있다.

큰길로 내려와 운전사를 전화로 불렀다. 어디에 있었는지 그는 환한 웃음을 달고 득달같이 달려왔다. 그 웃음은 우리말이나 영어를 못하는 것에 대한 '땜방'이다.

타이베이 시내로 다시 돌아왔다. 짧은 시간이었지만 나는 운전사의 계면쩍어 하는듯한 또는 웃을 듯 말 듯한 소박한 웃음이 좋아 정이 푹 들었다. 이제 헤어지면 다시 만나지 못할 사람이겠으나 정성껏 인사하고 악수를 나눈다.

"오늘 하루, 수고했어요."

알아들은 듯 예의 그 웃음을 띠우며 택시에 오른다. 그만 호텔로 돌아가고 싶건만 딸은 기어코 타이베이101빌딩을 가야 한단다. 밤에 봐야 아름답다나. 다만 한 군데 들릴 곳이 있단다. 딸의 머릿속 어디인가 있을 곳을 향한다.

뜻밖에 길거리 전시회다. '수의편직미학樹衣編織美學'이라는 주제로 해마다 열리는 것 같다. 전시회라고 하면 사족을 못 쓰는 딸의 전시회 편력이 발동을 한 것이다. 내게는 여행에서 덤으로 얻은 횡재다. 수백 년은 됨직한 우람한 나무들이 뜨개옷을 입었다. 나뭇가지에도 뜨개로 만든 장난감 같은 것들이 주렁주렁 매달렸다. 작은 광장에는 작품 〈채홍彩虹〉이 있고, 〈분방芬芳〉이 있다. 하트 모양의 돌조각 〈희망지가希望之歌〉가 있고, 엄마가 아기에게 젖을 물리고 있는 청동 조각 〈포육지사哺育之思〉도 있다.

전시회장을 지나 골목으로 들어선다. 일본풍의 아주 오래된 낡고 헌 집들이 모여 있다. 음식점도 있고 소품을 파는 선물가게도 있다. 골목 안은 한산하다. 사람이 오면 호객도 하련만 이들 음식점이나 가게는 손님이 없어도 개의치 않는다. 되면 좋고, 안 되도 괜찮아, 뭐 그런 식인 것 같다. 건물은 낡고 후락한데. 그만큼 나이를 먹은듯한 나무가 마치 그 집의 한 식구인양 시멘트벽을 뚫고 문설주를 칭칭 감아 올라 지붕을 덮고 있다. 가게마다 하나둘씩 불이 들어오고 있다. 어두워져오고 있다. 이 골목 안에서도 보이는 타이베이101빌딩에도 불이 켜졌다. 하도 높아서 마침 떠오른 보름달보다 높아 보인다. 층층이 불이 들어오니 마치 영화 〈타워링The Towering Inferno〉(1974)의 화재를 보는듯하다.

'타이베이101빌딩'으로 많이 불리는 이 건물의 정식 명칭은 '타이베이금융센터'다. 1990년대 대만 정부는 타이베이를 새로운 비즈니스 중심지로 선정하고 대규모 개발계획을 세운다. 그중 가장 중요한 프로젝트가 세계금융센터빌딩을 짓는 것이다. 연중 적게는 70회에서 많게는 100회가 넘는 지진이 일어나는 대만에서 세계 최고층 빌딩을 짓는 것은 큰 모험이었다. 전체적인 디자인은 하늘을 향해 뻗은 대나무 위에 꽃잎이 여러 겹 포개어 얹어진 모양. '대나무 빌딩'의 마디는 총 8개, 이는 중화권에서 부와 번영을 가져다준다고 믿는 숫자 '8'을 상징화한 것이다. 마감은 대나무 색깔과 비취색 유리로 덮어, 타이베이 하늘에서 지구의 동쪽 끝을 떠받치는 거대한 기둥이 되게 했다. 4년에 걸친 대역사는 끝나고 빌딩은 (지금은 아니지만) 2003년 당시 '세계 최고층 빌딩'으로 우뚝 서게 되었다.

89층에 세계에서 가장 높은 실내 전망대가, 91층에 세계에서 가장 높은 옥외 전망대가 들어섰다. 〈기네스북〉에 '세계에서 가장 빠른 엘리베이터'로 등재되기도 했다. 우리네 식구는 1인당 우리 돈으로 2만 원씩이나 되는 티켓 4장을 사들고 줄을 서서 기다렸다가 엘리베이터에 올랐다. 줄꼬리가 꽤 긴데도 금방 탈 수 있었고, 분속 1010미터인 엘리베이터는 놀랍게도 37초 만에 89층 전망대에 도착했다. 언제 엘리베이터를 탔나 싶도록 빠른 속도로 말이다.

아직 별이 뜰 시간이 아닌지도 모른다. 땅에서 본 하늘에는 달이 떠 있었는데, 어디메쯤 있는지 알 수가 없다. 아마도 변덕스러운 대만의 날씨가 금세 구름으로 하여금 별과 달을 가렸나 보다. 사방이 어둡고 별과 달마저 보이지 않으니 지상에서 높고 낮은 건물들의 불빛이 찬란하다. 실상 어두울수록 더욱 빛나는 것은 달빛과 별빛과 반딧불일 텐데, 밤을 지나고 맞이하는 새벽일 텐데, 아픔을 겪은 후에 샘솟는 기쁨일 텐데, 장마 끝에 보는 맑은 하늘일 텐데, 겨우내 언 땅속에 숨어 있던 새싹들의 환호일 텐데.

2개층을 걸어 올라가 91층 옥외 전망대다. 이곳에서 타이베이를 다시 한 번 내려다본다. 기어가는 거대한 뱀 같은 차도가 이리저리 어디론가 한없이 현란한 불빛을 뚫고 달리고 있다. 전망대 옆문으로 나오니 거대한 쇠구슬이 눈에 들어온다. 역시 '세계에서 가장 큰'이라는 수식어가 붙는 댐퍼damper다. 일명 '골든 볼'이다. 지름 5.5미터, 무게 680톤에 달하는 쇠구슬은 92층에서 강철 와이어로 메어져 87층과 88층 사이에 매달려 있다. 댐퍼의 책무는 매년 빠지지 않고 찾아오는 불청객인 태풍과 지진에 대비하여 고층빌딩을 위에서 눌러 균형을 잡는 것이다. 진동 완충 장치인 셈이다. 자연현상에 대항하는 인간의 지혜에 감탄한다.

101빌딩의 마스코트인 '댐퍼 베이비'는 다섯 가지 색깔로 되어 있다. 빨간색은 행운, 금색은 부, 검정색은 용기, 은색은 명석함, 녹색은 환경을 뜻한다. 댐퍼를 닮은 둥근 얼굴에 '101'에서 두 개의 '1'로 양쪽 눈을 만들고 가운데의 '0'으로 코를 만들고, 예쁜 모자도 쓰고 얼굴보다 사뭇 작은 몸통에 다리 그리고 발에 구두도 신었다. 선물용으로 꽤나 인기가 있다고 한다. 세계는 정말 아이디어 전쟁에 돌

입한 느낌이다. 어린이와 어른의 합성어인 '키덜트Kidult'는 유년시절의 감성을 간직한 어른들이 늘어나면서 생긴 신조어다. '댐퍼 베이비'는 아이들뿐 아니라 키덜트들에게도 인기가 있을 것 같다. 우리는 구경만 하고 그냥 지나친다.

지하 1층 음식점에 앉았다. 세계 각국의 요리를 비교적 저렴한 가격에 사 먹을 수 있는 푸드 코트다. 이 안은 세계 각국에서 온 여행객들로 더없이 붐볐다.

하루가 끝나간다. 아침 9시에 택시 투어를 시작해서 호텔로 돌아온 게 밤 9시다. 꼬박 12시간을 돌아다닌 셈이다. 침대에 드러누우면 잠이 곧 쏟아질 듯 피곤했지만 어디 우리 집 우리 방의 잠자리만 하겠는가. 남편도 나도 한참을 뒤척이다 잠이 들은 것 같다.

셋째 날

여행은 '밥하는 것'으로부터의 해방이라서 좋다. 빨래하고, 청소하는 소소하지만 소소하지만은 않은 일상사로부터의 탈출이라서 좋다. 한껏 홀가분하다. 새벽잠에서 깨어나 대강 매무새를 가다듬고 호텔 식당으로 아침을 하러 가는 기분이 마음도 발걸음도 가볍다.

그런 나와는 달리, 글쎄 이곳 주부들은 매일 아침마다 일상사로부터 탈출한단다. 아침을 밖에서 사오는 것이 예삿일이기 때문이다. 재래시장 곳곳에는 간단한 아침식사거리를 팔거나 포장해주는 식당들이 새벽이면 문을 연다. 타이베이는 거리 풍경도, 사람들의 옷차림과 성격도 재래시장처럼 허름하지만 정겨운 분위기를 흠씬 풍긴다. 그야말로 내 마음에 흠씬 드는 풍경이다.

호텔을 나섰는데, 먼저 갈 곳이 있다면서 딸이 팽 하니 앞장서서 빠른 걸음으로 걷는다.

프랑스 파리의 그 유명한 '오르세미술관'은 본래 역사를 겸한 철도 호텔이었는데 역사 폐쇄 후 미술관으로 다시 태어났다. 영국 런던의 '테이트모던'은 본래 화력발전소였는데 공해 문제로 문을 닫은 후 미술관으로 다시 태어났다. 중국 베이징의 '798예술특구'도 본래는 무기공장 지대였다. 이들을 본뜬 것은 아니겠으나 대만 역시 1914년에 세워져 청주를 제조하던 양조장 부지를 대만을 대표하는 문화예술 지역으로 재탄생시켰다. '화산1914창의문화원구華山1914文化創意產業園區'다. 이런 곳을 딸이 그냥 지나칠 리가 없다.

당시만 해도 현대식 냉동 제조 설비를 갖춘 대만 최대 규모의 주류 제조회사로 전성기 때는 직원이 400명이나 되었단다. 그러나 어쩌겠는가, 모든 일에는 흥망성쇠가 있는데. 도심에 위치한 공장들을 외곽으로 옮기는 '타이베이 재개발'이 추진되면서 공장은 문을 닫았고, 10년 동안 방치되었다. 이후 이곳은 화산예술문화특구로 지정되었고 문화·예술계와 개별 예술인들의 힘을 입어 오늘에 이르렀다.

마치 시간이 멈추어버린 듯 옛 술공장 모습을 그대로 간직한 채 있지만, 그 옆에 첨단 건물이 공존한다. 전위예술, 애니메이션, 영화, 대만 원주민 문화 등 다양한 문화·예술 행사가 1년 365일 거의 하루도 빠지지 않고 열린다. 카페와 식당, 예술품 가게들은 각개 특이하고도 동화 같다. 건물들만 구경하며 걸어도 절로 마음이 흐뭇해진다. '야외공원지구'에도 각종 공연이 벌어진다. 그러니까 폐공장이었던 이 지대는 동화 같은 문화·예술의 공원으로 거듭나서 이곳을 찾는 사람들의 영혼을 맑고 향기롭게 다독여주고 있다.

오래된 지역인 만큼 공원 안에는 오래된 나무가 많다. 나무 대부분이 건물을 무시한 채 건물에 기대거나 담 하나를 뚫고 들어가 지붕을 덮거나… 그런 식이다. 건물 하나하나가 예쁘고 사랑스럽다. 건물의 벽돌담이 운치를 더한다. 오래된 시멘트벽은 이리저리 금이 갔는데. 왜 하필 물고기 벽화일까. 물고기 두 마리가 그려져 있고 'FISH OUT OF WATER'라고 씌어 있다. 저런! 물 밖으로 나온 저 물고기 죽으면 어쩌나. 저 물고기는 대체 무엇을 상징하는 걸까.

건물을 돌아보며 골목을 기웃거리며 공원 분위기에 젖은 채 걷고 있노라니, 자신이 저절로 고풍스러운 분위기가 되는 느낌이다. 걷다가 참 기이한 나무를 발견한다. 고목이 잎을 무성히 달고 건물의 기둥을 감싸고 틀어 올라가는 모습이야 이 공원에서는 흔히 보는 풍경이다. 그러나 이건 아니다. 무슨 나무인지 모르겠지만 붉고 얕은 벽돌담 앞에 수십 길이 되는 나무가, 세상에! 뿌리 수십 가닥이 땅 위에 드러낸 채 얼키설키 얽혀 있다. 뿌리가 하얀색이다. 상아같이. 그 하나만으로도 온전한 설치미술이다. 나는 나무뿌리 앞에 서서 나 자신 설치미술이 된다.

딸이 한 전시장 앞에 발을 멈추더니 보고 가잔다. 〈가스파드와 리사Gaspard et Lisa〉다. 한결이가 어렸을 때 좋아하던 프랑스 창작동화다. 너희나 보고 나오라고 하려다가 한결이의 어린 날을 같이 돌아다니고 싶어 비싼 입장료를 내고 전시장에 들어섰다. 가스파드는 검정색, 리사는 흰색으로 강아지도 닮고 토끼도 닮은 상상의 생명체다. 이들은 파리의 일상에서 일을 저지르고 다투고 하지만 결론적으로는 둘이 잘 화해하며 지낸다. 특히 호기심과 상상력이 가득한 장난꾸러기 리사가 크고 작은 소동을 일으킬 때마다 가스파드는 늘 도움을 주는 든든한 친구가 되어준다.

전시장에는 서점도 있다. 책이 서가에 빼곡하게 들어차 있는데, 모두가 진짜 책이 아니라 그림이다. 가스파드가 사다리에 올라가 서가에 책을 꽂는 그림도 있다. 가스파드와 리사가 그려 있는 소품도 있고, 인형도 판다. 무엇보다 가스파드와 리사를 동화로 만들어낸 작가의 사진과 작품 과정이 세세히 적혀 있는 코너가 마음에 들었다. 북디자이너인 아내와 일러스트레이터인 남편 부부가 사진 속에서 인자하게 웃고 있다. 동화를 쓰면 사람은 나이 들어도 늙지 않는가 보다. 그들은 언제나 그렇게 젊게 살고 있을 것 같다.

공원을 벗어나 다시 지하철을 탄다. 내릴 때만 해도 국립고궁박물원으로 가는 줄 알았는데, 아무리 둘러봐도 보이질 않는다. 벌써 저만치 걸어가는 딸에게 여기가 어디냐고 물으니 장제스와 쑹메이링宋美齡 부부의 관저였던 '스린관저士林官邸공원'이라 한다. 원래는 일제강점기 대만총독부의 원예시험장이었는데, 중화민국의 대만 천도 후 총통 부부가 세상을 떠나는 1975년까지 이곳에서 살았다고 한다. 다리는 아팠지만 걸어 들어갈수록 공원에 매료되어 아무 말 못하고 따라갔다. 남편도 이 여행이 만만치 않은 것 같다.

"힘들어요?"

"약간."

스린관저의 정원은 중국식과 유럽식으로 꾸며졌는데, 많이 볼 수 있는 꽃나무는 매화와 장미다. 대만의 국화인 매화는 장제스가 좋아했고, 장미는 쑹메이링이 특히 좋아했다고 한다. 그래서 그런지 우리나라 5월처럼 장미가 지천으로 피어 있다. 참으로 넓고 참으로 많은 꽃들이다. 힘차게 걸을 것이 아니라 춤추듯 걸을 것이다. 봄볕이 닿는 곳마다 꽃이 핀다 했건만 여기는 한겨울인데 가는 곳마다 꽃이다.

스린관저는 본관이라 할 수 있는 숙사, 영빈관, 교회 카이거당凱歌堂, 정자 쯔인정慈雲亭 그리고 분재를 키우는 온실 등으로 이루어져 있다. 장제스 내외가 거처하던 숙사 건물은 짙은 회색의 2층 서양식 목조건물로, 대저택에서 흔히 볼 수 있는 앞으로 길게 나온 현관이 인상적이다. 숙소 내부로 들어간다. 총통 부부의 자취가 그대로 남아 있고, 그림 그리기 취미를 가졌던 쑹메이링의 화구들과 그녀가 직접 그렸다는 그림들도 전시되어 있다. 영빈관은 이름 그대로 VIP들의 숙소로, 1955년 대만을 방문한 이승만 대통령이 묵었던 곳이기도 하다. 현관에서부터 응접실, 침실, 집무실 등이 금방이라도 내외가 담소하며 걸어 나올 듯 윤이 나도록 깔끔하다. 저절로 엄숙해져 말도 소곤거리게 된다.

관저가 개방된 것은 1996년 쑹메이링이 미국에 정착한 후다. 권위주의 시절 무시무시한 권력을 상징하기도 했던 이곳은 '스린관저공원'으로 재탄생하여 시민들의 품으로 돌아온 것이다. 문득, 전두환 군사정부 때부터 대통령 전용 별장으로 사용되다가 노무현 대통령 때 민간에게 공개되어 관광지로 사용되는 청남대가 생각났다.

공원을 나와 국립고궁박물원행 버스를 탔다. 이제 비로소 타이베이 여행의 진수를 보러 간다.

공산당의 마오쩌둥毛澤東과의 싸움에서 진 국민당의 장제스는 1948년 유물 중 진수만을 엄선하여 상하이를 거쳐 대만으로 옮긴다. 베이징의 고궁인 자금성에 보관되어 있던 황실 유물 중 4분의 1인 69만 점이다. 중국보다 더 값진 중국 보물을 소장하고 있다고 알려져서 세계 10대 박물관 중 하나로 꼽힌다. 상설전시관을 제외하고는 분기에 한 번씩 소장품을 로테이션하고 있는데, 그때마다 빠짐없이 관람한다 해도 소장된 유물을 전부 관람하는 데는 무려 8년이나 걸린단다. 국립고궁박물원은 1949년 이후 분단된 중국과 대만 관계를 보여주는 상징이기도 하다.

소장품은 신석기부터 상·주를 거쳐 진·한, 수와 당, 송, 원, 명, 청 왕조의 궁정 유물 등 각 시대별로 종류가 다양하고 방대하다. 하나하나 다 보고 싶은 마음이야 굴뚝같지만 어찌 다 볼 것이며 설사 그렇다 치더라도 어찌 당시의 시대상을 조금이라도 짐작할 수가 있겠는가. 단지 박물원에서 본 것 중에 몇 가지만 가려 이곳에 기술해야 할 것 같다.

'취옥배추'는 박물원에서 가장 주목을 받는 대표 문물 중 하나다. 아닌 게 아니라 전시되어 있는 3층 2호실은 관람객들로 발 디딜 틈이 없고 취옥배추를 본다고 해도 어깨

너머로밖에 볼 수가 없다. 프랑스 루브르박물관에서 〈모나리자〉를 관람할 때도 그랬다. 지금도 사람들에 떼밀려 유리장 앞에 서 있을 수가 없지만 어떻게 예까지 왔는가 싶어 열심히 그 틈바구니를 비집는다.

취옥배추는 가로 18.7센티미터, 세로 9.1센티미터의 옥으로 만든 통배추다. 줄기는 흰색이고 잎은 푸른색, 칼로 잘라낸 듯한 둥근 뿌리가 한쪽만 약간 들린 채 받침대에 비스듬하지만 안정감 있게 놓여 있다. 줄기마다 핏줄 같은 맥이 옴팡 패여 있고 잎도 자연스럽게 접혀 있다. 금방 밭에서 뽑아낸 듯 싱싱하다. 아! 메뚜기 한 마리와 여치 한 마리가 배춧잎을 뜯어 먹으려 하는가, 긴 다리를 구부리고 배춧잎을 감싸고 있다. 취옥배추는 청 광서제의 후비로 자금성 영화궁에 거주하던 근비[瑾妃]가 혼인 예물로 가져왔을 거라는 추정이다. 취옥은 신부의 순결함을 상징하고, 메뚜기나 여치는 번식력이 뛰어난 곤충으로 자손을 많이 낳아 대대손손 황실의 혈통이 이어지기를 기원하는 의미가 있다.

옥공예품 중에서 한나라 때의 청백옥으로 만든 벽사[辟邪]가 있다. 사슴과 비슷하게 생긴 상상의 동물인데, 중국에서는 사악을 물리친다고 하여 도장이나 깃발에 장식으로 많이 그려 넣었다. 박물원의 벽사는 용의 얼굴에, 사자의 몸에, 봉황의 날개에, 기린의 꼬리를 달고 있다. 역대 중국 황제들이 가까이 두던 애장품 중 하나라고 한다.

'진조장조감람핵주陳組章雕橄欖核舟'라는 긴 이름을 가진, '진조장이라는 사람이 올리브씨앗에 새겨 넣은 배'라는 뜻의 아주 작은 공예품도 있다. 길이 1.6센티미터, 높이 2.4센티미터밖에 안 되는 아주 작은 배에 쌀알 크기의 작은 사람들(뱃사공, 점원 등 7명과 시인 1명)이 각기 다른 표정과 옷차림으로 정교하게 조각되어 있다. 여닫이 창문과 탁자, 의자, 잔과 접시까지 조각해놓았다. 놀랍다. 배 바닥에는 한자 360자가 촘촘히 새겨져 있는데, 소식蘇軾의 〈후적벽부後赤壁賦〉다. 조각가 진조장의 서관과 제작일자까지 새겨져 있다. 청대 조각공예의 극치를 보여주지만, 작품이 너무 작고 관광객이 몰려서 확대경으로 이 작품을 볼 수 있는 시간은 단 3초. 1초만 시간이 더 지나도 긴 줄로 기다리고 있는 관람객들의 따가운 시선과 경비원들의 무서운 눈초리를 받게 되는데, 나도 모르게 그 자리를 빠져나오게 만들었다.

사람들이 많아 딸과 한결이 그리고 우리 부부는 두 팀으로 갈라져 각기 다른 전시실을 둘러보고 있다. 만났다가 헤어지고 헤어졌다가 만나면서. 다음 전시실은 회화·서예 전시실이다. 결코 빼놓을 수 없는 황공망黃公望의 〈부춘산거도富春山居圖〉를 만났다. 그는 원나라 4대 화가 중 한 명이다.

중국 저장성에 있는 푸춘산의 산수를 그린 수묵화로,

화선지 여러 장을 이어 붙여가며 그렸다. 긴 두루마리 형식인데, 세로 33센티미터에 전체 길이가 6.4미터로 완성하는데 3년이 걸렸단다. 겹겹이 둘러싼 산봉우리, 울창한 소나무와 빼어난 기암괴석, 구름과 안개에 덮인 농가들이 아름다운 정취를 물씬 풍겨낸다. 중국 전통산수화에서 한층 더 높은 예술적 경지로 끌어올린 작품으로 평가받고 있다.

그런데 청나라 때 불에 타서 그림은 둘로 나뉘어졌다. 아, 그래서 〈부춘산거도〉의 시작 부분은 저장성박물관에, 주요 부분이 들어간 다른 그림은 타이베이 고궁박물원에 있게 되었다. 완전 '이산 그림'이 된 것이다. 이 그림들(?)도 서로 만난 적이 있다고 한다. 2011년 중국과 대만의 합작으로 둘로 쪼개져 있던 〈부춘산거도〉를 타이베이 고궁박물원에서 몇 달 동안 함께 전시했다. 서로 만난 조각 그림들은 하나가 된 기쁨의 눈물을 흘렸을 것이고, 다시 둘러 쪼개어 헤어지는 안타까움에 또 울었을 것이다.

도보, 지하철, 버스에 이어 이번에는 택시를 탄다. 운전사는 우리말이나 영어를 못 알아들어도 '야시장'은 얼른 알아듣는다. 싱긋 웃으며 휭 하니 내달린다.

타이베이의 '야시장'은 먹을거리만 있는 건 아닌 것 같다. 타이베이에는 야시장 문화를 연구하는 '중앙연구원'까지 있다. '사람들이 야시장을 구경하는 것은 단순히 먹거리와 쇼핑만을 위한 것이 아니다. 소음과 열기, 혼란과 번잡함 속에서 소비하며 느끼는 특별한 재미가 있기 때문'이라고 한다. 대만 사람들에게 야시장은 생활 속 감초와 같은, 밋밋한 일상을 흥겹게 해주는 양념과 같다고 한다.

야시장 입구 오른쪽 지하로 들어가면 온갖 먹거리가 가득한 푸드 코트다. 마주 보고 있는 가게가 촘촘히 잇대어 있는데 음식의 종류는 다 다르다. 갖가지 먹거리의 냄새와 가게 사람들의 호객 소리와 관광객들의 열기가 뒤범벅되어 그야말로 '난리 법석'이다. 머리가 아프다. 냄새만 맡아도, 보기만 해도 배가 부를 지경이다. 식탁에 앉으니 접시마다 음식이 들어 있는 사진 메뉴가 식탁에 깔려 있다. 새우튀김, 만두로 저녁식사를 한다. 시끌시끌한 소리도 함께 먹는다. 먹었으나 먹은 것 같지 않은 저녁이다. 하루의 여정이 야시장의 분위기에 저물어가고 있다.

마지막 날

오늘은 집으로 돌아가는 날이다. 오후 비행기라 늦잠이라도 잘까 했는데, 딸이 공항 가기 전에 가볼 곳이 있다고 한다. 호텔 안내데스크에 짐을 맡기고 나섰다.

지금 가고 있는 '송산문창원구松山文創園區'도 옛날에는 담배공장이었다. 일제의 식민 지배를 받은 대만에는 군수산

업 잔재가 유난히 많다. 일제는 전쟁 자본 확보를 위해 타이베이에 대규모 담배공장과 양조공장을 지었고 도심 곳곳에 군사시설도 마련했다. 일제가 패망한 후 대만 정부는 이곳을 시등록문화재로 지정하고 문화 공간으로 재단장했다.

입간판을 지나 문도 없는 공원 내로 들어서니 나무가 우거져서 생기는 칩칩하고 습한 냄새가 사방에 서려 있다. 아주 오래 묵어 열 사람의 아름만 한 나무는 언제부터인가 가지가 흘러내려 땅속으로 들어가 뿌리를 만들고, 그 뿌리가 다시 나무로 자라 잔가지들이 울타리처럼 나무를 둘러싸고 있다. 대체 저게 본래의 나무인가, 나뭇가지가 모여 만든 나무인가. 기이한 나무 모양에 입이 벌어진다. 그런 나무가 이곳저곳에 호위무사처럼 서 있는데, 아주 오래된 공원임을 입증하는 듯했다.

전시장과 공연장이 중심이고 민간 기업이 투자한 쇼핑몰도 있고 디자인박물관도 있다. 공방과 호텔도 있고 카페와 음식점도 있다. 그러니까 현대식 건물과 폐공장을 그대로 살린 허름한 건물이 병존한다.

서점도 있다. 열락[閱樂]서점. 일본식 기와를 얹은 낮은 가옥인데, 중앙에 출입문을 중심으로 양쪽에 두 채씩 네 개의 건물로 나뉘어져 있는듯하나 실은 한 채다. 울창한 나무숲에 안착해 편안하고 아늑하다. 세월의 더께가 내려앉

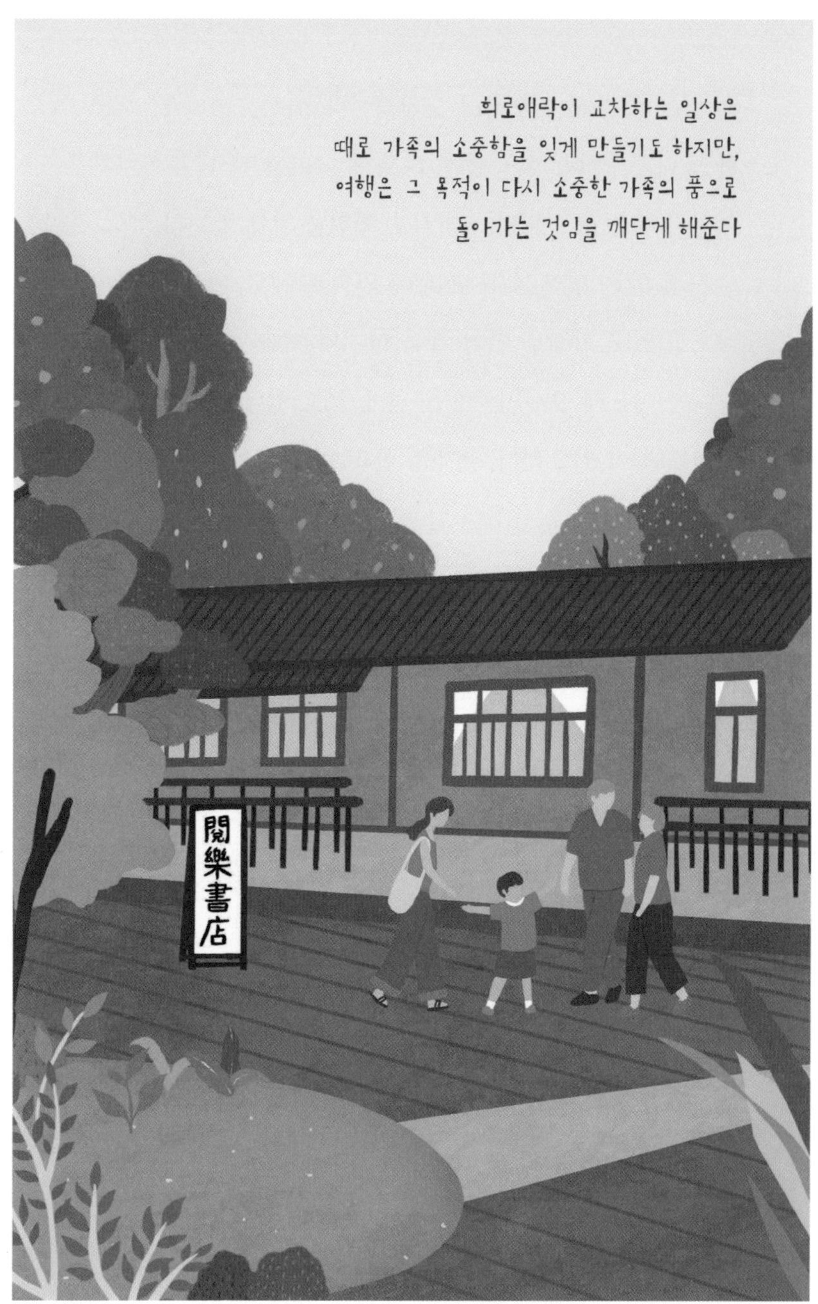
희로애락이 교차하는 일상은
때로 가족의 소중함을 잊게 만들기도 하지만,
여행은 그 목적이 다시 소중한 가족의 품으로
돌아가는 것임을 깨닫게 해준다
閱樂書店

은 건물은 그래서 오히려 고전적이다. 아름드리나무, 자잘한 꽃나무, 꽃이 피어 있는 화분들 그리고 긴 나무의자가 어쩐지 마음을 끌어당겨 저절로 서점을 향해 걷는다.

서점 안은 밖에서 본 것보다 의외로 넓고 깨끗하다. 피아노도 있고 차탁도 있어 차를 마시며 책을 볼 수 있다. 한결이는 어느새 오렌지주스를 앞에 하고 있다. 혹시 한글로 번역된 책이 있으려나 서가를 둘러보지만, 아무리 둘러봐도 보이질 않는다. 울창한 나뭇가지들이 푸른 잎을 달고 창 안을 들여다보는 모양이 창문마다 수채화를 그려놓은 듯해서 서점 안도 울창한 숲처럼 느껴진다. 공원 안의 서점은 그대로 정서와 사색을 겸비한 공간, 앉아만 있어도 무언가 흠뻑 마음에 안고 돌아갈 것 같은 공간이다.

로비에서 짐을 찾아 공항으로 향한다. 버스는 중산中山공원을 통과한다. 아니, 딸이 일부러 이 길을 택했을 게다.

중산은 중화민국의 국부로 추앙받는 미완의 혁명가 쑨원孫文의 호다. 타이베이 시내 한복판에 있는 중산공원에는 국립국부기념관이 있고, 유품과 '신중국'을 건설하기 위해 고군분투했던 그의 행적을 전시하고 있다. 역사 재평가로 인해 쑨원에게 덧씌워졌던 '신화적인 이미지'는 상당 부분 탈색되었다고 하지만, 그의 '민족, 민주, 민생' 삼민주의는 여전히 대만뿐만 아니라 중국 본토에도 새로운 세상을 연

위대한 사상으로 평가받고 있다. 그중 민생주의 사상은 '국민 생활 안정'을 정부 경제정책의 최우선 과제로 여기고 있는 대만에서 여전히 큰 영향을 끼치고 있다.

중산공원에도 '송산문창원구'에서 본 그 기이한 나무가 많다. 무슨 나무일까 궁금했는데, 그 나무에 대한 그림 벽화가 있었다. 살펴보니 '벵골보리수'다. 캄보디아 앙코르에서 봤던 나무다. 사방으로 뻗어나간 가지에서 수많은 공기뿌리가 자라고, 이것들이 땅속에 박히면서 다시 뿌리를 내린다. 그 때문에 줄기는 계속 굵어지기도 하고 수많은 줄기들이 이어져 숲처럼 되기도 한다. 줄기 둘레가 10~20미터가 되는 나무도 있고 큰 나무는 130미터가 되는 것도 있다고 한다. 열 사람 아름만 하다고 했던가. 그토록 굵어진 나무가 아직도 건재한 채 있을 수 있는 건, 불교에서 신성한 나무라고 믿기 때문이다. 아, 대만의 보호수이기도 하다.

대만은 우리나라와 비슷한 점이 많았다. 일제의 첫 번째 식민지로서 50년간 지배를 받았고, 자유와 공산 이념으로 나뉘어 공산국가인 중국과는 지금까지도 분단 대치 중이다. 군인 출신 대통령(총통)의 정권 강화를 위한 철권통치로 38년간의 강력한 계엄령 시기도 있었다. (세계에서 가장 긴 계엄령으로 기네스북에도 올라 있다.) 또한 성공적인 경제개발로 아시아의 네 마리 용 반열에 오르게 한 '한강의 기적'

과 '대만의 기적'… 그리고 근검절약하며 성실한 사람들의 푸근한 정. 그래서 그런지 대만 여행은 우리 부부가 딸과 손자를 데리고 친근한 이웃 마을을 갔다 온 기분이다.

여행을 뜻하는 영어 단어 'travel'의 어원은 'travail(고통, 고난)'이다. 경제적으로 체력적으로 시간적으로 고통과 고난이 따르는 것은 맞지만 '인간의 독선적 아집을 깬다'는 말처럼 여행은 위대하다. 다만 주어진 시간 안에 더 많은 것을 보려는 욕심 때문에 주마간산 격이 되기 일쑤인데, 되레 낯선 것에 대한 피상적인 편견을 갖는 것은 아닌가 걱정이었다. 그래서 항상 여행 전후에 관련 정보들을 찾아 예습도 하고 복습도 하며 균형적인 시각을 갖고자 노력해왔다.

한 걸음 또 한 걸음 지치지 않고 여행을 이어갈 수 있었던 원동력은 '가족'이다. 돌아갈 곳이 있다는 것은 여행의 고난과 불안을 잠재우기에 충분하다. 희로애락이 교차하는 일상은 때로 가족의 소중함을 잊게 만들기도 하지만, 여행은 그 목적이 다시 소중한 가족의 품으로 돌아가는 것임을 깨닫게 해준다.

사랑하는 딸과 손자 한결이가 동행해준 이 여행이 끝나간다. 드디어, 우리는 타오위안공항에서 내 삶의 원천인 가족의 따뜻함으로 가득 찬 '집으로' 가는 비행기에 오른다.